tyllau

Louis Sachar

Addasiad Ioan Kidd

Gomer

I
Sherre, Jessica, Lori, Kathleen ac Emily

ac i Judy Allen,
athrawes y gallwn ni i gyd ddysgu oddi wrthi

Cyhoeddwyd gyntaf yn yr Amerig
gan Frances Foster Books,
argraffnod Farrar, Straus & Giroux Inc, Efrog Newydd

Cyhoeddwyd yn 2000
gan Bloomsbury Publishing Plc,
26 Soho Square, Llundain W1D 3QY
dan y teitl *Holes*

Cyhoeddwyd yn 2007 gan
Wasg Gomer, Llandysul, Ceredigion, SA44 4JL
www.gomer.co.uk

ⓗ testun: Louis Sachar, 1998 ©
ⓗ testun Cymraeg: Ioan Kidd, 2007 ©

ISBN 978 1 84323 840 9

Noddwyd gan Lywodraeth Cynulliad Cymru.

Argraffwyd a rhwymwyd yng Nghymru gan
Wasg Gomer, Llandysul, Ceredigion.

RHAN UN

RWYT TI AR FIN MYND I MEWN I WERSYLL GLASLYN

1

Does 'na ddim llyn yng Ngwersyll Glaslyn. Ar un adeg roedd llyn mawr iawn yn arfer bod yma, y llyn mwyaf yn Nhecsas. Mae dros gan mlynedd ers hynny. Nawr dim ond diffeithdir sych a gwastad sydd yma.

Roedd 'na dref o'r enw Glaslyn yn arfer bod hefyd. Crebachodd y dref a sychu fel y llyn, ac felly'r bobl a arferai fyw yno.

Yn yr haf mae'r tymheredd yn ystod y dydd tua naw deg pump gradd yn y cysgod – hynny yw, os llwyddi di i ddod o hyd i unrhyw gysgod. Does dim llawer o gysgod i'w gael mewn llyn mawr sych.

Yr unig goed yw dwy hen dderwen ar gyrion dwyreiniol y 'llyn'. Mae hamog yn crogi rhwng y ddwy goeden, a saif caban pren y tu ôl iddo.

Dyw'r gwersyllwyr ddim yn cael gorwedd yn yr hamog. Dim ond y Warden gaiff wneud hynny. Y Warden biau'r cysgod.

Allan ar y llyn, mae nadredd rhuglo a

sgorpionau'n dod o hyd i gysgod o dan greigiau ac yn y tyllau a gaiff eu torri gan y gwersyllwyr.

Dyma iti reol dda i'w chofio am nadredd rhuglo a sgorpionau. Os na wnei di darfu arnyn nhw, wnân nhw ddim tarfu arnat tithau.

Fel arfer.

Dyw cael dy gnoi gan sgorpion neu hyd yn oed neidr ruglo ddim y peth gwaethaf a all ddigwydd iti. Wnei di ddim marw.

Fel arfer.

Weithiau bydd gwersyllwr yn ceisio cael sgorpion neu hyd yn oed neidr ruglo fach i'w gnoi'n fwriadol. Wedyn, caiff dreulio diwrnod neu ddau'n gwella yn ei babell, yn lle gorfod cloddio twll allan ar y llyn.

Ond thâl hi ddim iti gael dy gnoi gan fadfall felen fraith. Dyna'r peth gwaethaf a all ddigwydd iti. Byddi di'n sicr o farw, a hynny'n araf ac yn boenus.

Bob amser.

Os cei di dy gnoi gan fadfall felen fraith, man a man iti gamu i ganol y cysgod o dan y ddwy dderwen a gorwedd yn yr hamog.

All neb wneud dim iti mwyach.

2

Mae'r darllenydd siŵr o fod yn gofyn: Pam y byddai unrhyw un am fynd i Wersyll Glaslyn?

Chafodd y rhan fwyaf o'r gwersyllwyr ddim dewis. Gwersyll i fechgyn drwg yw Gwersyll Glaslyn.

Os cymeri di fachgen drwg a'i orfodi i balu twll bob dydd yn yr haul tanbaid, fe wnaiff hynny ei droi'n fachgen da maes o law.

Dyna mae rhai pobl yn ei gredu.

Fe gafodd Stanley Yelnats ddewis. Dywedodd y barnwr: 'Fe gei di fynd i'r carchar, neu fe gei di fynd i Wersyll Glaslyn'.

Bachgen o deulu tlawd oedd Stanley. Doedd e erioed wedi bod i wersyll o'r blaen.

3

Stanley Yelnats oedd yr unig deithiwr ar y bws, ac eithrio'r gyrrwr a'r gwarchodwr. Eisteddai'r gwarchodwr nesaf at y gyrrwr mewn sedd a oedd wedi'i throi i wynebu Stanley. Gorweddai dryll ar draws ei arffed.

Eisteddai Stanley ryw ddeg rhes yn ôl, gydag un llaw mewn cyffion oedd yn sownd wrth fraich y sedd. Eisteddai'i sach gefn ar y sedd nesaf ato. Ynddi roedd ei frwsh dannedd, past dannedd a bocs yn llawn papur ysgrifennu oddi wrth ei fam. Roedd e wedi addo ysgrifennu ati o leiaf unwaith yr wythnos.

Edrychodd Stanley drwy'r ffenest, er nad oedd fawr ddim i'w weld – caeau gwair a chotwm yn bennaf. Roedd e'n teithio ar fws oedd ar siwrnai hir i ganol unman. Doedd dim system awyru ar y bws, ac roedd yr aer poeth, trwm bron mor llethol â'r cyffion.

Roedd Stanley a'i rieni wedi trio cymryd arnyn nhw taw cyfnod bach oddi cartref mewn gwersyll oedd y cyfan – antur, fel sy'n digwydd i blant cefnog. Pan oedd Stanley'n iau roedd e'n arfer chwarae gydag anifeiliaid meddal ac esgus bod yr anifeiliaid ar wyliau mewn gwersyll. Gwersyll Hwyl a Sbri oedd ei enw arno. Weithiau byddai'n trefnu'u bod nhw'n chwarae pêl-droed gyda marblis. Dro arall bydden nhw'n rhedeg ras rwystrau, neu'n plymio oddi ar ford â bandiau lastig wedi'u clymu wrth eu traed. Nawr gwnaeth Stanley ei orau glas i esgus ei fod yntau'n mynd i Wersyll Hwyl a Sbri. Efallai y câi ambell ffrind newydd, meddyliodd. O leiaf câi fynd i nofio yn y llyn.

Doedd ganddo fe ddim ffrindiau gartref. Roedd e'n rhy dew a byddai'r plant yn ei ysgol yn tynnu arno'n aml oherwydd ei faint. Weithiau byddai hyd yn oed ei athrawon yn gwneud sylwadau creulon heb yn wybod iddyn nhw. Ar ei ddiwrnod olaf yn yr ysgol, rhoddodd ei athrawes mathemateg, Mrs Bell, wers ar gymarebau. Fel enghraifft, dewisodd hi'r disgybl trymaf yn y dosbarth a'r un ysgafnaf yn y dosbarth a gofyn iddyn nhw bwyso'u hunain. Roedd Stanley'n pwyso deirgwaith cymaint â'r bachgen arall. Ysgrifennodd Mrs Bell y gymhareb ar y bwrdd, 3:1, heb sylweddoli faint o gywilydd roedd hi wedi'i godi ar y ddau ddisgybl.

Yn ddiweddarach y diwrnod hwnnw cafodd Stanley ei arestio.

Edrychodd Stanley ar y gwarchodwr oedd yn

eistedd yn un swp yn ei sedd a meddwl tybed a oedd e wedi cwympo i gysgu. Gwisgai'r gwarchodwr sbectol haul, felly doedd Stanley ddim yn gallu gweld ei lygaid.

Doedd Stanley ddim yn blentyn drwg. Cawsai ei ddyfarnu'n euog o drosedd, ond mewn gwirionedd roedd e'n ddieuog. Yn anffodus, roedd e wedi bod yn y man anghywir ar yr adeg anghywir.

Ar ei hen-hen-dad-cu-pwdr-y-diawl-a-ddygodd-fochyn roedd y bai!

Gwenodd. Un o straeon doniol y teulu oedd honno. Pryd bynnag yr âi rhywbeth o'i le bydden nhw wastad yn rhoi'r bai ar ei hen-hen-dad-cu-pwdr-y-diawl-a-ddygodd-fochyn.

Mae'n debyg bod ganddo ers talwm hen hen dad-cu a oedd wedi dwyn mochyn oddi ar sipsi ungoes a'i bod hithau wedi rhoi melltith arno ac ar bob un o'i ddisgynyddion. Doedd Stanley na'i deulu ddim yn credu mewn melltithion, wrth gwrs, ond pryd bynnag yr âi rhywbeth o'i le, teimlad braf oedd cael rhoi'r bai ar rywun arall.

Byddai pethau'n mynd o chwith yn aml i Stanley a'i berthnasau. Roedden nhw bob amser yn y man anghywir ar yr adeg anghywir.

Edrychodd Stanley drwy'r ffenest ar y gwagle diddiwedd. Dilynodd ei lygaid wifren ffôn wrth iddi godi ac yna disgyn. Yn ei feddwl gallai glywed llais cras ei dad yn canu iddo'n dyner.

'O na bai, o na bai' medd cnocell y coed,
'Rhisgl y goeden ychydig yn fwy meddal.'
Tra disgwyl y blaidd yn unig a llwglyd,
Gan ganu ei gân i'r lleuad la-aa-awn,
'O na bai, o na bai.'

Byddai'i dad yn canu'r gân hon iddo'n aml. Roedd yr alaw'n swynol ac yn drist, ond hoff ran Stanley oedd pan fyddai'i dad yn udo'r gair 'la-aa-awn'.

Ysgydwodd y bws wrth daro darn anwastad yn y ffordd a chododd y gwarchodwr ar ei eistedd ar unwaith, yn wyliadwrus.

Dyfeisiwr oedd tad Stanley. Mae angen tri pheth arnat ti er mwyn bod yn ddyfeisiwr llwyddiannus: deallusrwydd, dyfalbarhad ac ychydig bach o lwc.

Roedd tad Stanley'n ddigon deallus ac roedd ganddo dipyn go lew o ddyfalbarhad. Y funud y dechreuai e ryw gynllun newydd, byddai'n gweithio arno am flynyddoedd, gan ddal ati am ddyddiau heb gwsg yn aml. Ei broblem oedd na fyddai byth yn cael unrhyw lwc.

Bob tro y byddai arbrawf yn methu, gallai Stanley ei glywed yn melltithio'i hen-dad-cu-pwdr-y-diawl-a-ddygodd-fochyn.

Stanley Yelnats oedd enw tad Stanley hefyd. Enw llawn tad Stanley oedd Stanley Yelnats III. Stanley Yelnats IV yw ein Stanley ni.

Roedd pawb yn ei deulu'n hoffi'r ffaith bod 'Stanley Yelnats' yn cael ei sillafu'r un peth tuag ymlaen a thuag yn ôl. Felly dyma nhw'n cadw at yr arfer o enwi'u meibion yn Stanley. Unig blentyn oedd Stanley, fel pob Stanley Yelnats arall o'i flaen.

Roedd gan bob un ohonyn nhw rywbeth arall yn gyffredin. Er gwaethaf eu hanlwc ofnadwy, bydden nhw wastad yn cadw'n obeithiol. Fel yr hoffai tad Stanley ddweud, 'Dwi'n dysgu yn sgil methiant'.

Ond efallai taw rhan o'r felltith oedd hynny hefyd. Pe na bai Stanley a'i dad bob amser yn obeithiol, fydden nhw ddim yn cael cymaint o siom bob tro y câi eu gobeithion eu chwalu.

'Nid methiant fu pob Stanley Yelnats,' fyddai sylw'i fam pryd bynnag y byddai Stanley neu'i dad yn teimlo mor ddigalon fel eu bod nhw'n dechrau credu yn y felltith. Roedd y Stanley Yelnats cyntaf, hen dad-cu Stanley, wedi ennill ffortiwn ar y farchnad stoc. 'Doedd e ddim yn rhy anlwcus, mae'n rhaid.'

Ar adeg felly byddai ei fam yn anghofio sôn am yr anlwc a ddaeth i ran y Stanley Yelnats cyntaf. Fe gollodd ei ffortiwn i gyd tra oedd yn symud o Efrog Newydd i Galiffornia. Cafodd ei ddwyn gan yr herwraig Kissin' Kate Barlow pan ymosododd hi ar ei goets fawr.

Oni bai am hynny, byddai teulu Stanley'n byw bellach mewn plasdy ar draeth yng Nghaliffornia. Yn lle hynny, roedden nhw'n byw foch ym moch â'i gilydd mewn fflat fechan a oedd yn gwynto o rwber yn llosgi ac arogl traed.

O na bai, o na bai . . .

14

Y rheswm am yr arogl oedd bod tad Stanley'n ceisio dyfeisio ffordd o ailgylchu hen dreinyrs. 'Bydd y person cynta fydd yn dod o hyd i ddefnydd newydd i hen dreinyrs,' meddai, 'yn ddyn cyfoethog iawn.'

Y prosiect diweddaraf yma a arweiniodd at arestio Stanley.

Trodd y daith fws yn fwyfwy ysgytwol wrth i wyneb y ffordd fynd yn fwyfwy garw.

A dweud y gwir, roedd Stanley'n llawn edmygedd pan glywodd am y tro cyntaf fod Kissin' Kate Barlow wedi dwyn oddi ar ei hen dad-cu. Digon gwir, byddai wedi bod yn well ganddo fyw ar y traeth yng Nghalifffornia, ond er hynny, roedd y ffaith bod lleidr pen ffordd enwog wedi lladrata oddi ar rywun yn dy deulu yn eithaf peth.

Chafodd hen dad-cu Stanley mo'i gusanu gan Kate Barlow. Byddai hynny wedi bod yn wirioneddol ddifyr, ond yr unig ddynion a gafodd gusan ganddi oedd y dynion a gafodd eu lladd ganddi. Yn lle hynny, fe wnaeth hi ddwyn y cyfan oedd ganddo a'i adael heb ddim byd yng nghanol yr anialwch.

'Roedd e'n *lwcus* i ddod o 'na'n fyw,' oedd sylw parod mam Stanley.

Arafodd y bws. Rhochiodd y gwarchodwr wrth iddo ymestyn ei freichiau.

'Croeso i Wersyll Glaslyn,' meddai'r gyrrwr.
Edrychodd Stanley drwy'r ffenest fudr. Ni allai weld llyn yn unman.

A doedd 'na ddim glaswellt chwaith.

4

Teimlai Stanley braidd yn syfrdan wrth i'r gwarchodwr ddatgloi'i gyffion llaw a'i dywys oddi ar y bws. Roedd e wedi bod ar y bws ers dros wyth awr.

'Bydd di'n ofalus,' meddai'r gyrrwr wrth i Stanley gamu i lawr y grisiau.

Doedd Stanley ddim yn siŵr a oedd y gyrrwr yn golygu iddo fod yn ofalus tra'n disgyn y grisiau ynteu a oedd e'n ei rybuddio i fod yn ofalus yng Ngwersyll Glaslyn. 'Diolch am y reid,' meddai. Roedd ei geg yn sych ac roedd ei lwnc yn brifo. Camodd ar y pridd caled, sych. Roedd rhimyn o chwys am ei arddwrn lle roedd y cyffion wedi bod.

Roedd y tir yn ddiffaith a llwm. Gallai Stanley weld ychydig o adeiladau di-raen ac ambell babell. Ymhellach draw, safai caban dan ddwy goeden dal. Y ddwy goeden oedd yr unig blanhigion oedd i'w gweld yn tyfu'n unman. Doedd dim chwyn hyd yn oed.

Arweiniodd y gwarchodwr Stanley at adeilad bychan. Roedd arwydd ar y tu blaen yn dweud RYDYCH CHI WEDI CYRRAEDD GWERSYLL GLASLYN – CANOLFAN GERYDDOL I BOBL IFANC. Wrth ei ochr roedd arwydd arall yn datgan ei fod yn erbyn Côd Penyd Tecsas i ddod â gynnau, ffrwydron, arfau, cyffuriau, neu alcohol ar y safle.

Wrth i Stanley ddarllen yr arwydd allai ddim llai na meddwl, *Wel, y jiw jiw!*

Arweiniodd y gwarchodwr Stanley i mewn i'r adeilad a theimlodd ryddhad braf y system awyru.

Roedd dyn yn eistedd â'i draed ar ben desg. Trodd ei ben pan ddaeth Stanley a'r gwarchodwr i mewn, ond fel arall ni symudodd. Er ei fod e y tu mewn i'r adeilad, gwisgai sbectol haul a het gowboi. Roedd ganddo gan o soda, ac wrth weld hwnnw daeth Stanley hyd yn oed yn fwy ymwybodol o'i syched ei hun.

Safai Stanley wrth i'r gwarchodwr roi papurau i'r dyn eu harwyddo.

'Mae gynnoch chi beth wmbreth o hada bloda haul,' meddai'r gwarchodwr.

Sylwodd Stanley fod 'na lond sach gynfas o hadau blodau haul ar y llawr ar bwys y ddesg.

'Fe wnes i roi'r gore i smygu fis dwetha,' meddai'r dyn a wisgai het gowboi. Ar ei fraich roedd ganddo datŵ o neidr ruglo, ac wrth iddo ysgrifennu'i lofnod, roedd fel petai cwt y neidr yn siglo. 'On i'n arfer smygu pecyn bob dydd. Nawr wy'n byta llond sach o'r rhain bob wthnos.'

Chwarddodd y gwarchodwr.

Mae'n rhaid bod oergell fach y tu ôl i'r ddesg gan i'r dyn a wisgai het gowboi gael hyd i ddau gan arall o soda. Am eiliad gobeithiai Stanley y câi gynnig un ohonyn nhw, ond rhoddodd y dyn y naill i'r gwarchodwr a dweud taw ar gyfer y gyrrwr roedd y llall.

'Naw awr i ddŵad i fan 'ma, a rŵan naw awr i fynd yn f'ôl,' cwynodd y gwarchodwr. 'Am ddiwrnod.'

Meddyliodd Stanley am y siwrnai hir a diflas ar y bws a theimlodd damaid bach yn flin dros y gwarchodwr a'r gyrrwr.

Poerodd y dyn a wisgai het gowboi fasglau'r hadau i mewn i fasged sbwriel. Yna cerddodd o gwmpas y ddesg at Stanley. 'Fy enw i yw Mr Syr,' meddai. 'Pryd bynnag rwyt ti'n siarad â fi mae'n rhaid iti ddefnyddio'r enw 'na, ti'n deall?'

Petrusodd Stanley. 'Yyyy, odw, Mr Syr,' meddai er na allai gredu taw dyna oedd enw go iawn y dyn.

'Smo ti yn y Geidie nawr,' meddai Mr Syr.

Bu'n rhaid i Stanley dynnu'i ddillad o flaen Mr Syr er mwyn iddo gael gwneud yn siŵr nad oedd e'n cuddio dim byd. Yna rhoddwyd dwy set o ddillad a thywel iddo. Roedd y naill set a'r llall yn cynnwys siwt undarn oren ag iddi lewys hir, crys-T oren, a sanau melyn. Doedd Stanley ddim yn siŵr ai melyn oedd lliw gwreiddiol y sanau.

Yn ogystal, cafodd dreinyrs gwyn, cap oren a fflasg ddŵr wedi'i gwneud o blastig trwchus, a oedd yn wag, yn anffodus. Roedd clwt wedi'i wnïo ar gefn y cap, i warchod ei war rhag yr haul.

Gwisgodd Stanley. Roedd y dillad yn gwynto fel sebon.

Dywedodd Mr Syr wrtho y dylai wisgo un set ar gyfer gwaith ac un set ar gyfer amser hamdden. Roedd dillad yn cael eu golchi unwaith bob tri diwrnod. Ar y diwrnod hwnnw dim ond ei ddillad gwaith fyddai'n cael eu golchi. Wedyn byddai'r set arall yn cael ei defnyddio i weithio a châi ddillad glân ar gyfer amser hamdden.

'Mae'n rhaid iti balu un twll bob dydd, gan gynnwys dydd Sadwrn a dydd Sul. Mae'n rhaid i bob twll gyrraedd dyfnder o bum troedfedd a mesur pum troedfedd ar draws, i bob cyfeiriad. Dy raw yw dy bren mesur. Mae brecwast am 4.30.'

Mae'n rhaid bod golwg syn ar Stanley, achos aeth Mr Syr yn ei flaen i egluro taw'r rheswm dros ddechrau'n gynnar oedd er mwyn osgoi adeg boethaf y dydd. 'Sneb yn mynd i dy warchod di fan hyn,' ychwanegodd. 'Hira'n y byd gymeri di i gloddio, hira'n y byd fyddi di mas yn yr haul. Os doi di o hyd i rwbeth diddorol, mae'n rhaid iti ddweud wrtha' i neu un o'r swyddogion eraill. Ar ôl iti gwpla, ti biau weddill y dydd.'

Nodiodd Stanley ei ben i ddangos ei fod e'n deall.

'Nid gwersyll ar gyfer Geidie sy gyda ni fan hyn,' meddai Mr Syr.

Aeth trwy gynnwys sach gefn Stanley a rhoi caniatâd iddo'i chadw. Yna aeth â Stanley allan i ganol y gwres llethol.

'Edrych o dy gwmpas,' meddai Mr Syr. 'Beth weli di?'

Edrychodd Stanley draw dros y diffeithwch anferthol. Roedd yr awyr fel petai'n drwch o wres a baw. 'Dim llawer,' meddai, cyn ychwanegu'n frysiog, 'Mr Syr.'

Chwarddodd Mr Syr. 'Ti'n gallu gweld unrhyw dyrau gwarchod?'

'Nagw.'

'Beth am ffens drydan?'

'Na, Mr Syr.'

'Sdim ffens o gwbl, nag oes e?'

'Nagoes, Mr Syr.'

'Ti'n moyn rhedeg bant?' gofynnodd Mr Syr iddo.

Edrychodd Stanley arno heb ddeall yn iawn beth roedd e'n ei feddwl.

'Os wyt ti am redeg i ffwrdd, bant â ti gwboi. Cer nawr. Sa i'n mynd i dy stopo di.'

Doedd Stanley ddim yn deall pa fath o gêm roedd Mr Syr yn ei chwarae.

'Dwi'n gallu gweld dy fod ti'n edrych ar fy ngwn. Paid â becso. Sa i'n mynd i dy saethu.'

Tarodd ei wain â'i fysedd. 'Ar gyfer madfallod melyn brith mae hwn. Fyddwn i ddim yn gwastraffu bwled arnat ti.'

'Sa i'n mynd i redeg bant,' meddai Stanley.

'Da iawn,' meddai Mr Syr. 'Sneb yn rhedeg bant o fan hyn. Sdim angen ffens arnon ni. Ti'n gwbod pam? Achos gyda ni mae'r unig ddŵr am gan milltir. Ti'n moyn rhedeg bant? Bydd y boncathod yn dy fwyta di o fewn tridie.'

Gallai Stanley weld bechgyn yn gwisgo dillad oren ac yn cario rhofiau yn ymlwybro'n araf tuag at y pebyll.

'Oes syched arnat ti?' gofynnodd Mr Syr.

'Oes, Mr Syr,' atebodd Stanley'n ddiolchgar.

'Wel, well iti ddod yn gyfarwydd â theimlo felna. Rwyt ti'n mynd i fod yn sychedig am y deunaw mis nesa.'

5

Roedd yno chwe phabell fawr lwyd, ac ar bob un roedd llythyren ddu: A, B, C, D, E, neu F. Ar gyfer y gwersyllwyr roedd y pum pabell gyntaf. Cysgai'r swyddogion yn F.

Cafodd Stanley ei roi ym mhabell D. Ei swyddog oedd Mr Pendanski.

'Mae fy enw i'n hawdd 'i gofio,' meddai Mr Pendanski wrth iddo ysgwyd llaw â Stanley y tu allan i'r babell. 'Tri gair: pen, dan, sgi.'

Dychwelodd Mr Syr i'r swyddfa.

Roedd Mr Pendanski'n iau na Mr Syr, a doedd e ddim hanner mor arswydus yr olwg. Roedd gwallt ei ben wedi cael ei eillio mor gwta fel ei fod e bron yn foel, ond roedd ei wyneb wedi'i orchuddio â barf drwchus, gyrliog, ddu. Cawsai ei drwyn ei losgi'n ddrwg gan yr haul.

'Tydy Mr Syr ddim mor ddrwg â hynny,' meddai Mr Pendanski. 'Ond mae o 'di bod mewn hwylia drwg ers iddo fo roi'r gora i smygu. Rŵan, mae 'na un arall yma, sef y Warden. Dim ond un rheol go iawn sydd yng Ngwersyll Glaslyn: Paid â thramgwyddo'r Warden.'

Nodiodd Stanley, fel petai e'n deall.

'Dwi isho i chdi wbod, Stanley, 'mod i'n dy barchu,' meddai Mr Pendanski. 'Dwi'n dallt dy fod ti 'di gneud amball gamgymeriad drwg yn ystod dy fywyd. Fel arall fasat ti ddim yma. Ond mae pawb yn gneud camgymeriada. Hwyrach yn wir fod ti 'di gneud rhai petha drwg, ond tydy hynny ddim yn golygu mai hogyn drwg wyt ti.'

Nodiodd Stanley. Doedd dim pwynt ceisio esbonio wrth ei swyddog ei fod e'n ddieuog. Roedd pawb siŵr o fod yn dweud hynny, meddyliodd. Doedd e ddim eisiau i Mr Pen-dan-sgi feddwl bod ei agwedd yn wael.

'Dwi'n mynd i dy helpu di i newid dy fywyd er gwell,' meddai'r swyddog. 'Ond mae'n rhaid i titha helpu hefyd. Fedra' i ddibynnu ar dy help?'

'Medrwch, syr,' atebodd Stanley.

'Da iawn,' meddai Mr Pendanski a churodd gefn Stanley'n ysgafn.

Roedd dau fachgen, y naill a'r llall yn cario rhaw, yn dod ar draws y buarth. Galwodd Mr Pendanski arnyn nhw. 'Rex! Alan! Dowch i ddeud helô wrth Stanley. Fo 'di aelod diweddara ein tîm.'

Taflodd y bechgyn gipolwg blinedig ar Stanley.

Roedden nhw'n chwys sopen, ac roedd eu hwynebau mor frwnt fel y cymerodd eiliad neu ddwy i Stanley sylwi taw bachgen gwyn oedd y naill ac un du oedd y llall.

'Be ddigwyddodd i Barf Bag?' gofynnodd y llanc du.

'Mae Lewis yn yr ysbyty o hyd,' meddai Mr Pendanski. 'Fydd o ddim yn dŵad yn 'i ôl.' Anogodd y bechgyn i ddod i ysgwyd llaw â Stanley ac i'w cyflwyno'u hunain, 'fel gwŷr bonheddig'.

'Haia,' rhochiodd yr un gwyn.

'Hwn 'di Alan,' meddai Mr Pendanski.

'Dim Alan yw'n enw i,' meddai'r bachgen. 'Squid yw'n enw i. A 'co X-Ray.'

'Haia,' meddai X-Ray. Gwenodd ac ysgwyd llaw Stanley. Gwisgai sbectols, ond roedden nhw mor frwnt fel ei bod yn anodd gan Stanley gredu ei fod yn gallu gweld trwyddyn nhw.

Dywedodd Mr Pendanski wrth Alan am fynd i'r Neuadd Hamdden a dod â'r bechgyn eraill i gwrdd â Stanley. Yna, aeth ag e i mewn i'r babell.

Roedd yno saith gwely, pob un lai na dwy droedfedd oddi wrth yr un nesaf ato.

'P'un oedd gwely Lewis?' gofynnodd Mr Pendanski.

'Mi oedd Barf Bag yn arfer cysgu fan 'ma,' meddai X-Ray gan gicio un o'r gwelyau.

'Iawn ta, Stanley, hwnna fydd dy un di,' meddai Mr Pendanski.

Edrychodd Stanley ar y gwely a nodio. Doedd e ddim uwch ben ei ddigon o feddwl y byddai'n cysgu mewn gwely a arferai gael ei ddefnyddio gan rywun o'r enw Barf Bag.

Roedd saith crât wedi cael eu rhoi mewn dau bentwr ar un ochr o'r babell. Roedd pen agored y cratiau'n wynebu allan. Dododd Stanley ei sach gefn, ei ddillad arall a'r tywel yn y crât a arferai berthyn i Barf Bag. Roedd e ar waelod y pentwr o dri.

Dychwelodd Squid yng nghwmni pedwar bachgen arall. Cafodd y tri cyntaf eu cyflwyno gan Mr Pendanski fel José, Theodore a Ricky. Ond roedd yn well ganddyn nhw yr enwau Magnet, Armpit a Zigzag.

'Mae gan bob un ohonan nhw lysenwa,' eglurodd Mr Pendanski. 'Er hynny, mae'n well gynno i 'u galw nhw wrth yr enwa gafon nhw gan 'u rhieni – wrth yr enwa y bydd *cymdeithas yn eu 'nabod* pan ddychwelan nhw i fod yn aeloda defnyddiol a diwyd ohoni.'

'Nid dim ond llysenw ydi o,' meddai X-Ray wrth Mr Pendanski. Tapiodd ymyl ei sbectol. 'Dwi'n medru gweld tu mewn ichi, Mam. Mae gynnoch chi glamp o galon fawr.'

Naill ai doedd gan y bachgen olaf ddim enw go iawn neu doedd ganddo fe ddim llysenw. Yr enw a ddefnyddiodd Mr Pendanski ac X-Ray i gyfeirio ato oedd Zero.

'Wyt ti'n gwbod pam mae pawb yn 'i alw fo'n Zero?' gofynnodd Mr Pendanski. 'Achos sgynno fo ddim byd yn 'i ben.' Gwenodd a phrocio ysgwydd Zero'n chwareus.

Ddywedodd Zero ddim byd.

'A dyna Mam!' meddai un o'r bechgyn.

Gwenodd Mr Pendanski arno. 'Os ydi 'ngalw i'n Mam yn gneud ichdi deimlo'n well, Theodore, da ti 'y machgan i, galw Mam arna' i.' Trodd at Stanley. 'Os oes gen ti unrhyw gwestiyna, mi wnaiff Theodore dy helpu. Glywast ti 'na, Theodore? Dwi'n dibynnu arna' chdi.'

Poerodd Theodore rhwng ei ddannedd gan wneud i rai o'r bechgyn eraill gwyno am yr angen i gadw eu 'cartref' yn lân.

'Ar un adeg roedd pob un ohonach chi'n newydd yma,' meddai Mr Pendanski, 'ac mae pob un ohonach chi'n gwbod sut mae hynny'n teimlo. Dwi'n dibynnu ar bob un ohonach chi i helpu Stanley.'

Edrychodd Stanley tua'r llawr.

Gadawodd Mr Pendanski'r babell, a chyn bo hir dechreuodd y bechgyn eraill adael hefyd, gan fynd â'u tywelion a'u dillad glân gyda nhw. Roedd Stanley'n falch o gael bod ar ei ben ei hun, ond roedd y fath syched arno, a theimlai fel petai'n mynd i farw pe na châi rywbeth i'w yfed yn fuan.

'Hei, yyy, Theodore,' galwodd, gan fynd ar ei ôl, 'Ti'n gwbod ble alla i lenwi'n fflasg ddŵr?'

Trodd Theodore ar ei sodlau a gafael yn Stanley gerfydd ei goler. 'Nage The-o-dore yw'n enw i,' meddai. 'Armpit yw e.' Taflodd Stanley i'r llawr.

Syllodd Stanley i fyny arno, mewn dychryn.

'Mae tap dŵr ar wal y cawodydd.'

'Diolch . . . Armpit,' meddai Stanley.

Wrth iddo wylio'r bachgen yn troi a cherdded oddi yno, ni allai yn ei fyw ddeall pam y byddai neb eisiau cael ei alw'n Armpit.

Mewn ffordd, parodd iddo deimlo ychydig yn well ynglŷn â gorfod cysgu mewn gwely a oedd wedi cael ei ddefnyddio gan rywun o'r enw Barf Bag. Arwydd o barch oedd e o bosib.

6

Cafodd Stanley gawod – os gelli di ei galw'n gawod, cafodd swper – os gelli di ei alw'n swper, ac aeth i'r gwely – os gelli di alw'i wely drewllyd a chraflyd yn wely.

Oherwydd y prinder dŵr, dim ond am bedair munud y câi pob gwersyllwr aros yn y gawod. Cymerodd bron gymaint â hynny o amser i Stanley ymgyfarwyddo â'r dŵr oer. Doedd dim tap ar gyfer dŵr poeth. Bu'n camu o dan y chwistrelliad dŵr ac yna'n neidio oddi wrtho, nes i'r dŵr stopio'n awtomatig. Ni lwyddodd i ddefnyddio'i far sebon o gwbl, a da o beth oedd hynny, achos ni fyddai wedi cael amser i olchi'r trochion oddi ar ei groen.

Rhyw fath o gig a llysiau wedi'u stiwio oedd swper. Roedd y cig yn frown ac roedd y llysiau wedi bod yn wyrdd ar un adeg. Blasai popeth fwy neu lai yr un peth. Bwytaodd y cyfan, a defnyddiodd ei dafell o fara gwyn i lyncu'r sudd.

Doedd Stanley erioed wedi bod yn un i adael bwyd ar ôl, sut bynnag roedd ei flas e.

'Be wnest ti?' gofynnodd un o'r gwersyllwyr iddo.

Ar y dechrau ni wyddai Stanley beth roedd e'n ei feddwl.

'Anfonon nhw ti 'ma am reswm.'

'O,' sylweddolodd e. 'Dwges i bâr o dreinyrs.'

Roedd y bechgyn eraill yn meddwl bod hynny'n ddoniol. Doedd Stanley ddim yn siŵr pam. Efallai am fod eu troseddau nhw'n waeth o lawer na dwyn esgidiau.

'O siop, neu oedden nhw ar draed rhywun?' gofynnodd Squid.

'Dim un o'r ddou,' atebodd Stanley. 'Treinyrs Clyde Livingston o'n nhw.'

Doedd neb yn ei gredu.

'Sweet Feet?' meddai X-Ray. 'Ia, ia!'

'Wnest ti ddim!' meddai Squid.

Nawr, wrth i Stanley orwedd ar ei wely, meddyliodd mor rhyfedd yr oedd pethau. Doedd neb wedi'i gredu pan ddywedodd ei fod e'n ddieuog. Nawr, pan ddywedodd ei fod e wedi'u dwyn nhw, doedd neb yn ei gredu eto.

Chwaraewr pêl-fas enwog oedd Clyde 'Sweet Feet' Livingston. Fe oedd y chwaraewr oedd ar frig y Gynghrair Americanaidd am gipio basau am y tair blynedd diwethaf. Fe hefyd oedd yr unig chwaraewr erioed i daro ergyd driphlyg, bedair o weithiau mewn un gêm.

Roedd gan Stanley boster ohono ar wal ei ystafell wely. Wel, roedd y poster yn arfer bod ganddo beth bynnag. Ni wyddai ymhle roedd e bellach. Cawsai ei gymryd gan yr heddlu a'i ddefnyddio yn y llys fel tystiolaeth o'i euogrwydd.

Daeth Clyde Livingston ei hun i'r llys. Er gwaethaf popeth, pan glywodd Stanley fod Sweet Feet yn mynd i fod yno, roedd e wir yn gyffrous am y posibilrwydd o gwrdd â'i arwr.

Tystiodd Clyde Livingston taw ei esgidiau e oedden nhw a'i fod e wedi'u rhoi nhw i helpu codi arian at y lloches i'r digartref. Dywedodd na allai ddychmygu pa fath o berson ofnadwy fyddai'n dwyn oddi ar blant digartref.

Dyna oedd y rhan waethaf i Stanley. Roedd ei arwr yn meddwl taw hen leidr pwdr-y-diawl oedd e.

Ofnai Stanley y byddai'i wely'n cwympo wrth iddo geisio troi drosodd. Prin ei fod e'n ffitio ynddo. Pan lwyddodd yn y diwedd i orwedd ar ei fola, roedd yr arogl mor ddrwg fel y bu'n rhaid iddo droi 'nôl ar ei gefn. Gwyntai'r gwely fel llaeth sur.

Er ei bod hi wedi nosi, roedd yr awyr yn dwym iawn o hyd. Chwyrnai Armpit ddau wely i ffwrdd.

Yn ôl yn yr ysgol, roedd bwli o'r enw Derrick Dunne yn arfer plagio Stanley. Doedd yr athrawon byth yn cymryd cwynion Stanley o ddifrif am fod Derrick gymaint yn llai na Stanley. Meddyliai Stanley fod rhai o'r athrawon yn ei gweld hi'n ddoniol bod bachgen mor fach â Derrick yn gallu pryfocio rhywun mor fawr â Stanley.

Ar y diwrnod y cafodd Stanley ei arestio, roedd Derrick wedi cymryd llyfr nodiadau Stanley ac, ar ôl ei bryfocio'n hir a'i herio i ddod i'w gymryd yn ôl oddi wrtho, gollyngodd ef i lawr y toiled yn nhŷ bach y bechgyn. Erbyn i Stanley lwyddo i'w dynnu allan roedd e wedi colli'i fws, a bu'n rhaid iddo gerdded adref.

Tra'n cerdded adref, gan gario'i lyfr gwlyb a meddwl am y dasg o orfod copïo'r tudalennau a oedd wedi cael eu difetha, y syrthiodd y treinyrs o'r awyr.

'Cerdded adre o'n i a syrthiodd y treinyrs o'r awyr,' dywedodd Stanley wrth y barnwr. 'Fe wnaeth un 'y nharo ar 'y mhen.'

Roedd e wedi brifo hefyd.

Doedden nhw ddim wedi syrthio o'r awyr go iawn. Newydd gamu allan i'r awyr agored ar ôl bod yn cerdded o dan drosffordd roedd e pan drawodd yr esgid e ar ei ben.

I Stanley roedd hyn fel rhyw fath o arwydd. Roedd ei dad wedi bod yn ceisio dod o hyd i ffordd o ailgylchu hen dreinyrs, ac yn sydyn reit dyma bâr o dreinyrs yn cwympo ar ei ben, fel petai o unman, fel rhodd gan Dduw.

Yn naturiol, doedd ganddo ddim syniad eu bod

nhw'n perthyn i Clyde Livingston. Mewn gwirionedd, roedd yr esgidiau ymhell o fod yn bersawrus. Roedd gan bwy bynnag a oedd wedi'u gwisgo broblem ddrwg gyda thraed drewllyd.

Ni allai Stanley lai na meddwl bod rhywbeth arbennig ynghylch yr esgidiau, y bydden nhw rywsut yn cynnig yr allwedd i ddyfais ei dad. Roedd yn ormod o gyd-ddigwyddiad i fod wedi digwydd ar hap a damwain. Roedd Stanley wedi teimlo fel petai'n dal esgidiau tynged.

Rhedodd. Wrth gofio 'nôl, doedd e ddim yn siŵr pam ei fod wedi rhedeg. Efallai ei fod ar frys i fynd â'r esgidiau at ei dad, neu efallai ei fod yn ceisio rhedeg bant oddi wrth ei ddiwrnod diflas a llawn cywilydd yn yr ysgol.

Stopiodd car heddlu wrth ei ochr. Gofynnodd heddwas iddo pam ei fod e'n rhedeg. Yna cymerodd yr esgidiau a gwnaeth alwad ar ei radio. Yn fuan wedyn cafodd Stanley ei arestio.

Fel y digwyddodd hi, roedd yr esgidiau rhedeg wedi cael eu dwyn oddi ar arddangosfa yn y lloches i'r digartref. Y noson honno roedd pobl gefnog yn mynd i ddod i'r lloches a thalu can doler er mwyn bwyta'r bwyd roedd y bobl dlawd yn ei fwyta bob dydd am ddim. Roedd Clyde Livingston, a oedd yn arfer byw yn y lloches pan oedd e'n iau, yn mynd i siarad ac arwyddo llofnodion. Byddai'i esgidiau'n cael eu gwerthu mewn ocsiwn, ac roedd disgwyl iddyn nhw godi dros bum mil o ddoleri. Byddai'r arian i gyd yn mynd i helpu'r digartref.

Oherwydd amserlen y tymor pêl-fas, cafodd achos llys Stanley ei ohirio am fisoedd lawer. Roedd ei rieni'n methu fforddio cyflogi cyfreithiwr. 'Sdim angen cyfreithiwr arnat ti,' meddai'i fam. 'Jest gwed y gwir.'

Dywedodd Stanley'r gwir, ond efallai y byddai wedi bod yn well petai e wedi dweud pwt o gelwydd. Gallai fod wedi dweud iddo ddod o hyd i'r esgidiau yn y stryd. Doedd neb yn credu eu bod nhw wedi cwympo o'r awyr.

Nid tynged mohoni, sylweddolodd. Ar ei hen-hen-dad-cu-pwdr-y-diawl-a-ddygodd-fochyn roedd y bai!

Dywedodd y barnwr fod trosedd Stanley'n ffiaidd. 'Bydde'r sgidie wedi codi dros bum mil o ddoleri – arian fyddai wedi darparu bwyd a lloches i'r digartre. Ac fe ddwgest ti hynny oddi arnyn nhw, jest er mwyn iti ga'l swfenîr.'

Dywedodd y barnwr fod 'na le gwag yng Ngwersyll Glaslyn, ac awgrymodd y gallai disgyblaeth y gwersyll wella cymeriad Stanley. Naill ai hynny neu'r carchar amdani. Gofynnodd rhieni Stanley a fyddai'n bosib cael ychydig o amser i holi mwy ynghylch Gwersyll Glaslyn, ond fe'u cynghorwyd gan y barnwr i benderfynu yn y fan a'r lle. 'Dyw llefydd gwag ddim yn para'n hir yng Ngwersyll Glaslyn.'

7

Teimlai'r rhaw'n drwm yn nwylo meddal Stanley. Ceisiodd ei gwthio i mewn i'r pridd, ond trawodd y llafn yn erbyn y ddaear a sbonciodd oddi arni heb wneud unrhyw dolc. Rhedodd y cryniadau ar hyd coes y rhaw ac i mewn i arddyrnau Stanley, gan beri i'w esgyrn glecian.

Roedd hi'n dywyll o hyd. Deuai'r unig oleuni oddi wrth y lleuad a'r sêr, a doedd Stanley erioed wedi gweld cymaint o sêr o'r blaen. Roedd fel petai e newydd lwyddo i gwympo i gysgu pan ddaeth Mr Pendanski i mewn a dihuno pawb.

Gan ddefnyddio'i holl nerth, trawodd y rhaw yn erbyn gwely sych y llyn. Cafodd ei ddwylo eu brathu gan y grym ond ni wnaeth unrhyw argraff ar y ddaear. Meddyliodd tybed a oedd rhywbeth yn bod ar y rhaw. Taflodd gipolwg ar Zero, oedd ryw bymtheg troedfedd i ffwrdd, wrth i hwnnw godi llond rhaw o bridd a'i ollwng ar bentwr a oedd eisoes yn cyrraedd bron troedfedd o ran uchder.

I frecwast cawson nhw ryw fath o uwd llugoer. Y rhan orau oedd y sudd oren. Cafodd pob un garton peint. Doedd y grawnfwyd ddim yn blasu'n rhy ddrwg a dweud y gwir, ond roedd yn gwynto'n union fel ei wely.

Yna, llenwodd pawb eu fflasgiau dŵr, casglu rhaw yr un, a chael eu tywys allan i ganol y llyn. Cafodd pob grŵp ei roi mewn ardal wahanol.

Câi'r rhofiau eu cadw mewn sied yn ymyl y cawodydd. Edrychai pob un yr un fath i Stanley, er bod gan X-Ray ei raw arbennig ei hun, a doedd neb arall yn cael defnyddio honno. Yn ôl X-Ray, roedd hi'n fyrrach na'r lleill, ond os gwir hynny, trwch blewyn oedd rhyngddi a'r gweddill.

Mesurai'r rhofiau bum troedfedd o ran eu hyd, o ben blaen y llafn dur hyd at ben eithaf y coes pren. Byddai'n rhaid i dwll Stanley fod mor ddwfn â'i raw, a byddai'n rhaid iddo fedru gosod y rhaw i orwedd yn wastad ar draws y gwaelod i bob cyfeiriad. Dyna pam roedd X-Ray eisiau'r rhaw fyrraf.

Roedd cynifer o dyllau a thwmpathau yn y llyn fel ei fod yn atgoffa Stanley o luniau a welsai o'r lleuad. 'Os doi di o hyd i unrhyw beth diddorol neu anghyffredin,' meddai Mr Pendanski wrtho, 'mae isho ichdi sôn naill ai wrtha i neu Mr Syr pan ddown ni yn y cerbyd dŵr yn nes 'mlaen. Os bydd yr hyn rwyt ti'n 'i ffeindio wrth fodd y Warden, fydd dim isho ichdi weithio am weddill y dydd.'

'Whilo am beth yn gwmws ydyn ni?' gofynnodd Stanley iddo.

'Tydach chi ddim yn chwilio am ddim byd. Da chi'n cloddio er mwyn adeiladu cymeriad. Ond os ydach chi'n digwydd dŵad o hyd i rwbath, mi fasa'r Warden isho clywad amdano fo.'

Edrychodd Stanley ar ei raw. Doedd dim byd yn bod ar y rhaw. *Fe* oedd yn ddiffygiol.

Sylwodd fod 'na hollt denau yn y ddaear. Dododd flaen ei raw ar ei phen hi, yna neidiodd ar gefn y llafn â'i ddwy droed.

Suddodd y rhaw ychydig fodfeddi i mewn i'r pridd caled.

Gwenodd. Am unwaith roedd yn talu ffordd i fod yn rhy drwm.

Pwysodd ar goes y rhaw a chodi'i rofiad gyntaf o bridd cyn ei gollwng tua'r ochr.

Dim ond deg miliwn arall i fynd, meddyliodd. Dododd y rhaw yn ôl yn yr hollt a neidio arni drachefn.

Llwyddodd i glirio sawl rhofiad o bridd fel hyn, cyn iddi wawrio arno ei fod e'n gollwng ei bridd o fewn perimedr ei dwll. Gosododd ei raw yn wastad ar y ddaear a marcio ymhle y byddai ochrau ei dwll. Edrychai pum troedfedd yn llydan ofnadwy.

Symudodd y pridd roedd e eisoes wedi'i gloddio fel ei fod yn gorwedd y tu hwnt i'w farc. Yfodd ddracht o'i fflasg ddŵr. Byddai pum troedfedd yn ofnadwy o ddwfn hefyd.

Daeth y palu'n haws ymhen ychydig. Roedd y ddaear galetaf ar yr wyneb, lle roedd yr haul wedi pobi crofen oddeutu wyth modfedd o ddyfnder. O dan honno roedd y pridd yn fwy llac. Ond erbyn i Stanley dorri trwy'r grawen roedd pothell wedi ffurfio ar ganol ei fawd dde oedd yn brifo wrth iddo ddal y rhaw.

Elya Yelnats oedd enw hen hen dad-cu Stanley. Fe'i ganed yn Latfia. Pan oedd e'n bymtheg mlwydd oed cwympodd mewn cariad â Myra Menke.

(Doedd e ddim yn gwybod ei fod yn hen hen dad-cu i Stanley.)

Pedair ar ddeg oed oedd Myra Menke. Byddai'n bymtheg oed ymhen deufis, ac roedd ei thad wedi penderfynu mai dyna pryd y dylai hi briodi.

Aeth Elya at ei thad i ofyn iddo a gâi e briodi Myra. Felly hefyd Igor Barkov, y ffarmwr moch. Roedd Igor yn hanner cant a saith mlwydd oed. Roedd ganddo drwyn coch a bochau tew.

'Rwy'n fodlon trwco fy mochyn tewa am eich merch,' cynigiodd Igor.

'A beth sy gyda ti?' gofynnodd tad Myra i Elya.

'Calon yn llawn cariad,' atebodd Elya.

'Bydde'n well 'da fi gael mochyn tew,' meddai tad Myra.

Ac yntau ar ben ei dennyn, aeth Elya i weld Madame Zeroni, hen Eifftes a drigai ar gyrion y dref. Roedd y ddau'n ffrindiau da er ei bod hi gryn dipyn yn hŷn na fe. Roedd hi hyd yn oed yn hŷn nag Igor Barkov.

Roedd bechgyn eraill y pentref yn hoff o ymaflyd codwm mewn mwd. Roedd yn well gan Elya ymweld â Madame Zeroni a gwrando ar ei storïau lu.

Roedd gan Madame Zeroni groen tywyll a cheg lydan iawn. Pan edrychai arnat ti, byddai ei llygaid yn chwyddo, gan wneud iti deimlo ei bod hi'n edrych yn syth drwot ti.

'Elya, beth sy'n bod?' gofynnodd hi, cyn iddo yngan gair. Eisteddai mewn cadair olwyn a wnaed gartref. Doedd gan Madame Zeroni ddim troed chwith. Daeth ei choes i ben wrth ei phigwrn.

'Dwi mewn cariad â Myra Menke,' cyfaddefodd Elya. 'Ond mae Igor Barkov wedi cynnig trwco'i fochyn tewa amdani. Dwi'n ffaelu cystadlu â hynny.'

'Da iawn, wir,' meddai Madame Zeroni. 'Rwyt ti'n rhy ifanc i briodi. Mae dy holl fywyd o dy flaen di.'

'Ond dwi'n caru Myra.'

'Mae pen Myra mor wag â phot blode.'

'Ond mae hi'n hardd.'

'Mae pot blode'n hardd. Ydy hi'n gallu trin arad? Ydy hi'n gallu godro gafr? Nag yw, mae hi'n rhy eiddil. Ydy hi'n gallu cynnal sgwrs gall? Nag yw, mae hi'n wirion a ffôl. A wnaiff hi ofalu amdanat ti pan fyddi di'n dost? Na wnaiff, mae hi wedi cael 'i difetha a bydd hi'n moyn iti 'i charco hithe. Iawn, mae hi'n hardd. Beth am hynny? Chpyyh!'

Poerodd Madame Zeroni ar y llawr.

Dywedodd wrth Elya y dylai fynd i America. 'Fel fy mab. Dyna ble mae dy ddyfodol di. Nid gyda Myra Menke.'

Ond doedd Elya'n fodlon gwrando dim. Roedd e'n bymtheg oed, a'r cyfan a allai ei weld oedd harddwch arwynebol Myra.

Roedd yn gas gan Madame Zeroni weld Elya mor ddigalon. Yn groes i'r graen, dyma hi'n cytuno i'w helpu.

'Fel mae'n digwydd bod, fe ddaeth fy hwch â thorraid o foch bach ddoe,' meddai. 'Mae 'na un cardydwyn bach yn eu plith sy'n cael ei wrthod ganddi. Fe gei di hwnnw. Trigo bydde fe ta beth.'

Arweiniodd Madame Zeroni Elya i gefn ei thŷ lle roedd y moch. Cydiodd Elya yn y cardydwyn bach, ond ni allai yn ei fyw weld sut y gallai'r mochyn bach ei helpu. Prin ei fod e'n fwy na llygoden fawr.

'Bydd e'n tyfu,' meddai Madame Zeroni'n galonogol. 'Weli di'r mynydd 'na ar odre'r goedwig?'

'Gwelaf,' meddai Elya.

'Ar gopa'r mynydd mae 'na nant lle mae'r dŵr yn llifo ar i fyny. Bob dydd mae'n rhaid iti gario'r mochyn bach i ben y mynydd a gadael iddo yfed o'r nant. Wrth iddo yfed, mae gofyn iti ganu iddo fe.'

Dysgodd hi gân arbennig i Elya ei chanu i'r mochyn.

'Ar ddiwrnod pen-blwydd Myra'n bymtheg oed, dylet ti gario'r mochyn lan y mynydd am y tro ola. Wedyn, cer â fe'n syth at dad Myra. Bydd e'n dewach nag unrhyw fochyn sy gan Igor.'

'Os bydd e mor fawr ac mor dew â hynny,' gofynnodd Elya, 'shwt alla i 'i gario fe lan y mynydd?'

'Dyw'r mochyn bach ddim yn rhy drwm iti nawr, nag yw e?' gofynnodd Madame Zeroni.

'Nag yw, wrth gwrs,' meddai Elya.

'Wyt ti'n meddwl y bydd e'n rhy drwm iti fory?'

'Nagw.'

'Bob dydd fe wnei di gario'r mochyn i ben y mynydd. Bydd e'n tyfu ychydig yn fwy, ond fe dyfi dithe ychydig yn gryfach. Ar ôl iti roi'r mochyn i dad Myra, dwi am iti wneud un peth arall i fi.'

'Unrhyw beth,' meddai Elya.

'Dwi eisie iti 'nghario i lan y mynydd. Dwi eisie yfed o'r nant, a dwi eisie iti ganu'r gân i fi.'

Addawodd Elya y byddai'n gwneud hyn.

Rhybuddiodd Madame Zeroni petai e'n methu â gwneud hyn, byddai ar ben arno fe a'i ddisgynyddion am byth bythoedd.

Ar y pryd, ni feddyliodd Elya ddim ynghylch y felltith. Dim ond llanc pymtheg oed oedd e, a doedd 'am byth' ddim i'w weld llawer yn hirach na rhwng nawr ac wythnos i ddydd Mawrth nesaf. A beth bynnag, roedd e'n hoff o Madame

Zeroni a byddai'n falch o'i chario lan y mynydd. Byddai wedi'i wneud yn y fan a'r lle, ond doedd e ddim yn ddigon cryf eto.

Dal i gloddio a wnâi Stanley. Roedd ei dwll tua thair troedfedd o ran dyfnder, ond dim ond yn y canol. Gogwyddai ar i fyny tuag at yr ochrau. Dim ond newydd godi dros y gorwel roedd yr haul, ond yn barod gallai deimlo'i belydrau poeth yn erbyn ei wyneb.

Wrth iddo blygu i godi'i fflasg ddŵr, teimlodd y bendro'n dod drosto'n sydyn a dododd ei ddwylo ar ei bennau gliniau i'w sadio'i hun. Am eiliad roedd arno ofn y byddai'n chwydu, ond aeth yr eiliad heibio. Yfodd y diferyn olaf o ddŵr o'i fflasg. Roedd ganddo bothelli ar bob un o'i fysedd, ac ar ganol cledrau ei ddwy law.

Roedd twll pawb arall yn ddyfnach o lawer na'i dwll e. Doedd e ddim yn gallu gweld eu tyllau fel y cyfryw ond gallai ddweud wrth edrych ar faint eu pentyrrau o bridd.

Gwelodd gwmwl o lwch yn symud ar draws y diffeithdir a sylwodd fod y bechgyn eraill wedi rhoi'r gorau i balu a'u bod nhw'n gwylio'r cwmwl hefyd. Symudodd yn nes, a gallai Stanley weld ei fod yn dilyn tryc coch.

Stopiodd y tryc ar bwys lle roedden nhw'n palu, a safodd y bechgyn mewn rhes y tu ôl iddo, X-Ray yn y blaen a Zero yn y cefn. Aeth Stanley i sefyll y tu ôl i Zero.

Llenwodd Mr Syr fflasgiau pawb o danc dŵr ar wely'r tryc. Wrth iddo gymryd fflasg Stanley oddi arno, dywedodd, 'Beth wedes i? Nid un o'r Geidie wyt ti fan hyn.'

Cododd Stanley un ysgwydd ac yna'i gostwng.

Dilynodd Mr Syr Stanley yn ôl at ei dwll i weld sut siâp oedd arno. 'Well iti fwrw iddi,' meddai, 'neu rwyt ti'n mynd i fod wrthi'n palu yn ystod adeg boetha'r dydd.' Tarodd ychydig o hadau blodau haul yn ei geg, tynnu'r masglau'n ddeheuig â'i ddannedd a'u poeri i mewn i dwll Stanley.

Bob dydd cariai Elya'r mochyn bach i ben y mynydd a chanai iddo wrth iddo yfed o'r nant. Wrth i'r mochyn besgi, tyfai Elya yntau'n gryfach.

Ar ddiwrnod pen-blwydd Myra'n bymtheg oed pwysai mochyn Elya dros hanner can stôn. Roedd Madame Zeroni wedi'i siarsio i gario'r mochyn lan y mynydd y diwrnod hwnnw hefyd, ond doedd Elya ddim am ei gyflwyno'i hun i Myra ac yntau'n gwynto fel mochyn.

Yn lle hynny, cafodd fath. Hwn oedd ei ail fath o fewn llai nag wythnos.

Yna, tywysodd y mochyn i dŷ Myra.

Yno hefyd roedd Igor Barkov gyda'i fochyn yntau.

'Dyma ddou o'r moch godidoca dwi erioed wedi'u gweld,' cyhoeddodd tad Myra.

Gwnaeth Elya argraff dda arno hefyd. Roedd hwnnw fel petai e wedi tyfu'n fwy ac yn gryfach yn ystod y deufis diwethaf. 'O'n i'n arfer meddwl taw hen bwdryn â dy ben wastad mewn llyfr o't ti,' meddai. 'Ond dwi'n gweld nawr y gelli di fod yn reslwr mwd penigamp.'

'Ga i briodi'ch merch?' gofynnodd Elya'n hy.

'Yn gynta, mae'n rhaid i fi bwyso'r moch.'

Fodd bynnag, dylai Elya druan fod wedi cario'i fochyn i ben y mynydd un tro arall. Pwysai'r ddau fochyn union yr un fath.

Roedd y pothelli ar ddwylo Stanley wedi rhwygo ar agor, ac roedd pothelli newydd wedi ffurfio. Newidiai Stanley'r ffordd roedd e'n gafael yn y rhaw er mwyn ceisio osgoi'r boen. Yn y diwedd, tynnodd ei gap a'i ddal rhwng coes ei raw a'i ddwylo cignoeth. Fe wnaeth hyn helpu, ond roedd cloddio'n anoddach am fod y cap yn llithro ac yn symud. Tywynnai'r haul yn danbaid ar ei ben ac ar ei war noeth.

Er iddo geisio'i argyhoeddi'i hun fel arall, bu'n ymwybodol ers tro fod ei bentyrrau o bridd yn rhy agos at ei dwll. Roedd y pentyrrau y tu allan i'w gylch pum troedfedd, ond gallai weld ei fod e'n mynd i redeg allan o le. Er hynny, cymerodd arno nad felly roedd hi, a daliodd ati i ychwanegu rhagor o bridd at y pentyrrau – pentyrrau y byddai'n rhaid iddo eu symud yn y pen draw.

Y broblem oedd bod y pridd wedi'i gywasgu tra oedd e yn y ddaear. O'i gloddio, roedd yn ehangu. Roedd y pentyrrau'n fwy o lawer na dyfnder ei dwll.

Byddai'n rhaid symud y pridd yn hwyr neu'n hwyrach. Dringodd Stanley'n anfoddog allan o'i dwll, a hyrddio'i raw i mewn i'r un pridd a oedd wedi cael ei balu ynghynt.

Aeth tad Myra ar ei bedwar ac aeth ati i archwilio'r ddau fochyn yn fanwl, o'r swch i'r sawdl.

'Dyna ddou o'r moch godidoca dwi erioed wedi'u gweld,' meddai o'r diwedd. 'Shwt dwi i fod i benderfynu? Dim ond un ferch sy 'da fi.'

'Beth am adael i Myra benderfynu?' awgrymodd Elya.

'Mae hynny'n afresymol!' bloeddiodd Igor gan boeri wrth iddo lefaru'r geiriau.

'Merch syml yw Myra heb fawr ddim yn 'i phen,' meddai'i thad. 'Shwt yn y byd y gall hi benderfynu, os na alla i, 'i thad, wneud hynny?'

'Mae hi'n gwbod shwt mae hi'n teimlo yn 'i chalon,' meddai Elya.

Rhwbiodd tad Myra'i ên. Yna chwarddodd cyn dweud, 'Pam lai?' Curodd Elya ar ei gefn. 'Sdim tamed o ots 'da fi. Mochyn yw mochyn.'

Galwodd ar ei ferch.

Cochodd Elya pan ddaeth Myra i mewn i'r ystafell. 'Prynhawn da, Myra,' meddai.

Edrychodd hi arno. 'Ti yw Elya, ontefe?' gofynnodd.

'Myra,' meddai'i thad. 'Mae Elya ac Igor ill dou wedi cynnig mochyn yn dâl am dy briodi. Sdim tamed o ots 'da fi. Mochyn yw mochyn. Felly, gadawa i iti ddewis. Pwy wyt ti eisie 'i briodi?'

Roedd golwg ddryslyd ar Myra. 'Rydych chi eisie i *mi* benderfynu?'

'Odw, dyna ti, 'nghariad i,' meddai'i thad.

'Jiawch, sa i'n gwbod,' meddai Myra. 'Pa fochyn sy'n pwyso fwya?'

'Mae'r ddou ohonyn nhw'n pwyso'n gwmws yr un peth,' meddai'i thad.

'Jiw,' meddai Myra, 'dwi'n dewis Elya, felly – na, Igor. Na, Elya. Na, Igor. O, dwi'n gwbod! Fe wna i feddwl am rif rhwng un a deg. Fe brioda i bwy bynnag sy'n dyfalu'r rhif agosa. Iawn, dwi'n barod.'

'Deg,' dyfalodd Igor.

Ddywedodd Elya ddim byd.

'Elya?' meddai Myra. 'Pa rif wyt ti'n 'i ddyfalu?'

Ni ddewisodd Elya rif. 'Prioda Igor,' mwmialodd. 'Cewch chi gadw 'mochyn i yn anrheg briodas.'

Y tro nesaf i'r tryc dŵr ddod, Mr Pendanski oedd yn gyrru, ac roedd ganddo fe becynnau bwyd hefyd. Eisteddodd Stanley â'i gefn yn erbyn pentwr o bridd a bwytaodd. Cafodd frechdan selsig, creision, a bisgïen siocled fawr.

'Shwt mae'n mynd?' gofynnodd Magnet.

'Ddim yn dda iawn,' meddai Stanley.

'Wel, y twll cynta yw'r anodda,' meddai Magnet.

Tynnodd Stanley anadl hir a dwfn. Roedd e'n methu fforddio sefyllian. Roedd e ymhell ar ôl y lleill, a mynd yn boethach o hyd a wnâi'r haul. Doedd hi ddim hyd yn oed yn ganol dydd eto. Ond ni wyddai a oedd ganddo'r nerth i sefyll ar ei draed. Meddyliodd am roi'r gorau iddi. Meddyliodd tybed beth fydden nhw'n ei wneud iddo. Beth allen nhw ei wneud iddo?

Roedd ei ddillad yn wlyb shwps gan chwys. Yn yr ysgol roedd e wedi dysgu bod chwysu'n dda iti. Dyna ffordd natur o'th gadw'n oer. Felly, pam roedd e mor boeth?

Gan ddefnyddio'i raw i'w gynorthwyo, llwyddodd Stanley i godi ar ei draed.

'Ble y'n ni fod i fynd i'r tŷ bach?' gofynnodd i Magnet.

Arwyddodd Magnet â'i freichiau tua'r ehangder mawr o'u cwmpas. 'Dewis dwll, unrhyw dwll,' meddai.

Ymlwybrodd Stanley'n simsan ar draws y llyn, a bu bron iddo gwympo dros bentwr o bridd.

Y tu ôl iddo gallai glywed Magnet yn dweud, 'Ond yn gynta gwna'n siŵr nad oes dim byd yn byw ynddo fe.'

Ar ôl gadael tŷ Myra, crwydrodd Elya'n ddiamcan drwy'r dref, nes iddo gyrraedd y cei. Eisteddodd ar ymyl glanfa a syllu i mewn i'r dŵr oer, du. Ni allai ddeall sut y cafodd Myra drafferth i benderfynu rhyngddo fe ac Igor. Credai ei bod hi'n ei garu. Hyd yn oed os nad oedd hi'n ei garu, oni allai hi weld person mor ffiaidd oedd Igor?

Roedd Madame Zeroni'n llygad ei lle. Roedd ei phen mor wag â phot blodau.

Roedd dynion yn ymgynnull ar ddoc arall, ac aeth Elya i weld beth oedd yn digwydd. Roedd arwydd ac arno'r geiriau:

YN EISIAU
GWEISION DEC
TAITH AM DDIM I AMERICA

Doedd ganddo ddim profiad hwylio, ond roedd capten y llong yn fodlon ei dderbyn. Gallai'r capten weld bod Elya'n ddyn o gryfder mawr. Nid pawb oedd yn gallu cario mochyn yn ei lawn dwf lan i ben mynydd.

Roedd y llong wedi hen adael yr harbwr ac yn anelu ar draws yr Iwerydd pan gofiodd Elya'n sydyn am ei addewid i gario Madame Zeroni i ben y mynydd. Teimlai'n ofnadwy.

Nid ofn y felltith oedd arno. Hen lol oedd hynny yn ei farn e. Teimlai'n ddrwg am ei fod e'n gwybod bod Madame Zeroni eisiau yfed o'r nant cyn iddi farw.

Zero oedd y bachgen lleiaf yng Ngrŵp D, ond fe oedd y cyntaf i orffen palu.

'Ti 'di cwpla?' gofynnodd Stanley'n eiddigeddus.

Ddywedodd Zero ddim byd.

Cerddodd Stanley draw at dwll Zero ac edrych arno'n ei fesur gyda'i raw. Roedd ceg y twll yn gylch perffaith, ac roedd yr ochrau'n llyfn ac yn serth. Doedd yr un priddyn mwy na'r angen wedi cael ei gloddio o'r ddaear.

Tynnodd Zero ei hun i fyny o grombil y twll. Ni wenodd hyd yn oed. Edrychodd i lawr ar ei dwll perffaith, poerodd ynddo, yna troi a cherdded yn ôl i fuarth y gwersyll.

'Bachan rhyfedd yw Zero,' meddai Zigzag.

Byddai Stanley wedi chwerthin, ond doedd ganddo fe ddim nerth.

Mae'n rhaid taw Zigzag oedd y 'bachan rhyfeddaf' a welodd Stanley erioed. Roedd ganddo wddwg hir, tenau a phen mawr crwn gyda gwallt golau crychlyd, gwyllt a hwnnw'n mynd i bob cyfeiriad. Siglai'i ben lan a lawr ar ei wddwg, fel petai ar sbring.

Armpit oedd yr ail i orffen cloddio. Poerodd yntau hefyd i mewn i'w dwll cyn troi am fuarth y gwersyll. Un ar ôl y llall, gwyliodd Stanley bob un o'r bechgyn yn poeri i mewn i'w dwll a dychwelyd i fuarth y gwersyll.

Dal i gloddio a wnaeth Stanley. Cyrhaeddai ei dwll bron cyn uched â'i ysgwyddau, er ei bod hi'n anodd dweud ble yn union roedd wyneb y ddaear am fod ei bentyrrau o bridd yn amgylchynu'r twll yn gyfan gwbl. Dyfnaf yn y byd yr aeth, anoddaf yn y byd roedd hi i godi'r pridd a'i daflu allan o'r twll. Unwaith eto, sylweddolodd y byddai'n rhaid iddo symud y pentyrrau.

Roedd gwaed o'i ddwylo'n staenio'i gap. Teimlai fel petai'n torri'i fedd ei hun.

Yn America, dysgodd Elya sut i siarad Saesneg. Syrthiodd mewn cariad â menyw o'r enw Sarah Miller. Roedd hi'n gallu trin arad, godro gafr, ac, yn bwysicach na dim, meddwl drosti ei hun. Byddai hi ac Elya yn aml yn aros ar ddihun tan yr oriau mân gan siarad a chwerthin gyda'i gilydd.

Doedd eu bywyd ddim yn hawdd. Gweithiai Elya'n galed, ond roedd fel petai anlwc yn ei ddilyn i bobman. Roedd e bob amser yn y man anghywir ar yr adeg anghywir.

Cofiodd i Madame Zeroni ddweud wrtho fod ganddi fab yn America. Roedd Elya'n chwilio amdano o hyd ac o hyd. Arferai fynd at ddieithriaid llwyr a holi a oedden nhw'n adnabod rhywun o'r enw Zeroni, neu a oedden nhw erioed wedi clywed am rywun o'r enw Zeroni.

Negyddol fyddai'r ateb bob tro. Doedd Elya ddim yn siŵr beth fyddai'n ei wneud, beth bynnag, petai byth yn llwyddo i ddod o hyd i fab Madame Zeroni. Ei gario i ben mynydd a chanu hwiangerdd y mochyn iddo?

Ar ôl i fellten daro'i ysgubor am y trydydd tro, dywedodd Elya wrth Sarah am ei addewid i Madame Zeroni a'r ffaith ei fod e wedi torri'r addewid hwnnw. 'Dwi'n waeth na lleidr moch,' meddai. 'Dylet ti fynd a 'ngadel a ffindo rhywun sy heb gael 'i felltithio.'

'Sa i'n mynd i dy adel di,' meddai Sarah. 'Ond wy'n moyn iti wneud un peth i fi.'

'Unrhyw beth,' meddai Elya.

Gwenodd Sarah. 'Cana hwiangerdd y mochyn i fi.'

Canodd hi iddi.

Pefriodd ei llygaid. 'Mae mor bert. Beth yw ei hystyr?'

Gwnaeth Elya ei orau i'w chyfieithu o Latfeg i Saesneg, ond doedd hi ddim yr un fath. 'Mae'n odli yn Latfeg,' dywedodd wrthi.

'O'n i'n gallu gweud,' meddai Sarah.

Flwyddyn yn ddiweddarach ganed eu plentyn. Rhoddodd Sarah yr enw Stanley arno oherwydd iddi sylwi taw 'Yelnats' wedi'i sillafu am yn ôl oedd 'Stanley'.

Newidiodd eiriau hwiangerdd y mochyn fel eu bod yn odli, a bob nos byddai'n ei chanu i Stanley bach.

'O na bai, o na bai,' medd cnocell y coed,
'Rhisgl y goeden yn feddal iawn.'
Tra disgwyl y blaidd yn unig a llwglyd,
Gan ganu'i gân i'r lleuad la-aa-awn,
'O na bai, o na bai.'

Roedd twll Stanley cyn ddyfned â'i raw, ond doedd e ddim yn ddigon llydan ar hyd y gwaelod.

Tynnodd wyneb wrth iddo dorri talp arall o bridd, yna'i godi a'i daflu ar ben y pentwr.

Rhoddodd ei raw i orwedd ar draws gwaelod ei dwll am yr eildro ac, er mawr syndod iddo, fe ffitiodd. Gosododd hi y ffordd arall ac ar ôl iddo ond naddu ambell dalp arall o bridd, fan hyn a fan draw, medrai'i rhoi i orwedd yn wastad ar draws ei dwll i bob cyfeiriad.

Clywodd y tryc dŵr yn nesáu, a theimlodd ryw falchder rhyfedd o allu dangos i Mr Syr neu Mr Pendanski ei fod e wedi torri'i dwll cyntaf.

Dododd ei ddwylo ar yr ymyl a cheisio'i dynnu'i hun allan. Roedd e'n methu. Roedd ei freichiau'n rhy wan i godi'i gorff trwm.

Defnyddiodd ei goesau i'w helpu, ond doedd ganddo ddim digon o nerth. Roedd e'n sownd yn ei dwll. Roedd y peth bron â bod yn ddoniol, ond doedd dim hwyliau chwerthin arno.

'Stanley!' galwodd Mr Pendanski.

Gan ddefnyddio'i raw, torrodd Stanley ddau droedle yn wal y twll. Dringodd allan a gweld Mr Pendanski'n cerdded draw ato.

'O'n i'n poeni dy fod ti 'di llewygu,' meddai Mr Pendanski. 'Nid ti fasa'r cynta.'

'Dwi wedi cwpla,' meddai Stanley, gan roi'i gap, a hwnnw wedi'i staenio â gwaed, yn ôl ar ei ben.

'Da iawn chdi!' meddai Mr Pendanski, gan godi'i law ar gyfer *high five*. Ond ei anwybyddu a wnaeth Stanley. Doedd ganddo mo'r nerth.

Gostyngodd Mr Pendanski ei law ac edrych i lawr ar dwll Stanley. 'Llongyfarchiada,' meddai. 'Ti isho pas nôl?'

Ysgydwodd Stanley ei ben. 'Fe gerdda i.'

Dringodd Mr Pendanski yn ôl i mewn i'r tryc heb lenwi fflasg Stanley. Arhosodd Stanley iddo yrru i ffwrdd, yna taflodd gipolwg arall ar ei dwll. Gwyddai nad oedd yn fawr o beth ac nad oedd yn ddim byd i fod yn falch ohono, ond teimlai'n falch serch hynny.

Sugnodd y diferyn olaf o boer yn ei geg a phoeri.

8

Mae llawer o bobl yn dewis peidio â chredu mewn melltithion.

Mae llawer o bobl yn dewis peidio â chredu mewn madfallod melyn brith hefyd, ond os digwydd i un dy gnoi, does dim tamaid o wahaniaeth a wyt ti'n credu ynddyn nhw ai peidio.

A dweud y gwir, mae braidd yn rhyfedd bod gwyddonwyr wedi enwi'r fadfall yn ôl ei smotiau melyn. Mae gan bob madfall union un ar ddeg o smotiau melyn, ond mae'n anodd gweld y smotiau ar ei chorff melynwyrdd.

Mae'r fadfall rhwng chwech a deg modfedd o ran hyd ac mae ganddi lygaid mawr coch. Mewn gwirionedd, melyn yw lliw ei llygaid, a'r croen o gwmpas y llygaid sy'n goch, ond bydd pawb bob amser yn sôn am ei llygaid coch. Mae ganddi hefyd ddannedd du a thafod gwyn llaethog.

Wrth edrych arni, byddet ti'n meddwl y dylai hi

fod wedi cael ei henwi'n fadfall 'lygatgoch', neu'n fadfall 'dduddant', neu efallai'n fadfall 'dafotgwyn'.

Os wyt ti erioed wedi bod yn ddigon agos i weld y smotiau melyn, rwyt ti siŵr o fod wedi marw.

Mae'r madfallod melyn brith yn hoffi byw mewn tyllau, sy'n cynnig cysgod rhag yr haul ac amddiffynfa rhag adar ysglyfaethus. Gall hyd at ugain madfall fyw mewn un twll. Mae ganddyn nhw goesau cryf, nerthol a gallan nhw neidio allan o dyllau dwfn iawn er mwyn ymosod ar eu prae. Maen nhw'n bwyta anifeiliaid bach, trychfilod, rhai mathau o ddrain cactws, a masglau hadau blodau haul.

9

Safai Stanley yn y gawod gan adael i'r dŵr oer lifo dros ei gorff poeth a dolurus. Dyma bedair munud o hyfrydwch pur. Am yr ail ddiwrnod yn olynol ni ddefnyddiodd sebon. Roedd e wedi blino gormod.

Doedd dim to uwchben adeilad y cawodydd, ac roedd y parwydydd chwe modfedd yn uwch na'r llawr ac eithrio yn y corneli. Doedd dim draen yn y llawr. Llifai'r dŵr allan o dan y parwydydd a throi'n anwedd yn gyflym yn yr haul.

Gwisgodd Stanley ei set lân o ddillad oren. Dychwelodd i'w babell, dodi'i ddillad brwnt yn y crât, estyn am ei bìn ysgrifennu ac am y bocs a oedd yn dal ei bapur ysgrifennu, a mynd i'r ystafell orffwys.

Roedd arwydd ar y drws yn dweud YSTAFELL ORFFWYLL.

Roedd bron popeth yn yr ystafell wedi torri; y teledu, y peiriant *pinball,* y celfi. Roedd golwg wedi torri ar y bobl hyd yn oed, gyda'u cyrff lluddedig yn gorweddian ar draws y gwahanol gadeiriau a soffas.

Roedd X-Ray ac Armpit yn chwarae pŵl. Roedd wyneb y bwrdd yn atgoffa Stanley o wyneb y llyn. Roedd yn llawn tolciau a thyllau am fod cymaint o bobl wedi cerfio'u llythrennau yn y ffelt.

Roedd twll yn y wal bellaf, ac roedd ffan drydan wedi cael ei gosod o'i flaen e. System awyru rad. O leiaf roedd y ffan yn gweithio.

Wrth i Stanley gerdded ar draws yr ystafell, baglodd dros goes rhywun.

'Hei, bydd yn ofalus!' meddai lwmpyn oren ar gadair.

'Gofala dithe,' mwmialodd Stanley, oedd wedi blino gormod i hidio.

'Beth wedest ti?' mynnodd y Lwmpyn.

'Dim byd,' meddai Stanley.

Cododd y Lwmpyn ar ei draed. Roedd e bron mor dal â Stanley ac yn galetach o dipyn. 'Fe wedest ti rwbeth.' Hwpodd ei fys tew yng ngwddwg Stanley. 'Beth wedest ti?'

Cyn pen dim ymffurfiodd torf o'u cwmpas.

'Hitia befo,' meddai X-Ray. Rhoddodd ei law ar ysgwydd Stanley. 'Paid â mynd benben efo'r Caveman,' rhybuddiodd.

'Bachan iawn yw'r Caveman,' meddai Armpit.

'Sa i'n whilo am drwbwl,' meddai Stanley. 'Dwi wedi blino, 'na gyd.'

Rhochiodd y Lwmpyn.

Cafodd Stanley ei arwain draw at soffa gan X-Ray ac Armpit. Symudodd Squid ryw ychydig i wneud lle i Stanley eistedd.

'Welaist ti'r Caveman nôl fan'na?' gofynnodd X-Ray.

'Boi caled yw'r Caveman,' meddai Squid, gan bwnio braich Stanley'n ysgafn.

Pwysodd Stanley'n ôl yn erbyn y gorchudd finyl a oedd wedi'i rwygo'n racs.

Er gwaetha'r gawod, teimlai Stanley'n chwilboeth o hyd. 'O'n i ddim yn trio dechre dim byd,' meddai.

Y peth olaf roedd e eisiau'i wneud ar ôl ei ladd ei hun drwy'r dydd ar y llyn oedd dechrau ymladd â bachgen o'r enw Caveman. Roedd e'n falch bod X-Ray ac Armpit wedi dod i'w achub.

'Wel, beth wyt ti'n feddwl o dy dwll cynta?' gofynnodd Squid.

Griddfanodd Stanley, a chwarddodd y bechgyn eraill.

'Wel, y twll cynta yw'r anodda,' meddai Stanley.

'Naci siŵr,' meddai X-Ray. 'Mae'r ail dwll yn anoddach o lawar. Rwyt ti'n brifo cyn ichdi hyd yn oed ddechra. Os wyt ti'n meddwl dy fod ti'n boena rŵan, aros i weld sut rwyt ti'n teimlo bora fory, cywir?'

'Cywir,' meddai Squid.

'Ac ar ben hynny, mae'r hwyl 'di mynd,' meddai X-Ray.

'Yr hwyl?' gofynnodd Stanley.

'Tyrd o 'na,' meddai X-Ray. 'Mi fetia i dy fod ti wastad wedi bod isho palu twll mawr, cywir? Ydw i'n gywir?'

Doedd Stanley erioed wedi meddwl am y peth o'r blaen, ond roedd e'n rhy gall i ddweud wrth X-Ray nad oedd e'n gywir.

'Mae pob hogyn yn y byd isho cloddio clamp o dwll mawr,' meddai X-Ray. 'Yr holl ffordd i China, cywir?'

'Cywir,' meddai Stanley.

'Ti'n gweld be dwi'n feddwl?' meddai X-Ray. 'Dyna be dwi'n ddeud. Ond rŵan mae'r hwyl ar ben. Ac mae'n rhaid ichdi neud o eto, ac eto, ac eto.'

'Gwersyll Hwyl a Sbri,' meddai Stanley.

'Beth sy yn y bocs?' gofynnodd Squid.

Roedd Stanley wedi anghofio ei fod e wedi dod â fe. 'O, papur. O'n i'n mynd i sgrifennu llythyr at Mam.'

'Dy fam?' chwarddodd Squid.

'Bydd hi'n becso os na wna i.'

Gwgodd Squid.

Edrychodd Stanley o gwmpas yr ystafell. Dyma'r unig le yn y gwersyll lle gallai'r bechgyn eu mwynhau eu hunain, a beth maen nhw'n ei wneud? Ei racso. Roedd y gwydr ar y teledu wedi torri, fel petai rhywun wedi rhoi'i droed drwyddo. Roedd fel petai o leiaf un goes yn eisiau ar bob bwrdd a phob cadair. Roedd popeth yn gwyro.

Arhosodd Stanley i Squid godi ac ymuno â'r gêm pŵl cyn dechrau ysgrifennu'i lythyr.

Annwyl Mam,

Heddiw oedd fy niwrnod cyntaf yn y gwersyll ac mae gen i ambell ffrind yn barod. Rydyn ni wedi bod mas ar y llyn drwy'r dydd, felly rydw i wedi blino'n lân. Ar ôl imi basio'r prawf nofio, bydda i'n cael dysgu sut i sgïo ar ddŵr. Rydw i

Stopiodd ysgrifennu wrth iddo ddod yn ymwybodol bod rhywun yn darllen dros ei ysgwydd. Trodd i weld Zero, yn sefyll y tu ôl i'r soffa.

'Sa i'n moyn iddi boeni amdana i,' eglurodd.

Ddywedodd Zero ddim byd. Syllai ar y llythyr â golwg ddifrifol, bron yn grac ar ei wyneb.

Rhoddodd Stanley'r llythyr yn ôl yn y bocs.

'Oedd 'na ambell X goch ar gefn y sgidie?' holodd Zero.

Cymerodd Stanley eiliad neu ddwy i sylweddoli bod Zero'n holi am esgidiau Clyde Livingston.

'Oedd,' atebodd. Meddyliodd Stanley tybed sut y gwyddai Zero hynny. Roedd Brand X yn frand poblogaidd. Efallai bod Clyde Livingston wedi gwneud hysbyseb ar eu cyfer.

Rhythodd Zero ar Stanley am eiliad, â'r un dwyster ag y bu'n rhythu ar y llythyr.

Hwpodd Stanley ei fys drwy dwll yn y soffa

finyl a thynnu ychydig o'r padin allan. Doedd e ddim yn ymwybodol o'r hyn roedd e'n ei wneud.

'Dere mlaen, Caveman – swper,' meddai Armpit.

'Ti'n dod, Caveman?' holodd Squid.

Edrychodd Stanley o'i gwmpas a sylweddoli bod Armpit a Squid yn siarad â fe. 'Ydw, siŵr iawn,' meddai. Dododd weddill y papur ysgrifennu yn ôl yn y bocs, yna cododd a dilyn y bechgyn allan at y byrddau.

Nid y Lwmpyn oedd Caveman mwyach. Ond fe.

Cododd ei ysgwydd chwith. Roedd yn well na Barf Bag.

10

Ni chafodd Stanley unrhyw drafferth mynd i gysgu, ond fe ddaeth y bore'n rhy sydyn o lawer. Roedd pob cyhyr a phob cymal yn ei gorff yn gwynegu wrth iddo geisio codi o'r gwely. Ni allai gredu ei bod yn bosib ond roedd ei gorff yn brifo'n fwy nag yr oedd y diwrnod cynt. Nid ei freichiau a'i gefn yn unig, ond roedd ei goesau, ei figyrnau a'i ganol yn brifo hefyd. Yr unig beth a'i berswadiodd i godi o'i wely oedd gwybod bod pob eiliad a wastraffai yn golygu ei fod un eiliad yn nes at godiad yr haul. Roedd yn gas ganddo'r haul.

Prin y gallai godi'i lwy yn ystod brecwast, ac yna roedd e allan ar y llyn â rhaw yn ei law yn lle llwy. Daeth o hyd i grac yn y ddaear, a dechreuodd gloddio'i ail dwll.

Safodd ar lafn y rhaw a gwthio cefn y goes â gwaelod ei fawd. Roedd hyn yn llai poenus na cheisio dala'r goes â'i fysedd pothellog.

Wrth iddo balu, cymerai ofal i ollwng y pridd

ymhell o'r twll. Roedd angen iddo gadw'r ardal o amgylch y twll ar gyfer yr adeg pan fyddai'i dwll yn ddyfnach o lawer.

Ni wyddai a fyddai'n medru cyrraedd mor bell â hynny. Roedd X-Ray'n llygad ei le. Yr ail dwll oedd yr anoddaf. Cymerai wyrth.

Tra oedd yr haul yn dal yn ei wely, tynnodd Stanley ei gap a'i ddefnyddio i amddiffyn ei ddwylo. Unwaith y codai'r haul, byddai'n rhaid iddo ei roi e yn ôl ar ei ben. Cawsai ei war a'i dalcen eu llosgi'n ddrwg y diwrnod cynt.

Aeth ati fesul rhofiad gan geisio peidio â meddwl am y dasg aruthrol oedd o'i flaen. Ar ôl rhyw awr, teimlai'i gyhyrau poenus fel petaen nhw'n dechrau ymlacio ryw ychydig.

Rhochiodd wrth iddo geisio gwthio'i raw i mewn i'r pridd. Llithrodd ei gap o'i afael, a syrthiodd y rhaw i'r llawr.

Gadawodd iddi orwedd yno.

Yfodd ddracht o'i fflasg ddŵr. Tybiodd y byddai'r tryc yn cyrraedd cyn bo hir, ond ni orffennodd y dŵr i gyd rhag ofn ei fod e'n anghywir. Roedd e wedi dysgu aros nes iddo weld y tryc cyn yfed ei ddiferyn olaf.

Doedd yr haul ddim wedi codi eto, ond roedd ei belydrau fel bwa ar draws y gorwel yn goleuo'r awyr.

Plygodd Stanley i godi'i gap, ac yno wrth ei ochr gwelodd garreg lydan wastad. Wrth iddo roi'i gap ar ei ben, edrychodd ar y garreg.

Cododd hi. Gallai dyngu ei fod e'n gweld siâp pysgodyn wedi'i ffosileiddio ynddi.

Rhwbiodd ychydig o'r pridd oddi arni, a gwelodd amlinelliad y pysgodyn yn gliriach. Sbeciodd yr haul dros y gorwel, a gallai Stanley weld llinellau bach mân lle roedd pob un o esgyrn y pysgodyn wedi bod.

Edrychodd ar y tir diffaith o'i gwmpas ym mhobman. Roedd hi'n wir fod pawb yn cyfeirio at yr ardal hon fel 'y llyn', ond roedd yn anodd credu fod y diffeithdir sych yma wedi bod yn llawn dŵr ar un adeg.

Yna cofiodd beth roedd Mr Syr a Mr Pendanski wedi'i ddweud. Petai e'n dod o hyd i rywbeth diddorol tra'n cloddio, dylai sôn wrth un ohonyn nhw. Petai'r Warden yn ei hoffi, fyddai dim rhaid iddo weithio am weddill y dydd.

Edrychodd ar y pysgodyn unwaith eto. Roedd e wedi dod o hyd i'w wyrth.

Daliodd i balu, ond yn araf iawn, wrth iddo aros am y tryc dŵr. Doedd e ddim eisiau tynnu sylw at ei ddarganfyddiad rhag ofn y byddai un o'r bechgyn eraill yn ceisio'i gymryd oddi arno. Taflodd y garreg, â'i hwyneb i lawr, wrth ochr ei bentwr o bridd, fel petai heb unrhyw werth arbennig. Ychydig yn ddiweddarach gwelodd y cwmwl o bridd yn dod ar draws y llyn.

Stopiodd y tryc ac aeth y bechgyn i sefyll mewn rhes. Bydden nhw bob amser yn sefyll yn yr un drefn, sylweddolodd Stanley, dim ots pwy fyddai'n cyrraedd gyntaf. X-Ray fyddai bob amser ym mhen blaen y rhes. Wedyn Armpit, Squid, Zigzag, Magnet a Zero.

Aeth Stanley i sefyll y tu ôl i Zero. Roedd e'n falch o fod yn y cefn, fel na fyddai neb yn sylwi ar y ffosil. Roedd pocedi mawr iawn ar ei drowsus ond roedd chwydd y garreg i'w weld.

Llenwodd Mr Pendanski fflasg ddŵr pob un o'r bechgyn nes cyrraedd Stanley.

'Ffindes i rwbeth,' meddai Stanley gan dynnu'r garreg o'i boced.

Estynnodd Mr Pendanski am fflasg ddŵr Stanley, ond rhoddodd Stanley'r garreg iddo yn lle hynny.

'Be 'di hwn?'

'Ffosil,' atebodd Stanley. 'Odych chi'n gweld y pysgodyn?'

Edrychodd Mr Pendanski arno unwaith eto.

'Chi'n gweld, fe allwch chi hyd yn oed weld pob un o'i esgyrn bach e,' meddai Stanley.

'Diddorol,' meddai Mr Pendanski. 'Ty'd â dy fflasg imi.'

Rhoddodd Stanley'r fflasg iddo. Aeth Mr Pendanski ati i'w llenwi a'i rhoi nôl iddo.

'Felly, ydw i'n rhydd am weddill y dydd?'

'Pam?'

'Chi'n gwbod, fe wedoch chi taswn i'n ffindo rhwbeth diddorol y bydde'r Warden yn gadel i fi roi'r gore i weithio am weddill y dydd.'

Chwarddodd Mr Pendanski wrth iddo roi'r ffosil nôl i Stanley. 'Mae'n ddrwg gen i, Stanley bach. Does gan y Warden ddim diddordeb mewn ffosilia.'

'Gad i fi weld honna,' meddai Magnet gan gymryd y garreg oddi ar Stanley.

Dal i syllu ar Mr Pendanski a wnâi Stanley.

'Hei, Zig, 'co'r garreg 'ma.'

'Da,' meddai Zigzag.

Gwyliodd Stanley ei ffosil yn cael ei basio o'r naill i'r llall.

'Dwi'n methu gweld dim byd,' meddai X-Ray. Tynnodd ei sbectol a'i sychu ar ei ddillad brwnt, cyn ei gwisgo drachefn.

'Ti'n gweld, edrych ar y pysgodyn bach,' meddai Armpit.

11

Dychwelodd Stanley i'w dwll. Doedd hyn ddim yn deg. Roedd Mr Pendanski hyd yn oed wedi dweud fod ei ffosil yn ddiddorol. Gwthiodd ei raw'n galed i mewn i'r ddaear a chodi darn arall o bridd.

Ymhen tipyn, sylwodd fod X-Ray wedi dod heibio a'i fod e'n ei wylio'n palu.

'Hei, Caveman, ty'd imi gael siarad efo ti am eiliad,' meddai X-Ray.

Gollyngodd Stanley ei raw a chamu allan o'i dwll.

'Gwranda,' meddai X-Ray. 'Os wnei di ffeindio rhwbath arall, rho fo i mi, iawn?'

Doedd Stanley ddim yn siŵr beth i'w ddweud. Roedd hi'n amlwg taw X-Ray oedd arweinydd y grŵp, a doedd Stanley ddim eisiau pechu'n ei erbyn.

'Rwyt ti'n newydd 'ma, on'd wyt ti?' meddai X-Ray. 'Dw inna wedi bod 'ma ers bron i flwyddyn. Dwi erioed wedi ffeindio dim byd. Ti'n gweld, tydy 'ngolwg i ddim yn rhy dda. Sneb yn gwbod hyn, ond wyt ti'n gwbod pam maen nhw'n galw X-Ray arna i?'

Cododd Stanley un o'i ysgwyddau.

'Siarad Ffrensh am Rex ydi o. Dyna oll. Dwi'n rhy ddall i ffeindio dim.'

Ceisiodd Stanley gofio sut roedd 'siarad Ffrensh' yn gweithio.

'Y peth ydi,' ychwanegodd X-Ray, 'pam ddylat ti gael diwrnod i'r brenin a titha ond wedi bod 'ma ers diwrnod neu ddau? Os oes diwrnod rhydd i fod, fi 'di'r person ddyla 'i gael o. Tydy hynny ond yn deg, cywir?'

'Ody sbo,' cytunodd Stanley.

Gwenodd X-Ray. 'Hen hogyn iawn wyt ti, Caveman.'

Cododd Stanley ei raw unwaith yn rhagor.

Mwyaf yn y byd y meddyliodd amdano, mwyaf yn y byd roedd e'n falch ei fod e wedi cytuno i adael i X-Ray gael unrhyw beth y câi hyd iddo. Os oedd e am ddod drwy'r cyfnod yma yng Ngwersyll Glaslyn, roedd yn bwysicach o lawer bod X-Ray yn meddwl taw 'hen hogyn iawn' oedd e yn hytrach na'i fod e'n cael un diwrnod rhydd. Ar ben hynny, doedd e ddim yn disgwyl cael hyd i ddim byd, beth bynnag. Go brin bod unrhyw beth 'o werth' allan yno, a hyd yn oed petai 'na rywbeth, doedd e ddim wedi bod yn rhyw lwcus iawn erioed.

Gwthiodd lafn ei raw'n galed i mewn i'r ddaear, yna gollyngodd rofiad arall o bridd wrth ochr y twll. Roedd yn rhyfedd braidd, meddyliodd, taw X-Ray oedd arweinydd y grŵp am ei bod hi'n amlwg nad fe oedd y mwyaf na'r caletaf. A dweud y gwir, heblaw am Zero, X-Ray oedd y lleiaf. Armpit oedd y mwyaf. Efallai bod Zigzag yn dalach nag Armpit, ond ei wddwg oedd yn gyfrifol am hynny. Eto, roedd fel petai Armpit, a phob un o'r lleill, yn fodlon gwneud beth bynnag roedd X-Ray'n ei ddymuno ganddyn nhw.

Wrth i Stanley gloddio rhofiad arall o bridd, daeth y syniad i'w feddwl nad Armpit oedd y mwyaf wedi'r cwbl. Roedd e, y Caveman, yn fwy.

Roedd e'n falch eu bod nhw wedi'i alw'n Caveman. Golygai eu bod nhw wedi'i dderbyn yn aelod o'r grŵp. Byddai wedi bod yn falch hyd yn oed petaen nhw wedi'i alw'n Barf Bag.

Roedd hyn wir yn syndod iddo. Yn yr ysgol, roedd bwlis fel Derrick Dunne yn arfer ei bryfocio. Eto i gyd, byddai unrhyw un o'r bechgyn yn fan hyn yn codi llond twll o ofn ar Derrick Dunne.

Wrth iddo balu'i dwll, meddyliodd Stanley sut y byddai hi ar rywun fel Derrick Dunne petai e'n gorfod ymladd yn erbyn Armpit neu Squid. Fyddai dim gobaith caneri gan Derrick.

Dychmygodd sut y byddai petai e'n dod yn ffrindiau da â phob un ohonyn nhw, ac yna am ryw reswm petaen nhw i gyd yn mynd gyda fe i'w ysgol, ac yna petai Derrick Dunne yn trio dwyn ei lyfr nodiadau . . .

'*A beth yn gwmws ti'n meddwl ti'n neud?*' *gofynna Squid, wrth iddo daro'i ddwylo yn erbyn wyneb hunanfoddhaus Derrick Dunne.*

'*Mae Caveman yn ffrind inni,*' *medd Armpit, gan gydio ynddo gerfydd coler ei grys.*

Actiodd Stanley'r olygfa drosodd a throsodd yn ei feddwl, a phob tro byddai'n gwylio bachgen arall o Grŵp D yn rhoi crasfa i Derrick Dunne. Roedd hyn yn ei helpu wrth iddo balu'i dwll ac yn lleddfu'i ddioddefaint. Beth bynnag oedd y boen a deimlai ef, roedd poen Derrick ddeg gwaith yn fwy.

12

Unwaith eto, Stanley oedd yr olaf i orffen palu. Roedd hi'n hwyr yn y prynhawn pan ymlusgodd yn ôl i'r buarth. Y tro hwn byddai wedi derbyn lifft ar y tryc petai rhywun wedi cynnig un.

Pan gyrhaeddodd y babell, roedd Mr Pendanski a'r bechgyn eraill yn eistedd mewn cylch ar y llawr.

'Croeso, Stanley,' meddai Mr Pendanski.

'Hei, Caveman. Wedi gorffen palu dy dwll?' gofynnodd Magnet.

Llwyddodd Stanley i nodio.

'Wnest ti boeri ynddo fe?' gofynnodd Squid.

Nodiodd Stanley am yr eildro. 'Ti'n iawn,' meddai wrth X-Ray. 'Yr ail dwll yw'r anodda.'

Ysgydwodd X-Ray ei ben. 'Y trydydd twll 'di'r anodda,' meddai.

'Tyrd i ymuno â'n cylch,' meddai Mr Pendanski.

Eisteddodd Stanley plop rhwng Squid a Magnet. Roedd angen gorffwys arno cyn mynd am gawod.

"Da ni 'di bod yn trafod be 'da ni isho 'neud hefo'n bywyda,' meddai Mr Pendanski. "Da ni ddim yn mynd i fod yng Ngwersyll Glaslyn am byth. Mae isho inni baratoi ar gyfer y diwrnod pan fyddwn ni'n gadal fan 'ma ac yn ymuno â gweddill cymdeithas.'

'Hei, dyna un da, Mam!' meddai Magnet. 'Felly, maen nhw'n mynd i'ch gadel chi i fynd o 'ma o'r diwedd?'

Chwarddodd y bechgyn eraill.

'Oce, José,' meddai Mr Pendanski. 'Beth wyt ti am 'i neud hefo dy fywyd?'

'Sa i'n gwbod,' meddai Magnet.

'Mae isho ichdi feddwl am hynny,' meddai Mr Pendanski. 'Mae'n bwysig bod gen ti amcanion. Fel arall, nôl yn y carchar y byddi di ar dy ben. Beth wyt ti'n hoffi 'neud?'

'Sa i'n gwbod,' meddai Magnet.

'Mae'n rhaid dy fod ti'n hoffi rhwbath,' meddai Mr Pendanski.

'Rwy'n hoffi anifeiliaid,' meddai Magnet.

'Da iawn,' meddai Mr Pendanski. 'Oes rhywun yn gwbod am unrhyw swyddi sy'n ymwneud ag anifeiliaid?'

'Milfeddyg,' meddai Armpit.

'Dyna chdi,' meddai Mr Pendanski.

'Galle fe weithio mewn sw,' meddai Zigzag.

'Yn y sw mae lle rhywun fel fe,' meddai Squid, ac yna chwarddodd e ac X-Ray.

'Beth amdana chdi, Stanley? Unrhyw syniada i José?'

Ochneidiodd Stanley. 'Hyfforddwr anifeiliaid,' meddai. 'Fel rheina yn y syrcas, neu'r ffilmie, neu rwbeth felly.'

'Unrhyw un o'r swyddi yna'n mynd â dy fryd, José?' gofynnodd Mr Pendanski.

'Rwy'n lico beth wedodd Caveman. Am hyfforddi anifeiliaid ar gyfer ffilmie. Rwy'n credu bydde fe'n eitha hwyl hyfforddi mwncïod.'

Chwarddodd X-Ray.

'Paid â chwerthin, Rex,' meddai Mr Pendanski. ''Da ni ddim yn chwerthin am ben breuddwydion pobl. Mae'n rhaid i rywun hyfforddi mwncïod ar gyfer y ffilmia.'

''Da chi ddim o ddifri, Mam?' gofynnodd X-Ray. 'Tydy Magnet byth yn mynd i hyfforddi mwncïod.'

'Wyddost ti mo hynny,' meddai Mr Pendanski. 'Dwi ddim yn awgrymu 'i bod hi'n mynd i fod yn hawdd. Sdim byd yn hawdd yn yr hen fyd 'ma. Ond tydy hynny ddim yn rheswm dros roi'r gora iddi. Mi synnet ti be fedri di 'i gyflawni dim ond ichdi roi dy fryd arni. Wedi'r cyfan, dim ond unwaith rwyt ti'n troedio'r ddaear 'ma, felly dylet ti drio gwneud y gora o betha.'

Ceisiodd Stanley benderfynu beth fyddai'n ei ddweud petai Mr Pendanski'n ei holi am yr hyn roedd e eisiau ei wneud â'i fywyd yntau. Roedd e'n arfer meddwl ei fod e am weithio i'r F.B.I. ond tybiodd nad dyma'r lle priodol i sôn am hynny.

'Hyd yn hyn mae pob un ohonach chi 'di gwneud joban reit dda ar ddifetha'ch bywyda,' meddai Mr Pendanski. ''Da chi'n meddwl eich bod chi'n cŵl, dwi'n gwbod.' Edrychodd ar Stanley. 'Felly, Caveman wyt ti rŵan, ia? Wyt ti'n lecio palu tylla, Caveman?'

Ni wyddai Stanley beth i'w ddweud.

'Wel, gad imi ddeud rhwbath wrtha chdi, Caveman. Rwyt ti yma oherwydd un person. Oni bai am y person hwnnw, fyddet ti ddim yma'n palu tylla yn yr haul tanbaid. Wyt ti'n gwbod pwy 'di'r person hwnnw?'

'Fy hen-hen-dad-cu-pwdr-y-diawl-a-ddygodd-fochyn.'

Chwarddodd y bechgyn eraill nes eu bod nhw'n wan.

Gwenodd Zero hyd yn oed.

Dyma'r tro cyntaf erioed i Stanley weld Zero'n gwenu. Fel arfer roedd golwg mor ddig ar ei wyneb. Nawr roedd ganddo wên mor enfawr fel ei bod yn edrych yn rhy fawr i'w wyneb, fel y wên ar bwmpen Calan Gaeaf.

'Nage,' meddai Mr Pendanski. 'Chdi 'di'r person hwnnw, Stanley. Chdi 'di'r rheswm dy fod ti yma. Rwyt ti'n gyfrifol amdana chdi dy hun. Chdi wnaeth gawlach o dy fywyd, ac mae hi fyny i chdi i' drwsio fo. Sneb arall yn mynd i' neud o drosot ti – dros yr un ohonach chi.'

Edrychodd Mr Pendanski o'r naill fachgen i'r llall. 'Mae pob un ohonach chi'n arbennig yn eich ffordd eich hun,' meddai. 'Mae gan bob un ohonoch chi rwbath i' gynnig. Mae'n rhaid ichi feddwl am yr hyn 'da chi isho neud, ac yna 'i neud o. Hyd yn oed chditha, Zero. Dwyt ti ddim yn gwbl ddiwerth.'

Roedd y wên wedi diflannu oddi ar wyneb Zero.

'Be wyt ti isho'i neud efo dy fywyd?' gofynnodd Mr Pendanski.

Roedd ceg Zero wedi'i chau'n dynn. Wrth iddo rythu'n ddig ar Mr Pendanski, roedd ei lygaid tywyll fel petaen nhw'n chwyddo.

'Be amdani, Zero?' holodd Mr Pendanski. 'Be wyt ti'n hoffi'i neud?'

'Rwy'n hoffi palu tylle.'

13

Yn rhy fuan o lawer roedd Stanley 'nôl ar y llyn, yn hwpo'i raw i mewn i'r pridd. Roedd X-Ray'n llygad ei le: y trydydd twll oedd yr anoddaf. Felly hefyd y pedwerydd twll. A'r pumed twll. A'r chweched, a'r . . .

Torrodd ei raw drwy'r pridd.

Ymhen tipyn roedd e wedi colli cyfrif o ba ddiwrnod yr wythnos oedd hi, ac o sawl twll roedd e wedi'i agor. Ymddangosai'r cyfan fel un twll mawr, a byddai'n cymryd blwyddyn a hanner i'w balu. Tybiodd ei fod e wedi colli o leiaf pum pwys. Ymhen blwyddyn a hanner felly, tybiodd y byddai naill ai mewn cyflwr corfforol gwych, neu'n farw.

Torrodd ei raw drwy'r pridd.

Doedd bosib ei bod hi mor boeth â hyn drwy'r amser, meddyliodd. Mae'n rhaid ei bod hi'n oerach ym mis Rhagfyr. Bryd hynny, mae'n ddigon posib y bydden nhw'n rhewi.

Torrodd ei raw drwy'r pridd.

Roedd ei groen wedi caledu. Doedd ei ddwylo ddim yn brifo cymaint wrth iddo ddal y rhaw.

Yfodd o'i fflasg ddŵr ac edrych lan ar yr awyr. Roedd cwmwl wedi ymddangos yn gynharach yn y dydd – y cwmwl cyntaf iddo'i weld ers dod i Wersyll Glaslyn.

Roedd e a'r bechgyn eraill wedi bod yn ei wylio drwy'r dydd, gan obeithio y byddai'n symud o flaen yr haul. Fe ddaeth e'n agos unwaith neu ddwy, ond y cyfan a wnâi oedd eu herian nhw.

Roedd ei dwll yn cyrraedd at ei ganol. Torrodd ei raw drwy'r pridd. Wrth iddo'i ollwng ar gyrion y twll, gallai dyngu ei fod e wedi gweld rhywbeth yn disgleirio wrth iddo gwympo ar ben y pentwr. Beth bynnag oedd e, cafodd ei gladdu'n gyflym.

Syllodd Stanley ar y pentwr am eiliad, gan amau a oedd e wedi gweld rhywbeth neu beidio. A hyd yn oed os oedd rhywbeth yno, pa les a gâi ohono? Roedd e wedi addo rhoi unrhyw beth a ffeindiai i X-Ray. Doedd dim pwynt iddo ddringo allan o'i dwll i fynd ar ei ôl.

Taflodd gip ar y cwmwl, a oedd yn ddigon agos at yr haul fel y bu'n rhaid iddo wneud llygaid bach er mwyn edrych arno.

Gwthiodd ei raw yn ôl i mewn i'r ddaear, casglodd rywfaint o bridd, a'i godi dros ben ei bentwr pridd. Ond yn hytrach na'i ollwng e yno, fe'i taflodd e draw i'r ochr. Roedd ei chwilfrydedd yn drech nag e.

Dringodd allan o'i dwll a hidlo'i fysedd drwy'r pentwr pridd. Teimlodd rywbeth caled a metalig.

Tynnodd e allan. Tiwb aur oedd e, tua'r un hyd a'r un lled â'r ail fys ar ei law dde. Roedd un pen y tiwb ar agor a'r pen arall ynghau.

Defnyddiodd ddiferyn neu ddau o'i ddŵr gwerthfawr i'w lanhau.

Roedd fel petai rhyw fath o batrwm ar y pen gwastad, caeëdig. Arllwysodd ychydig fwy o ddŵr arno fe a'i rwbio y tu mewn i boced ei drowsus.

Edrychodd drachefn ar y patrwm a oedd wedi'i ysgythru ar ben gwastad y tiwb. Gallai weld amlinelliad calon a'r llythrennau *K B* wedi'u crafu y tu mewn iddi.

Ceisiodd feddwl am ryw ffordd i osgoi gorfod ei roi i X-Ray. Fe allai ei gadw wrth gwrs, ond ni châi fawr o fudd o wneud hynny. Roedd e eisiau diwrnod bach i'r brenin.

Edrychodd ar y pentyrrau mawr o bridd ar bwys lle roedd X-Ray'n cloddio. Roedd X-Ray siŵr o fod bron â gorffen am y dydd. Prin y byddai cael gweddill y dydd yn rhydd yn gwneud llawer o ddaioni iddo. Byddai'n rhaid i X-Ray ddangos y tiwb i Mr Syr neu Mr Pendanski yn gyntaf, a bydden nhw yn eu tro yn gorfod ei ddangos i'r Warden. Erbyn i hynny ddigwydd mae'n ddigon posib y byddai X-Ray wedi gorffen ei waith beth bynnag.

Meddyliodd Stanley am y posibilrwydd o geisio mynd â'r tiwb yn dawel bach yn syth at y Warden. Gallai esbonio'r sefyllfa wrth y Warden, ac efallai y byddai'r Warden yn ffugio esgus dros roi diwrnod rhydd iddo, fel na fyddai X-Ray'n drwgdybio.

Edrychodd ar draws y llyn tua'r caban oedd o dan y ddwy dderwen. Roedd y lle'n codi ofn arno. Roedd e wedi bod yng Ngwersyll Glaslyn ers pythefnos bron, a doedd e byth wedi gweld y Warden. Llawn cystal hefyd. Petai e'n gallu mynd am ei gyfnod cyfan o flwyddyn a hanner heb weld y Warden, byddai ddim gwahaniaeth ganddo fe.

Ar ben hynny, ni wyddai a fyddai'r tiwb 'o ddiddordeb' i'r Warden 'ta beth. Edrychodd arno fe unwaith eto. Edrychai'n gyfarwydd. Roedd e'n meddwl ei fod e wedi gweld rhywbeth tebyg yn rhywle o'r blaen, ond ni allai gofio beth yn gwmws.

'Beth sy 'da ti fan 'na, Caveman?' gofynnodd Zigzag.

Caeodd llaw fawr Stanley am y tiwb. 'Dim byd, dim ond . . .' Doedd dim diben ceisio celu. 'Rwy'n credu 'falle 'mod i wedi dod o hyd i rwbeth.'

'Ffosil arall?'

'Nage, sa i'n siŵr beth yw e.'

'Dere i fi gael gweld,' meddai Zigzag.

Yn hytrach na'i ddangos i Zigzag, aeth Stanley ag e at X-Ray. Dilynodd Zigzag.

Edrychodd X-Ray ar y tiwb, yna rhwbiodd ei sbectol frwnt ar ei grys brwnt ac edrych ar y tiwb drachefn. Yn un ac un, dyma'r bechgyn eraill yn gollwng eu rhofiau a dod i gael pip.

'Mae'n edrych fel rhyw hen belen yn perthyn i ddryll,' meddai Squid.

'Ie, dyna beth yw e siŵr o fod,' meddai Stanley. Penderfynodd beidio â sôn am y patrwm a oedd wedi'i ysgythru arno. Efallai na fyddai neb yn sylwi arno. Go brin y gallai X-Ray ei weld e.

'Na, mae'n rhy hir a main i fod yn belen saethu,' meddai Magnet.

'Dim ond rhyw hen ddarn o rwtsh yw e siŵr o fod,' meddai Stanley.

'Wel, mi wna i ddangos o i Mam,' meddai X-Ray. 'Gawn ni weld be mae o'n feddwl. Pwy a ŵyr? Falla ga i weddill y diwrnod yn rhydd.'

'Rwyt ti bron â chwpla dy dwll di,' meddai Stanley.

'Yndw, ond be 'di'r gwahaniaeth?'

Cododd Stanley ei ysgwydd ac yna'i gostwng. 'Pam na wnei di aros tan fory i' ddangos e i Mam?' awgrymodd. 'Gelli di esgus dy fod ti wedi'i ffindo fe y peth cynta yn y bore. Wedyn, fe elli di gael y diwrnod cyfan yn rhydd, yn lle dim ond rhyw awr y prynhawn 'ma.'

Gwenodd X-Ray. 'Syniad da, Caveman.' Dododd X-Ray'r tiwb yn y boced fawr ar goes dde ei drowsus oren brwnt.

Aeth Stanley'n ôl at ei dwll.

Pan ddaeth y tryc dŵr, aeth Stanley i'w le ar ddiwedd y rhes, ond dywedodd X-Ray wrtho am fynd i sefyll y tu ôl i Magnet, o flaen Zero.

Symudodd Stanley i fyny un lle yn y rhes.

14

Y noson honno, wrth i Stanley orwedd ar ei wely craflyd a drewllyd, ceisiodd ystyried beth a allai fod wedi'i wneud yn wahanol. Am unwaith yn ystod ei fywyd anlwcus, roedd e yn y man iawn ar yr adeg iawn, ond hyd yn oed wedyn roedd popeth wedi troi'n ei erbyn.

'Ody e gyda ti?' gofynnodd i X-Ray fore trannoeth amser brecwast.

Edrychodd X-Ray arno â llygaid cilagored o'r tu ôl i'w sbectol frwnt. 'Wn i ddim am be ti'n sôn,' grwgnachodd hwnnw.

'Ti'n gwbod . . .' meddai Stanley.

'Nacdw, dwi ddim yn gwbod!' brathodd X-Ray. 'Felly, gad lonydd imi, iawn? Tydw i ddim isho siarad efo ti.'

Ni ddywedodd Stanley yr un gair arall.

Martsiodd Mr Syr y bechgyn allan i'r llyn, gan gnoi hadau blodau haul bob cam o'r ffordd a chan boeri'r masglau i bob man. Crafodd y ddaear â sawdl ei esgid, er mwyn marcio ble roedd pob bachgen i fod i gloddio.

Pwysodd Stanley ar gefn llafn y rhaw â'i droed gan dreiddio trwy'r pridd sych, caled. Roedd e'n methu'n deg â deall pam roedd X-Ray wedi siarad ag e mor swta. Os nad oedd e'n mynd i ddangos y tiwb, pam roedd e wedi gorfodi Stanley i'w roi e iddo? A oedd e'n mynd i'w gadw, a dyna fe? Roedd y tiwb yn aur o ran ei liw, ond doedd Stanley ddim yn credu taw aur go iawn oedd e.

Cyrhaeddodd y tryc dŵr toc ar ôl i'r haul godi. Yfodd Stanley ei ddiferyn olaf o ddŵr a chamu allan o'i dwll. Weithiau, yr adeg yma o'r dydd, gallai Stanley weld rhyw fryniau neu fynyddoedd yn y pellter draw ar ochr arall y llyn. Dim ond am ychydig bach y byddai modd eu gweld nhw a chyn hir bydden nhw'n diflannu y tu ôl i des y gwres a'r baw.

Stopiodd y tryc, a hwyliodd y cwmwl o lwch heibio iddo. Aeth X-Ray i sefyll ym mhen blaen y rhes. Dechreuodd Mr Pendanski lenwi'i fflasg ddŵr. 'Diolch, Mam,' meddai X-Ray. Ni soniodd am y tiwb.

Llenwodd Mr Pendanski bob un o'r fflasgiau, yna dringodd yn ôl i mewn i gab y tryc. Roedd angen iddo fynd â dŵr at Grŵp E o hyd. Gallai Stanley eu gweld nhw'n palu tua dau gan llath i ffwrdd.

'Mr Pendanski!' gwaeddodd X-Ray o grombil

ei dwll. 'Arhoswch! Mr Pendanski! Dwi'n credu 'falla 'mod i 'di ffeindio rhwbath!'

Dilynodd pob un o'r bechgyn Mr Pendanski wrth iddo gerdded draw at dwll X-Ray. Gallai Stanley weld y tiwb aur yn ymwthio trwy'r pridd oedd ar ben rhaw X-Ray.

Edrychodd Mr Pendanski arno'n fanwl ac astudio'r pen gwastad am amser hir. 'Dwi'n credu y bydd y Warden yn hoffi hwn.'

'Ody X-Ray'n cael diwrnod bant?' gofynnodd Squid.

'Daliwch ati i gloddio nes y bydd rhywun yn deud fel arall,' meddai Mr Pendanski. Yna gwenodd. 'Ond 'swn i'n chdi, Rex, faswn i ddim yn cloddio'n rhy galed.'

Gwyliodd Stanley'r cwmwl o lwch yn symud ar draws y llyn at y caban o dan y coed.

Byddai'n rhaid i'r bechgyn yng Ngrŵp E ddisgwyl, a dyna fe.

Cyn bo hir fe ddaeth y tryc 'nôl. Camodd Mr Pendanski allan o'r cab. Camodd menyw dal a chanddi wallt coch allan o ochr y teithiwr. Edrychai'n dalach na'r hyn oedd hi mewn gwirionedd am fod Stanley i lawr yn ei dwll. Gwisgai het gowboi ddu ac esgidiau cowboi du wedi'u haddurno â cherrig bach, gwyrddlas. Roedd hi wedi torchi llewys ei chrys, ac roedd ei breichiau'n llawn brychau haul. Felly hefyd ei hwyneb. Cerddodd yn syth at X-Ray.

'Fan hyn ffindest ti fe?'

'Ie, dyna chi.'

'Caiff dy waith da ei wobrwyo.' Trodd at Mr Pendanski. 'Gyrra X-Ray 'nôl i'r gwersyll. Gad iddo fe gael cawod ddwbwl, a rho ddillad glân iddo fe. Ond yn gynta dwi am iti lenwi fflasg pawb.'

'Newydd 'u llenwi ydw i,' meddai Mr Pendanski.

Rhythodd y Warden arno'n galed. 'Esgusoda fi?' meddai. Roedd ei llais yn isel.

'Newydd 'u llenwi nhw o'n i a dyma Rex –'

'Esgusoda fi?' meddai'r Warden eto. 'A wnes i ofyn iti pryd llenwest ti nhw ddiwetha?'

'Naddo, ond –'

'Esgusoda fi?'

Caeodd Mr Pendanski ei ben. Wiglodd y Warden ei bys iddo ddod ati. 'Mae'n boeth a mynd yn boethach wnaiff hi,' meddai. 'Nawr, mae'r bechgyn glân yma wedi bod yn gweithio'n galed. Smo ti'n meddwl 'falle 'u bod nhw wedi yfed peth o'r dŵr ers iti lenwi 'u fflasgie ddiwetha?'

Ddywedodd Mr Pendanski ddim byd.

Trodd y Warden at Stanley. 'Caveman, wnei di ddod yma, os gweli di fod yn dda?'

Roedd Stanley'n synnu ei bod hi'n gwybod ei enw fe. Doedd e erioed wedi'i gweld hi. Tan iddi gamu allan o'r tryc, doedd e ddim hyd yn oed yn gwybod taw menyw oedd y Warden.

Cerddodd ati'n bryderus.

'Mae Mr Pendanski a fi 'di bod yn cael trafodaeth. Wyt ti wedi cymryd dracht o ddŵr ers y tro diwetha i Mr Pendanski lenwi dy fflasg?'

Doedd Stanley ddim eisiau achosi unrhyw drafferth i Mr Pendanski.

'Mae 'da fi ddigon ar ôl o hyd,' meddai.

'Esgusoda fi?'

Stopiodd Stanley ar unwaith. 'Do, fe wnes i yfed peth.'

'Diolch. Ga i weld dy fflasg os gweli di fod yn dda?'

Dyma Stanley'n estyn y fflasg iddi. Roedd ei hewinedd wedi'u paentio'n goch tywyll.

Siglodd y fflasg yn dawel fach, gan adael i'r dŵr chwyrlïo y tu mewn i'r llestr plastig. 'Wyt ti'n clywed y llefydd gwag?' gofynnodd hi.

'Ydw,' atebodd Mr Pendanski.

'Felly, llenwa hi,' meddai. 'A'r tro nesa dwi'n rhoi gorchymyn iti wneud rhwbeth, dwi'n disgwyl iti 'i wneud e heb gwestiynu fy awdurdod. Os yw hi'n ormod o drafferth iti lenwi fflasg ddŵr, rhoia i raw iti. Fe gei dithe balu'r twll, a chaiff Caveman lenwi dy fflasg di.' Trodd i wynebu Stanley drachefn. 'Sa i'n credu y bydde hynny'n ormod o drafferth iti, na fydde?'

'Na fydde,' atebodd Stanley.

'Felly, be ti am wneud?' gofynnodd i Mr Pendanski. 'Wyt ti eisie llenwi'r fflasgie dŵr neu wyt ti eisie palu?'

'Mi lenwa' i'r fflasgia dŵr,' atebodd Mr Pendanski.

'Diolch.'

15

Llenwodd Mr Pendanski'r fflasgiau dŵr. Tynnodd y Warden bicwarch o gefn y tryc. Gwthiodd hi drwy bentwr pridd X-Ray i weld a oedd rhywbeth arall wedi'i gladdu yno hefyd.

'Ar ôl iti ollwng X-Ray, dwi eisie iti ddod â thair whilber nôl gyda ti,' meddai hi.

Dringodd X-Ray i mewn i'r tryc. Wrth i'r cerbyd gychwyn am y gwersyll, pwysodd allan drwy'r ffenest lydan a chodi'i law.

'Zero,' meddai'r Warden. 'Dwi eisie iti gymryd drosodd lle roedd X-Ray'n gweithio.' Gwyddai rywsut taw Zero oedd y cloddiwr cyflymaf.

'Armpit a Squid, dwi eisie ichi ddal ati i gloddio'ch tylle chi,' meddai hi. 'Ond bydd gyda chi'ch dau rywun i'ch helpu. Zigzag, helpa di Armpit. Bydd Magnet yn helpu Squid. A Caveman, byddi di'n gweithio 'da Zero. Ni'n mynd i gloddio'r pridd ddwywaith. Fe wnaiff Zero'i gloddio mas o'r twll, a gwnaiff Caveman 'i rofio'n ofalus i mewn i wilber. Fe wnaiff Zigzag yr

86

un peth gydag Armpit, a Magnet gyda Squid. Smo ni eisie colli dim. Os digwydd i unrhyw bâr ffindo rhwbeth, fe gaiff y ddau ohonoch chi weddill y diwrnod yn rhydd, a chawod ddwbwl.

'Pan fydd y whilberi'n llawn, mae'n rhaid ichi 'u gwacáu nhw draw o'r ardal yma. Smo ni eisie i unrhyw bentyrre o bridd fynd yn y ffordd.'

Arhosodd y Warden ar y safle am weddill y dydd, ynghyd â Mr Pendanski a Mr Syr, a ddaeth i'r golwg ymhen tipyn. Bob hyn a hyn byddai Mr Syr yn gadael er mwyn mynd â dŵr at y grwpiau eraill o wersyllwyr, ond fel arall arhosodd e a'r tryc dŵr yn y fan a'r lle. Gwnaeth y Warden yn siŵr nad oedd byth syched ar neb yng Ngrŵp D.

Gwnaeth Stanley fel y dywedwyd wrtho. Edrychodd yn ofalus drwy'r holl bridd a gloddiodd Zero wrth iddo'i rofio i mewn i whilber, er y gwyddai na fyddai'n dod o hyd i ddim byd.

Roedd yn haws na phalu'i dwll ei hun. Pan oedd y whilber yn llawn, byddai'n mynd â hi gryn bellter o'r twll i'w gwacáu.

Tra'r oedd hyn yn digwydd roedd y Warden ar bigau'r drain. Cerddai o gwmpas, gan edrych dros ysgwyddau'r bechgyn a chan hwpo'i phicwarch i mewn i'r pentyrrau o bridd. 'Rwyt ti'n gwneud yn wych, yn wych,' meddai wrth Stanley.

Ymhen tipyn, dywedodd wrth y bechgyn am newid llefydd, fel bod Stanley, Zigzag a Magnet yn cloddio yn y tyllau, a Zero, Armpit a Squid yn rhofio'r pridd a gloddiwyd i mewn i'r whilberi.

Ar ôl cinio, aeth Zero yn ôl i dyllu unwaith eto, ac aeth Stanley yn ôl i'r whilber. 'Sdim brys,' meddai'r Warden nifer o weithiau. 'Y peth pwysica yw peidio â cholli dim byd.'

Bu'r bechgyn wrthi'n cloddio nes bod pob twll ymhell dros chwe throedfedd o ran dyfnder a lled. Eto, roedd yn haws i ddau fachgen balu twll chwe throedfedd nag oedd hi i un bachgen balu twll pum troedfedd.

'Iawn, dyna ddigon am heddi,' meddai'r Warden. 'Dwi wedi disgwyl mor hir â hyn, galla i ddisgwyl am un diwrnod arall.'

Gyrrodd Mr Syr hi yn ôl i'w chaban.

'Tybed shwt oedd hi'n gwbod enwe pawb?' pendronodd Stanley wrth iddo gerdded yn ôl i'r gwersyll.

'Mae hi'n gwylio ni drwy'r amser,' meddai Zigzag. 'Mae camerâu a meicroffone cudd ymhobman. Yn y pebyll, y Stafell Orffwyll, y gawod.'

'Y gawod?' holodd Stanley. Meddyliodd tybed ai paranoia ar ran Zigzag oedd hyn.

'Mae'r camerâu'n bitw bach,' meddai Armpit. 'Dim mwy na'r ewin ar fys bach dy droed.'

Roedd Stanley'n amau hynny. Doedd e ddim yn credu eu bod nhw'n gallu gwneud camerâu mor fach â hynny. Meicroffonau, efallai.

Sylweddolodd e nawr taw dyna pam nad oedd X-Ray'n fodlon siarad â fe am y tiwb aur amser brecwast. Roedd X-Ray'n poeni efallai bod y Warden yn gwrando.

Roedd un peth yn sicr: nid palu er mwyn 'adeiladu cymeriad' yn unig oedden nhw. Roedden nhw'n bendant yn chwilio am rywbeth.

A beth bynnag roedden nhw'n chwilio amdano, roedden nhw'n chwilio yn y man anghywir.

Syllodd Stanley draw dros y llyn, at y man lle roedd e wedi bod yn palu ddoe pan ddaeth o hyd i'r tiwb aur. Fe balodd y twll i grombil ei gof.

16

Wrth i Stanley gerdded i mewn i'r Ystafell Orffwyll, gallai glywed llais X-Ray o ben draw'r ystafell.

'Ti'n dallt be dwi'n ddeud?' meddai X-Ray. 'Ydw i'n gywir, ta ydw i'n gywir?'

Doedd y cyrff eraill yn yr ystafell fawr fwy na sachau o gnawd ac esgyrn yn lolian ar draws cadeiriau a soffas a oedd wedi'u malu. Roedd X-Ray'n llawn bywyd, yn chwerthin ac yn chwifio'i freichiau ar hyd y lle wrth iddo siarad. 'Haia, Caveman, yr hen hogyn!' galwodd.

Cerddodd Stanley'n ei flaen ar draws yr ystafell.

'Hei, symuda fyny, Squid,' meddai X-Ray. 'Gwna le i Caveman.'

Syrthiodd Stanley'n swp ar y soffa.

Bu'n chwilio am gamera cudd yn y gawod. Ni welsai ddim byd, a gobeithiai nad oedd y Warden wedi gweld dim chwaith!

'Be sy?' gofynnodd X-Ray. 'Wedi blino ydach chi, ia?' Chwarddodd.

'Hei, byddwch ddistaw, wnewch chi,' cwynodd Zigzag. 'Dwi'n trio gwylio'r teledu.'

Taflodd Stanley gipolwg ansicr ar Zigzag a oedd yn syllu'n astud iawn ar y sgrin deledu faluriedig.

Amser brecwast fore trannoeth, daeth y Warden i gyfarch y bechgyn ac aeth hi gyda nhw i'r tyllau. Aeth pedwar ati i gloddio yn y tyllau tra oedd y tri arall yn gofalu am y whilberi. 'Dwi'n falch dy fod ti 'ma, X-Ray,' meddai hi wrtho. 'Mae angen dy lygaid craff arnon ni.'

Treuliodd Stanley fwy o amser yn gwthio'r whilber nag yn palu, am ei fod e'n balwr mor araf. Cludodd y pridd i ffwrdd o'r tyllau newydd a'i ollwng mewn hen dyllau. Gwnaeth yn siŵr nad oedd yn gollwng dim pridd yn y twll lle cafodd hyd i'r tiwb aur.

Gallai weld y tiwb yn ei feddwl o hyd. Edrychai mor gyfarwydd, ond roedd e'n methu'n deg â phenderfynu beth yn union oedd e. Meddyliodd mai clawr ar gyfer ysgrifbin aur, ffansi oedd e efallai. *K B* oedd llythrennau blaen rhyw awdur enwog o bosib. Yr unig awduron enwog y gallai feddwl amdanyn nhw oedd Charles Dickens, William Shakespeare a Mark Twain. Ond doedd e ddim yn edrych fel caead ysgrifbin mewn gwirionedd.

Erbyn amser cinio roedd y Warden yn dechrau colli amynedd. Gorfododd y bechgyn i fwyta'u bwyd yn gyflym fel eu bod nhw'n gallu mynd yn ôl i weithio. 'Os na elli di 'u perswadio nhw i weithio'n gynt,' meddai wrth Mr Syr, 'yna bydd yn rhaid i tithe ddod i lawr o fan'na a dechrau palu gyda nhw.'

Ar ôl hynny, gweithiodd pawb yn gynt, yn enwedig pan oedd Mr Syr yn eu gwylio. Roedd Stanley bron yn rhedeg wrth wthio'i wilber. Fe wnaeth Mr Syr eu hatgoffa nad Geidiau mohonyn nhw.

Wnaethon nhw ddim rhoi'r gorau i balu tan i bob grŵp arall orffen.

Yn nes ymlaen, wrth i Stanley orweddian ar draws cadair a oedd wedi colli llawer o'i phadin, ceisiodd feddwl am ffordd o hysbysu'r Warden ymhle cafodd y tiwb ei ddarganfod mewn gwirionedd, heb greu trafferth iddo fe nac i X-Ray. Doedd hynny ddim yn bosib, meddyliodd. Fe wnaeth e hyd yn oed ystyried sleifio allan gefn nos a chloddio yn y twll hwnnw ar ei ben ei hun. Ond y peth olaf roedd e eisiau'i wneud ar ôl cloddio drwy'r dydd oedd cloddio liw nos hefyd. A beth bynnag, câi'r rhofiau eu cadw dan glo yn ystod y nos, fel na fyddai modd eu defnyddio fel arfau, siŵr o fod.

Daeth Mr Pendanski i mewn i'r Ystafell Orffwyll. 'Stanley,' galwodd e wrth iddo gerdded tuag ato.

''I enw fo 'di Caveman,' meddai X-Ray.

'Stanley,' meddai Mr Pendanski.

'Caveman yw'n enw i,' meddai Stanley.

'Wel, mae gynno' i lythyr i rywun o'r enw Stanley Yelnats,' meddai Mr Pendanski. Trodd yr amlen drosodd yn ei ddwylo. 'Tydi o ddim yn deud Caveman yn nunlla.'

'Y, diolch,' meddai Stanley, gan ei gymryd oddi arno.

Oddi wrth ei fam roedd e.

'Wrtho bwy ma fe?' gofynnodd Squid. 'Dy *fam*?'

Rhoddodd Stanley'r amlen ym mhoced fawr ei drowsus.

'Smo ti'n mynd i' ddarllen e i ni?' gofynnodd Armpit.

'Rho'r gora iddi,' meddai X-Ray. 'Os nad ydi Caveman isho'i ddarllan o i ni, sdim rhaid iddo fo. Gin 'i fodan mae o decin-i.'

Darllenodd Stanley'r llythyr yn ddiweddarach, ar ôl i'r bechgyn eraill fynd i gael eu swper.

Annwyl Stanley,

Dyna hyfryd clywed oddi wrthot ti. Ar ôl darllen dy lythyr roeddwn i'n teimlo fel un o'r mamau eraill sy'n gallu fforddio anfon eu plant i wersyll haf. Rydw i'n gwybod nad yw e yr un peth, ond rydw i'n browd iawn ohonot ti am drio gwneud y gorau o sefyllfa anodd. Pwy a ŵyr? Efallai y daw rhyw dda o hyn.

Mae dy dad yn credu'i fod e'n agos iawn at

lwyddo ar ei fenter fach gyda'r treinyrs. Rydw i'n mawr obeithio hynny. Mae'r landlord yn bygwth ein troi ni mas oherwydd y gwynt.

Rydw i'n teimlo mor flin dros yr hen fenyw fach oedd yn byw mewn esgid. Rhaid bod y lle'n drewi!

Cariad mawr oddi wrth y ddau ohonon ni,

'Beth sy mor ddoniol?' gofynnodd Zero.

Cafodd Stanley ei ddychryn. Roedd e'n meddwl bod Zero wedi mynd i gael ei swper gyda'r lleill.

'Dim byd. Dim ond rhwbeth sgrifennodd fy mam.'

'Beth wedodd hi?' holodd Zero.

'Dim.'

'O, sori,' meddai Zero.

'Twel, mae 'nhad i'n trio dyfeisio ffordd o ailgylchu hen sgidie rhedeg. Felly, mae'r fflat yn gwynto braidd yn ych a fi, achos mae e wastad yn coginio'r hen dreinyrs 'ma. Ta beth, yn y llythyr wedodd fy mam 'i bod hi'n teimlo'n flin dros yr hen fenyw fach 'na oedd yn arfer byw mewn esgid, ti'n gwbod, achos roedd hi'n bownd o fod yn gwynto'n uffernol yno.'

Rhythodd Zero'n wag arno.

'Ti'n gwbod, yr hwiangerdd?'

Ddywedodd Zero ddim byd.

'Ti'n bownd o fod wedi clywed yr hwiangerdd am yr hen fenyw fach oedd yn arfer byw mewn esgid, do's bosib?'

'Nagw.'

Roedd Stanley'n syfrdan.

'Shwt mae'n mynd?' gofynnodd Zero.

'Wnest ti erioed wylio *Sesame Street*?' gofynnodd Stanley.

Syllodd Zero'n wag.

Aeth Stanley i gael ei swper. Byddai wedi teimlo'n eithaf hurt yn adrodd rhigymau plant yng Ngwersyll Glaslyn.

17

Bu'r bechgyn yn cloddio'n yr ardal lle roedd X-Ray, yn ôl yr honiad, wedi dod o hyd i'r tiwb aur am yr wythnos a hanner nesaf. Lledwyd twll X-Ray, yn ogystal â'r tyllau roedd Armpit a Squid wedi bod yn eu palu, nes i'r tri thwll gyfarfod ar y pedwerydd diwrnod a ffurfio un twll mawr.

Wrth i'r dyddiau fynd yn eu blaen, âi'r Warden yn fwyfwy diamynedd. Cyrhaeddai'n hwyrach yn y bore a gadawai'n gynharach yn y prynhawn. Yn y cyfamser, dal i balu'n hwyrach ac yn hwyrach yn y dydd a wnâi'r bechgyn.

'Dyw hwn ddim tamed yn fwy nag oedd e pan adewes i chi ddoe,' meddai'r Warden ar ôl cyrraedd yn hwyr un bore, ymhell wedi i'r haul godi. 'Be chi 'di bod yn neud lawr fan 'na?'

'Dim byd,' meddai Squid.

Nid dyna oedd y peth cywir i'w ddweud.

Yr eiliad honno, roedd Armpit yn dychwelyd o'r tŷ bach.

'Braf iawn cael dy gwmni, wir,' meddai hi. 'A beth wyt ti 'di bod yn neud?'

'O'n i'n gorfod . . . chi'n gwbod . . . mynd.'

Prociodd y Warden Armpit â'i phicwarch, a syrthiodd wysg ei gefn i'r twll mawr. Gwnaeth y bicwarch dri thwll ar flaen ei grys, a gwelwyd tri smotyn bach bach o waed.

'Ti'n rhoi gormod o ddŵr i'r bechgyn 'ma,' dywedodd y Warden wrth Mr Pendanski.

Bu'r bechgyn yn cloddio tan yn hwyr y prynhawn, ymhell ar ôl i'r grwpiau eraill orffen am y dydd. Roedd Stanley i lawr yn y twll mawr gyda'r chwe bachgen arall. Roedden nhw wedi rhoi'r gorau i ddefnyddio'r whilberi.

Gwthiodd ei raw i mewn i ochr y twll. Casglodd rywfaint o bridd, ac roedd e wrthi'n ei godi i'r wyneb pan gafodd ei fwrw gan raw Zigzag ar ochr ei ben.

Syrthiodd.

Doedd e ddim yn siŵr a oedd e wedi llewygu ai peidio. Edrychodd i fyny a gweld pen gwyllt Zigzag yn syllu i lawr arno. 'Sa i'n cwnnu'r baw 'na,' meddai Zigzag. 'Dy bridd di yw hwnna.'

'Hei, Mam!' galwodd Magnet. 'Mae Caveman wedi cael dolur.'

Tynnodd Stanley ei fysedd ar hyd ochr ei wddwg. Teimlodd ei waed gwlyb a chlwyf go fawr ychydig dan ei glust.

Helpodd Magnet Stanley i godi ar ei draed, ac yna i ddringo allan o'r twll. Gwnaeth Mr Syr rwymyn drwy ddefnyddio darn o'r sach a ddaliai'r hadau blodau haul a'i glymu gyda thâp dros glwyf Stanley. Yna dywedodd wrtho am fynd yn ôl i weithio. 'Dyw hi ddim yn amser egwyl.'

Pan ddychwelodd Stanley i'r twll, roedd Zigzag yn aros amdano.

'Dy bridd di yw hwnna,' meddai Zigzag. 'Mae'n rhaid iti 'i gwnnu fe. Mae'n cwato 'mhridd i.'

Teimlai Stanley ychydig yn benysgafn. Gallai weld pentwr bach o bridd. Cymerodd eiliad iddo sylweddoli taw dyma'r pridd oedd wedi bod ar ei raw pan gafodd ei daro.

Cododd y cyfan ar ei raw, yna hyrddiodd Zigzag ei raw yntau i mewn i'r ddaear o dan y darn lle roedd 'pridd Stanley' wedi bod.

18

Fore trannoeth martsiodd Mr Syr y bechgyn i ran arall o'r llyn, ac aeth pob bachgen ati i dorri'i dwll ei hun, pum troedfedd o ran dyfnder a phum troedfedd ar draws. Roedd Stanley'n falch o adael y twll mawr. O leiaf nawr, gwyddai'n union faint y byddai'n rhaid iddo balu y diwrnod hwnnw. A rhyddhad oedd peidio â gweld rhofiau eraill yn chwifio heibio i'w wyneb a'r Warden yn cicio'i sodlau.

Hwpodd ei raw i mewn i'r pridd, yna trodd yn araf i'w ollwng yn bentwr. Roedd e'n gorfod sicrhau ei fod e'n troi'n llyfn ac yn araf. Os oedd e'n hercian yn rhy gyflym, teimlai blwc o boen ychydig yn uwch na'i wddwg lle roedd rhaw Zigzag wedi'i daro.

Roedd eithaf chwydd ar y rhan honno o'i ben, rhwng ei wddwg a'i glust. Doedd dim drych yn y gwersyll, ond dychmygai ei fod e'n edrych fel petai wy wedi'i ferwi'n galed yn gwthio mas ohono.

Prin bod gweddill ei gorff yn brifo o gwbl. Roedd ei gyhyrau wedi cryfhau, ac roedd y croen ar ei ddwylo'n arw a chaled.

Fe oedd y cloddiwr mwyaf araf o hyd, ond doedd e ddim gymaint â hynny'n arafach na Magnet. Llai na hanner awr wedi i Magnet ddychwelyd i'r gwersyll, poerodd Stanley yn ei dwll.

Ar ôl ei gawod, dododd ei ddillad brwnt yn y crât ac estyn am ei bapur ysgrifennu. Arhosodd yn y babell i ysgrifennu'r llythyr fel na fyddai Squid a'r bechgyn eraill yn gwneud hwyl am ei ben am ei fod yn ysgrifennu at ei fam.

Annwyl Mam a Dad,

Mae'r gwersyll yn galed, ond mae 'na ddigon o her yma. Rydyn ni wedi bod yn rhedeg rasys rhwystrau, ac mae'n rhaid inni nofio am bellter mawr ar y llyn. Fory rydyn ni'n dysgu

Stopiodd ysgrifennu wrth i Zero gerdded i mewn i'r babell, yna aeth yn ôl at ei lythyr. Doedd e'n hidio dim beth roedd Zero'n ei feddwl. Doedd Zero'n neb.

dringo creigiau. Rydw i'n gwybod bod hynny'n swnio'n frawychus, ond peidiwch â besco,

Bellach, safai Zero wrth ei ochr, yn ei wylio'n ysgrifennu.

Trodd Stanley a theimlodd blwc o boen yn ei wddwg. 'Sa i'n lico fe pan ti'n darllen dros f'ysgwydd, iawn?'

Ddywedodd Zero ddim byd.

bydda i'n garcus. Dyw e ddim yn llawn hwyl a sbri yma, ond rydw i'n credu mod i'n dysgu eithaf tipyn o fod yma. Mae'n adeiladu cymeriad. Mae'r bechgyn eraill

'Sa i'n gwbod shwt i neud,' meddai Zero.

'Shwt i neud beth?'

'Wnei di nysgu i?'

Doedd Stanley ddim yn gwybod am beth roedd e'n sôn. 'Dysgu beth iti, i ddringo creigie?'

Rhythodd Zero arno â llygaid treiddgar.

'Beth?' meddai Stanley. Roedd e'n boeth, yn flinedig ac yn brifo drosto.

'Rwy'n moyn dysgu shwt i ddarllen a sgrifennu,' meddai Zero.

Dechreuodd Stanley chwerthin. Nid chwerthin am ben Zero oedd e. Roedd hyn yn syndod mawr iddo. Roedd e wedi tybio ar hyd yr amser bod Zero'n darllen dros ei ysgwydd. 'Mae'n ddrwg 'da fi,' meddai. 'Sa i'n gwbod shwt i ddysgu.'

Ar ôl palu drwy'r dydd, doedd ganddo mo'r nerth i geisio dysgu Zero sut i ddarllen ac ysgrifennu. Roedd angen iddo gadw'i egni ar gyfer y bobl o bwys.

'Sdim eisie iti ddysgu i fi shwt i sgrifennu,'

meddai Zero. 'Dim ond shwt i ddarllen. Sda fi neb i sgrifennu ato.'

'Mae'n ddrwg 'da fi,' meddai Stanley am yr eildro.

Nid dim ond ei gyhyrau a'i ddwylo oedd wedi caledu dros yr wythnosau diwethaf. Roedd ei galon wedi caledu hefyd.

Gorffennodd ei lythyr. Prin bod ganddo ddigon o boer yn ei geg i selio a stampio'r amlen. Waeth faint o ddŵr a yfai, roedd fel petai syched arno drwy'r amser.

19

Cafodd ei ddihuno un noson gan sŵn rhyfedd. Ar y dechrau meddyliodd taw rhyw fath o anifail oedd e o bosib, ac fe gododd ofn arno. Ond wrth i'r cwsg glirio o'i ben, sylweddolodd fod y sŵn yn dod o'r gwely nesaf ato.

Roedd Squid yn llefain.

'Wyt ti'n iawn?' sibrydodd Stanley.

Trodd pen Squid i'w wynebu'n sydyn. Sniffiodd a thynnu'i wynt ato. 'Odw, dwi . . . dwi'n iawn,' sibrydodd, a sniffio eto.

Yn y bore gofynnodd Stanley i Squid a oedd e'n teimlo'n well.

'Beth wyt ti, fy mam i?' gofynnodd Squid.

Cododd Stanley un ysgwydd ac yna'i gostwng.

'Mae alergedde arna i, iawn?' meddai Squid.

'Iawn,' meddai Stanley.

'Os agori di dy geg 'to, fe dorra i dy ên di.'

. . .

Cadwai Stanley ei geg ar gau y rhan fwyaf o'r amser. Ni siaradai ryw lawer â'r un o'r bechgyn am ei fod yn poeni y gallai ddweud rhywbeth o'i le. Roedden nhw'n ei alw'n Caveman ac yn y blaen, ond ni allai anghofio'u bod nhw'n beryglus hefyd. Roedd pob un ohonyn nhw yma am reswm. Fel y byddai Mr Syr yn ei ddweud, nid gwersyll ar gyfer Geidiau mo hwn.

Roedd Stanley'n ddiolchgar nad oedd unrhyw broblemau hiliol yn y gwersyll. Roedd X-Ray, Armpit a Zero'n ddu. Roedd yntau, Squid a Zigzag yn wyn. O dras Hisbaenaidd roedd Magnet. Ar y llyn roedden nhw i gyd yr un lliw sef brown cochlyd – lliw'r pridd.

Edrychodd Stanley lan o'i dwll a gweld y tryc dŵr â'i gwmwl o lwch yn ei ddilyn. Roedd ei fflasg yn dal i fod bron yn chwarter llawn. Yfodd y dŵr ar ei dalcen ac aeth i sefyll yn y rhes, y tu ôl i Magnet ac o flaen Zero. Roedd yr awyr yn drwm oherwydd y gwres, y llwch a'r nwyon o bibell fwg y cerbyd.

Llenwodd Mr Syr eu fflasgiau.

Aeth y tryc i ffwrdd. Roedd Stanley yn ôl yn ei dwll, â'i raw yn ei law, pan glywodd Magnet yn gweiddi. 'Rhywun eisie ychydig o hade blode haul?'

Safai Magnet ar yr wyneb yn dal llond sach o hadau. Taflodd lond llaw ohonyn nhw i mewn i'w geg, eu cnoi a'u llyncu, gan gynnwys y masglau.

'Draw fan 'ma,' galwodd X-Ray.

Edrychai'r sach oddeutu hanner llawn. Rholiodd Magnet geg y sach a'i thaflu at X-Ray.

'Shwt gest ti afel arnyn nhw heb i Mr Syr dy weld di?' gofynnodd Armpit.

'Dwi'n ffilu help,' meddai Magnet. Daliodd ei ddwy law i fyny, wiglo'i fysedd a chwerthin. 'Mae 'mysedd i fel magnede bach.'

Aeth y sach oddi wrth X-Ray at Armpit yna at Squid.

'Mae'n braf cael byta rhwbeth sy heb ddod o dun,' meddai Armpit.

Taflodd Squid y sach draw at Zigzag.

Gwyddai Stanley taw ato fe y byddai'n dod nesaf. Doedd arno mo'i heisiau. O'r eiliad y bloeddiodd Magnet, 'Rhywun eisie ychydig o hade blode haul?' gwyddai fod trwbwl ar y gweill. Roedd Mr Syr yn sicr o ddod yn ei ôl. A ta beth, fyddai'r masglau hallt yn codi syched arno.

'Ar 'i ffordd, Caveman,' meddai Zigzag. 'Post awyr a dosbarthiad arbennig . . .'

Mae'n aneglur a dasgodd yr hadau i bob man cyn iddyn nhw gyrraedd Stanley ynteu ar ôl iddo ollwng y cwdyn. Credai Stanley nad oedd Zigzag wedi rholio ceg y sach cyn ei thaflu, a dyna pam na lwyddodd e i'w dal.

Ond digwyddodd popeth yn gyflym iawn. Un eiliad roedd y sach yn hedfan drwy'r awyr, a'r peth nesaf a wyddai Stanley roedd y sach yn ei dwll a'r hadau wedi sarnu dros y pridd.

'O, Caveman!' meddai Magnet.

'Sori,' meddai Stanley wrth iddo geisio sgubo'r hadau yn ôl i mewn i'r sach.

'Dwi'm isho byta baw,' meddai X-Ray.

Ni wyddai Stanley beth i'w wneud.

'Mae'r tryc yn dod!' sgrechiodd Zigzag.

Edrychodd Stanley ar y cwmwl o lwch yn nesáu, ac yna ar yr hadau ar y llawr. Roedd e yn y man anghywir ar yr adeg anghywir.

Fel arfer.

Gwthiodd ei raw i'r pridd yn ei dwll a cheisio claddu'r hadau.

Yr hyn a ddylai fod wedi'i wneud, sylweddolodd wedyn, oedd bwrw un o'i bentyrrau pridd yn ôl i mewn i'r twll. Ond roedd meddwl am roi pridd *yn* y twll yn wrthun iddo.

'Helô 'na, Mr Syr,' meddai X-Ray. 'Nôl mor fuan?'

'Sdim munud ers ichi fod 'ma o'r blaen,' meddai Armpit.

'Mae amser yn hedfan pan mae dyn yn cael hwyl,' meddai Magnet.

Parhau i droi'r pridd yn ei dwll a wnâi Stanley.

'Odych chi'r Geidie yn cael amser da?' gofynnodd Mr Syr. Symudodd o'r naill dwll i'r llall. Ciciodd bentwr o bridd oddi wrth ymyl twll Magnet, yna symudodd tuag at Stanley.

Gallai Stanley weld dau hedyn ar waelod ei dwll. Wrth iddo geisio'u cuddio, daeth un o gorneli'r sach i'r golwg.

'Wel, beth sy fan hyn, Caveman?' meddai Mr

Syr, gan sefyll drosto. 'Mae'n dishgwl fel set ti 'di dod o hyd i rwbeth.'

Ni wyddai Stanley beth i'w wneud.

'Dere inni gael gweld beth yw e,' meddai Mr Syr. 'Awn ni â fe at y Warden. Falle gei di weddill y diwrnod yn rhydd.'

'So fe'n ddim byd,' mwmialodd Stanley.

'Fi sydd i benderfynu hynny,' meddai Mr Syr.

Plygodd Stanley a chodi'r sach gynfas, wag. Ceisiodd ei hestyn i Mr Syr, ond gwrthododd hwnnw ei chymryd.

'Felly, gwed wrtha' i, Caveman,' meddai Mr Syr. 'Shwt yn y byd mae fy sached o hade blode haul i yn dy dwll di?'

'Dwges i hi o'ch tryc.'

'Do fe'n wir?'

'Do, Mr Syr.'

'A beth ddigwyddodd i'r holl hade blode haul?'

'Bytes i nhw.'

'Ar dy ben dy hun.'

'Ie, Mr Syr.'

'Hei, Caveman!' galwodd Armpit. 'Pam wnest ti ddim rhannu nhw 'da ni?'

'Hunanol 'di hynna,' meddai X-Ray.

'O'n i'n meddwl dy fod ti'n ffrind inni,' meddai Magnet.

Edrychodd Mr Syr o'r naill fachgen i'r llall ac yna ar Stanley drachefn. 'Fe gawn ni weld beth fydd gan y Warden i'w ddweud am hyn. Bant â ni.'

Dringodd Stanley allan o'i dwll a dilyn Mr Syr at y tryc. Roedd y sach wag yn ei law o hyd.

Teimlad braf oedd cael eistedd y tu mewn i'r tryc, i ffwrdd o belydrau uniongyrchol yr haul. Synnai Stanley ei fod e'n gallu teimlo'n dda ynghylch unrhyw beth ar y funud, ond dyna'r gwir. Teimlad braf oedd cael eistedd ar sedd gyfforddus am unwaith. Ac wrth i'r tryc fownsio ar hyd y pridd, gallai werthfawrogi'r awel yn chwythu drwy'r ffenest agored ar ei wyneb poeth a chwyslyd.

20

Teimlad braf oedd cael cerdded yng nghysgod y ddwy dderwen. Meddyliodd Stanley tybed ai dyma sut y teimlai dyn condemniedig ar ei ffordd i'r gadair drydan – yn gwerthfawrogi holl bethau da bywyd am y tro olaf.

Bu'n rhaid iddyn nhw ochrgamu heibio sawl twll i gyrraedd drws y caban. Synnai Stanley bod cymaint ohonyn nhw ger y caban. Byddai wedi disgwyl na fyddai'r Warden am i'r gwersyllwyr gloddio mor agos i'w chartref. Roedd nifer o dyllau'n cyffwrdd â muriau'r caban hyd yn oed. Yma roedd y tyllau'n nes at ei gilydd hefyd, ac roedden nhw o wahanol siâp a maint.

Curodd Mr Syr wrth y drws. Roedd Stanley'n dal y sach wag o hyd.

'Ie?' meddai'r Warden, gan agor y drws.

'Ni 'di cael tamed bach o drafferth mas ar y llyn,' meddai Mr Syr. 'Fe wnaiff Caveman ddweud yr hanes wrthoch chi.'

Syllodd y Warden ar Mr Syr am eiliad cyn troi

ei golygon at Stanley. Yr unig beth a deimlai nawr oedd llond twll o ofn.

'Well ichi ddod mewn, sbo,' meddai'r Warden. 'Chi'n gadel i'r oerfel ddianc.'

Roedd system awyru ar waith y tu mewn i'w chaban. Roedd y teledu ymlaen. Cydiodd hi yn y teclyn botymau a'i ddiffodd.

Eisteddodd hi ar gadair ganfas. Gwisgai drowsus byr ac roedd hi'n droednoeth. Roedd llawn cymaint o frychau haul ar hyd ei choesau ag oedd ar ei hwyneb a'i breichiau.

'Felly beth sy gyda ti i' weud wrtha i?'

Tynnodd Stanley anadl i'w sadio'i hun. 'Tra oedd Mr Syr yn llewni'r fflasgie dŵr, sleifies i mewn i'r tryc a dwgyd ei sach o hade blode haul.'

'Gwela i.' Trodd at Mr Syr. 'Felly dyna pam dest ti â fe yma?'

'Ie, ond rwy'n credu 'i fod e'n gweud celwydd. Rwy'n credu taw rhywun arall aeth â'r sach, a bod Caveman yn derbyn y bai dros X-Ray neu un o'r lleill. Sach ugen pwys oedd hi, ac mae e'n honni 'i fod e wedi byta'r cwbwl ar 'i ben ei hun.' Cymerodd y sach oddi ar Stanley a'i rhoi i'r Warden.

'Gwela i,' meddai'r Warden eilwaith.

'Doedd y sach ddim yn llawn,' meddai Stanley. 'A gadewes i lawer o'r hade gwmpo. Cewch chi ddod i edrych yn 'y nhwll i.'

'Yn y stafell yna, Caveman, mae 'na focs bach a

blode arno fe. Wnei di fynd i'w nôl e i fi, os gweli di fod yn dda?' Pwyntiodd at ddrws.

Edrychodd Stanley ar y drws, yna ar y Warden, yna ar y drws unwaith eto. Cerddodd yn araf tuag ato.

Rhyw fath o ystafell wisgo oedd hi, ac ynddi sinc a drych. Wrth ochr y sinc gwelodd e'r bocs, un gwyn ac arno rosynnau pinc.

Daeth ag e yn ôl at y Warden, a dyma hi'n ei osod ar y bwrdd coffi gwydr o'i blaen hi. Dadfachodd y glicied ac agor y casyn.

Bocs colur oedd e. Roedd gan fam Stanley un tebyg iddo. Gwelodd e sawl potel o farnis ewinedd, hylif codi farnis, dau neu dri thiwb minlliw, a photiau a phowdrau eraill.

Cododd y Warden bot bach o farnis ewinedd coch tywyll.

'Wyt ti'n gweld hwn, Caveman?'

Nodiodd.

'Hwn yw fy farnis ewinedd arbennig. Wyt ti'n gweld y lliw tywyll, cyfoethog? Ti'n ffilu prynu hwnna mewn siop. Dwi'n gorfod 'i wneud e fy hun.'

Doedd gan Stanley ddim syniad pam roedd hi'n ei ddangos iddo. Meddyliodd tybed pam y byddai byth angen i'r Warden wisgo farnis ewinedd neu golur.

'Wyt ti eisie gwbod beth yw fy nghynhwysyn dirgel?'

Cododd e un ysgwydd ac yna'i gostwng.

Agorodd y Warden y botel. 'Gwenwyn neidr ruglo.' Â brwsh paent bychan dechreuodd beintio ewinedd ei llaw chwith. 'Mae'n hollol ddiniwed . . . pan mae'n sych.'

Gorffennodd beintio'i llaw chwith. Chwifiodd hi yn yr awyr am ychydig eiliadau, yna dechreuodd beintio'r ewinedd ar ei llaw dde. 'Dim ond tra bydd e'n wlyb mae'n wenwynig.'

Gorffennodd beintio'i hewinedd, yna cododd ar ei thraed. Estynnodd draw at Stanley a chyffwrdd ei wyneb â'i bysedd. Rhedodd ei hewinedd gwlyb, miniog yn ysgafn iawn ar hyd ei foch. Teimlodd e ei groen yn goglais.

Prin cyffwrdd â'r clwyf y tu ôl i'w glust a wnaeth ewin ei bys bach. Neidiodd Stanley'n ei ôl wrth iddo deimlo brathiad sydyn o boen.

Trodd y Warden i wynebu Mr Syr, a oedd yn eistedd wrth y pentan.

'Felly, rwyt ti o'r farn taw fe ddygodd dy hade blode haul?'

'Nagw. Mae e'n gweud taw fe aeth â nhw, ond rwy'n credu taw –'

Camodd hi tuag ato a'i daro ar ei wyneb.

Syllodd Mr Syr arni. Roedd ganddo dri marc coch, hir ar draws ochr chwith ei wyneb. Doedd Stanley ddim yn gwybod ai farnis ewinedd y Warden ynteu gwaed Mr Syr oedd y cochni.

Cymerodd eiliad neu ddwy i'r gwenwyn ymdreiddio. Yn sydyn, sgrechiodd Mr Syr a dal ei wyneb â'i ddwy law. Y peth nesaf, syrthiodd i'r llawr gan rolio oddi ar yr aelwyd ac i'r mat.

Siaradodd y Warden yn dawel. 'Sdim llawer o ots gyda fi am dy hade blode haul.'

Griddfanodd Mr Syr.

'Os oes rhaid iti gael gwbod,' meddai'r Warden, 'roedd yn well gyda fi pan oeddet ti'n arfer smygu.'

Am eiliad, roedd poen Mr Syr i'w weld yn cilio. Tynnodd sawl anadl ddofn, hir. Yna ysgytiodd ei ben yn ffyrnig, a rhoi sgrech anfarwol, yn waeth na'r un gynt.

Trodd y Warden at Stanley. 'Dwi'n awgrymu dy fod ti'n mynd nôl at dy dwll nawr.'

Dechreuodd Stanley fynd, ond roedd Mr Syr yn gorwedd yn y ffordd. Gallai Stanley weld y cyhyrau ar ei wyneb yn neidio ac yn plycio. Roedd ei gorff yn gwingo mewn poen.

Camodd Stanley drosto'n ofalus. 'Ody e'n . . ?'

'Esgusoda fi?' meddai'r Warden.

Roedd gormod o ofn siarad ar Stanley.

'Dyw e ddim yn mynd i farw,' meddai'r Warden. 'Yn anffodus i ti.'

21

Roedd y daith yn ôl i'w dwll yn un hir. Edrychodd Stanley draw drwy des y gwres a'r baw ar y bechgyn eraill yn gostwng ac yn codi'u rhofiau. Grŵp D oedd y pellaf i ffwrdd.

Sylweddolodd y byddai e'n dal i balu ymhell ar ôl i bawb arall gwpla heddiw eto. Gobeithiai y byddai e'n cwpla cyn i Mr Syr wella. Doedd e ddim eisiau bod allan ar y llyn ar ei ben ei hun gyda Mr Syr.

Dyw e ddim yn mynd i farw, dywedodd y Warden. *Yn anffodus i ti.*

Wrth iddo gerdded ar draws y diffeithdir llwm, meddyliodd Stanley am ei hen dad-cu – nid yr un a ddygodd fochyn ond mab yr un a ddygodd fochyn, yr un roedd Kissin' Kate Barlow wedi dwyn popeth oddi arno.

Ceisiodd ddychmygu sut y byddai e wedi teimlo ar ôl i Kissin' Kate ei adael yn ddiymgeledd yn yr anialwch. Mae'n rhaid nad oedd yn wahanol iawn i'r ffordd roedd yntau'n teimlo nawr. Roedd Kate

Barlow wedi gadael ei hen dad-cu i wynebu'r anialwch moel, poeth. Roedd y Warden wedi gadael Stanley i wynebu Mr Syr.

Rhywsut roedd ei hen dad-cu wedi goroesi am ddau ddiwrnod ar bymtheg, cyn iddo gael ei achub gan ddau ddyn oedd yn hela nadredd rhuglo. Roedd e wedi colli'i bwyll erbyn iddyn nhw ddod o hyd iddo.

Pan ofynnwyd iddo sut roedd e wedi llwyddo i oroesi am gymaint o amser, dywedodd ei fod e 'wedi cael lloches ar fawd Duw'.

Bu yn yr ysbyty am fis. Yn y diwedd priododd un o'r nyrsys. Ni ddeallodd neb erioed beth roedd e'n ei olygu wrth fawd Duw, gan gynnwys fe ei hun.

Clywodd Stanley sŵn clecian. Stopiodd yn ei unfan, ag un droed yn dal yn yr awyr.

Roedd neidr ruglo yn gorwedd yn dorch o dan ei droed. Roedd ei chwt yn pwyntio i fyny, ac roedd yn rhuglo.

Tynnodd Stanley ei goes yn ôl, yna trodd a rhedeg.

Aeth y neidr ruglo ddim ar ei ôl e. Roedd hi wedi rhuglo'i chwt i'w rybuddio i gadw draw.

'Diolch am y rhybudd,' sibrydodd Stanley a'i galon yn curo.

Byddai'r neidr ruglo yn fwy peryglus o lawer pe na bai ganddi ruglad.

'Hei, Caveman!' galwodd Armpit. 'Ti'n dal yn fyw.'

'Be' ddudodd y Warden?' gofynnodd X-Ray.

'Beth wedest ti wrthi?' gofynnodd Magnet.

'Wedes i wrthi taw fi ddwgodd yr hade,' meddai Stanley.

'Whare teg i ti,' meddai Magnet.

'Beth wnaeth hi?' gofynnodd Zigzag.

Cododd Stanley un ysgwydd. 'Dim. Gwylltiodd hi 'da Mr Syr am darfu arni.'

Doedd e ddim eisiau manylu. Pe na bai'n siarad amdano, yna mae'n bosib nad oedd y peth wedi digwydd.

Aeth e draw at ei dwll, ac er syndod iddo roedd e bron wedi gorffen. Syllodd arno, yn syfrdan. Doedd hyn ddim yn gwneud synnwyr.

Neu efallai ei fod e. Gwenodd. Gan ei fod e wedi derbyn y bai am yr hadau blodau haul, roedd y bechgyn eraill wedi palu'i dwll drosto fe, sylweddolodd.

'Hei, diolch,' meddai.

'Paid sbïo arna' i,' meddai X-Ray.

Edrychodd Stanley o'i gwmpas yn ddryslyd – o Magnet, i Armpit, i Zigzag, i Squid. Wnaeth yr un ohonyn nhw dderbyn y clod amdano.

Yna trodd at Zero, a oedd wedi bod wrthi'n palu'n dawel yn ei dwll yntau ers i Stanley ddychwelyd. Roedd twll Zero yn llai na phob un o'r lleill.

22

Stanley oedd y cyntaf i orffen. Poerodd yn ei dwll, yna aeth am gawod a newid i'w ddillad glanach. Roedd tridiau ers i'r golch gael ei wneud, felly roedd hyd yn oed ei set o ddillad glân yn frwnt ac yn gwynto. Yfory, y rhain fyddai ei ddillad gwaith a châi'r set arall ei golchi.

Ni allai feddwl am yr un rheswm pam y byddai Zero'n palu'i dwll drosto fe. Doedd Zero ddim hyd yn oed wedi cael yr hadau blodau haul.

'Mae e siŵr o fod yn lico palu tylle,' dywedodd Armpit.

'Gwahadden yw e,' dywedodd Zigzag. 'Rwy'n credu 'i fod e'n byta pridd.'

'Tydi tyrchod ddim yn byta pridd,' eglurodd X-Ray. 'Pryfaid genwair sy'n byta pridd.'

'Hei, Zero?' gofynnodd Squid. 'Gwahadden neu fwydyn wyt ti?'

Atebodd Zero ddim.

Doedd Stanley ddim hyd yn oed wedi diolch

iddo. Ond nawr eisteddai ar ei wely'n aros i Zero ddychwelyd o'r gawod.

'Diolch,' meddai wrth i Zero ddod trwy fflap y babell.

Taflodd Zero gip arno cyn mynd draw at y cratiau, lle gadawodd ei ddillad brwnt a'i dywel.

'Pam wnest ti 'n helpu i?' gofynnodd Stanley.

Trodd Zero i'w wynebu. 'Nage ti ddwgodd yr hade blode haul,' atebodd.

'Na tithe chwaith,' meddai Stanley.

Syllodd Zero arno. Edrychai'i lygaid fel petaen nhw'n ehangu, ac roedd bron fel petai Zero'n edrych yn syth drwyddo. 'Nage ti ddwgodd y sgidie rhedeg,' meddai.

Ddywedodd Stanley ddim byd.

Gwyliodd e Zero'n cerdded allan o'r babell. Os oedd gan unrhyw un lygaid pelydr X, Zero oedd hwnnw.

'Aros!' galwodd Stanley a brysio ar ei ôl.

Roedd Zero wedi stopio'n union y tu allan i'r babell, a bu bron i Stanley redeg yn ei erbyn.

'Fe wna i drio dy ddysgu di i ddarllen os ti moyn,' cynigiodd Stanley. 'Sa i'n gwbod odw i'n gwbod shwt i ddysgu rhywun, ond sa i 'di blino gymaint heddi, achos dy fod ti wedi palu llawer o 'nhwll i.'

Ymledodd gwên fawr ar draws wyneb Zero.

Aethon nhw yn ôl i'r babell, lle roedden nhw'n llai tebygol o gael eu plagio gan y lleill. Estynnodd

Stanley am ei focs ysgrifennu o'r crât. Eisteddodd y ddau ohonyn nhw ar y llawr.

'Wyt ti'n gyfarwydd â'r wyddor?' gofynnodd Stanley.

Am eiliad, gallai dyngu iddo weld fflach herfeiddiol yn llygaid Zero, ond yna diflannodd.

'Rwy'n credu 'mod i'n gwbod peth ohoni,' meddai Zero. 'A, B, C, D.'

'Dal ati,' meddai Stanley.

Cododd Zero ei olygon. 'E . . .'

'F,' meddai Stanley.

'G,' meddai Zero. Chwythodd ychydig o aer drwy ochr ei geg. 'H . . . I . . . K, P.'

'H, I , J , K , L,' meddai Stanley.

'Dyna fe,' meddai Zero. 'Rwy wedi'i chlywed hi o'r blaen. Ond sa i'n gallu cofio shwt yn gwmws mae'n rhedeg.'

'Mae'n iawn,' meddai Stanley. 'Gwranda, fe weda i'r holl beth, jest er mwyn procio dy gof, yna gelli di roi cynnig arni.'

Adroddodd Stanley'r wyddor i Zero, yna ailadroddodd Zero hi heb yr un camsyniad.

Ddim yn ffôl o gofio nad oedd e erioed wedi gweld *Sesame Street*!

'Wel, rwy wedi'i chlywed hi yn rhwle o'r blaen,' meddai Zero, gan geisio cymryd arno nad oedd e'n fawr o beth, ond fe'i bradychwyd gan ei wên fawr.

Roedd y cam nesaf yn anoddach. Roedd Stanley'n gorfod penderfynu sut i'w ddysgu i adnabod pob llythyren. Rhoddodd e ddarn o bapur i Zero, a chymryd darn arall iddo fe ei hun. 'Man a man inni ddechre gydag "A".'

Printiodd 'A' fawr, ac yna copïodd Zero hi ar ei ddalen yntau. Doedd dim llinellau ar y papur, a gwnâi hynny'r dasg yn fwy anodd, ond doedd 'A' Zero ddim yn ddrwg, er braidd yn fawr efallai. Dywedodd Stanley wrtho fod angen iddo ysgrifennu'n llai, neu fel arall bydden nhw'n mynd yn brin o bapur yn fuan iawn. Printiodd Zero 'A' arall lai o faint.

'A gweud y gwir, mae 'na ddwy ffordd o sgrifennu pob llythyren,' meddai Stanley, wrth iddo sylweddoli bod hyn yn mynd i fod hyd yn oed yn anoddach nag a feddyliodd. '"A" fawr yw honna. Ond fel arfer fe weli di "a" fach. Dim ond ar ddechre gair cei di briflythrenne, a dim ond os taw dechre brawddeg yw e, neu os yw e'n enw priod, fel enw person.'

Nodiodd Zero fel petai e'n deall, ond gwyddai Stanley nad oedd ei esboniad yn eglur iawn.

Printiodd 'a' fach, a chopïodd Zero hi.

'Felly, mae 'na bum deg a dwy,' meddai Zero.

Doedd Stanley ddim yn gwybod am beth roedd e'n sôn.

'Yn lle dau ddeg chwech o lythrenne. Mae 'na bum deg a dwy mewn gwirionedd.'

Edrychodd Stanley arno'n syn. 'Oes, ti'n iawn. Shwt wnest ti witho hwnna mas?' gofynnodd.

Ddywedodd Zero ddim byd.

'Adio wnest ti?'

Ddywedodd Zero ddim byd.

'Wnest ti luosi?'

'Dyna faint sy,' meddai Zero.

Cododd Stanley un ysgwydd ac yna'i gostwng. Doedd e ddim hyd yn oed yn gwybod sut y gwyddai Zero fod 'na ddau ddeg chwech o lythrennau yn y lle cyntaf. Oedd Zero wedi eu cyfrif wrth iddo yntau eu hadrodd?

Gofynnodd Stanley i Zero ysgrifennu mwy o enghreifftiau o 'A' fawr ac 'a' fach, ac yna symudodd yn ei flaen at 'B' fawr. Sylweddolodd bod hyn yn mynd i gymryd amser maith.

'Gelli di ddysgu deg llythyren i fi bob dydd,' awgrymodd Zero. 'Pump o rai mawr a phump o rai bach. Ar ôl pum niwrnod bydda i'n nabod nhw i gyd. Ond ar y diwrnod ola bydda i'n gorfod dysgu deuddeg. Chwech o rai mawr a chwech o rai bach.'

Unwaith yn rhagor syllodd Stanley arno, a synnu ei fod e'n medru datrys hynny oll.

Rhaid bod Zero'n meddwl ei fod e'n syllu am reswm gwahanol, oherwydd dywedodd, 'Fe bala i ran o dy dwll di bob dydd. Galla i balu am ryw awr, yna cei di 'nysgu i am awr. Ac achos 'mod i'n palu'n gynt ta beth, byddwn ni'n cwpla'n tylle tua'r un pryd. Fydd dim rhaid i fi aros amdanat ti.'

'Iawn 'te,' cytunodd Stanley.

Tra oedd Zero'n printio'i lythrennau 'B',

gofynnodd Stanley iddo sut roedd e wedi dod i'r casgliad y byddai'n cymryd pum niwrnod i ddysgu pob llythyren. 'Wnest ti luosi? Neu ai rhannu wnest ti?'

'Dyna faint yw e,' meddai Zero.

'Mae'n fathemateg dda,' meddai Stanley.

'Sa i'n dwp,' meddai Zero. 'Rwy'n gwbod bod pob un yn meddwl hynny. Ddim yn lico ateb 'u cwestiyne ydw i.'

Yn hwyrach y noson honno, wrth iddo orwedd ar ei wely, ailystyriodd Stanley'r fargen roedd e wedi'i tharo â Zero. Byddai cael hoe fach bob dydd yn rhyddhad, ond gwyddai na fyddai X-Ray yn hoffi'r syniad. Meddyliodd tybed a oedd 'na ryw ffordd y byddai Zero'n cytuno i balu rhan o dwll X-Ray hefyd. Eto i gyd, pam y dylai fe? *Fi yw'r un sy'n dysgu Zero. Fi sydd angen yr egwyl er mwyn cael egni i'w ddysgu fe. Fi yw'r un gafodd y bai am yr hadau blodau haul. Fi yw'r un sydd wedi codi gwrychyn Mr Syr.*

Caeodd ei lygaid, a nofiodd delweddau o gaban y Warden yn ei ben: ei hewinedd coch, Mr Syr yn gwingo mewn poen ar y llawr, ei bocs colur blodeuog.

Agorodd ei lygaid.

Sylweddolodd yn sydyn ymhle roedd e wedi gweld y tiwb aur o'r blaen. Roedd e wedi'i weld e yn ystafell ymolchi'i fam, ac roedd e wedi'i weld e eto yng nghaban y Warden. Hanner tiwb minlliw oedd e.

K B?

K B?

Teimlodd ysgytwad o syndod a rhyfeddod.

Yn ddistaw bach ffurfiodd ei geg yr enw Kate Barlow, wrth iddo ystyried tybed ai hon, y lleidr pen ffordd a fu mor barod ei chusan, oedd ei berchennog gwreiddiol.

23

Gant a deg o flynyddoedd yn ôl, Glaslyn oedd y llyn mwyaf yn Nhecsas. Roedd yn llawn o ddŵr clir, claear, a byddai'n pefrio fel emrallt enfawr yn yr haul. Roedd yn arbennig o hardd yn y gwanwyn, pan fyddai blodau pinc a blodau lliw'r rhosyn ar y coed eirin gwlanog a dyfai ar hyd y glannau.

Byddai trigolion y dref yn trefnu picnic ar Orffennaf y pedwerydd bob blwyddyn. Bydden nhw'n chwarae gemau, yn dawnsio, canu ac yn nofio yn y llyn er mwyn cadw'n oer braf. Câi gwobrau eu dyfarnu am y deisen eirin gwlanog orau a'r jam eirin gwlanog gorau.

Bob blwyddyn câi gwobr arbennig ei rhoi i Miss Katherine Barlow am ei heirin gwlanog sbeislyd, bendigedig. Ni fyddai neb arall hyd yn oed yn rhoi cynnig ar wneud eirin gwlanog sbeislyd, am eu bod yn gwybod na allai'r un fod mor flasus â'i rhai hi.

Bob haf byddai Miss Katherine yn casglu

basgedeidiau o eirin gwlanog a'u dodi mewn potiau gyda sinamon, clofs, nytmeg a pherlysiau eraill a gadwodd yn gyfrinach. Arferai'r eirin gwlanog hyn bara drwy gydol y gaeaf yn eu potiau. Yn ôl pob tebyg bydden nhw wedi para dipyn hirach na hynny, ond bydden nhw bob amser wedi cael eu bwyta cyn diwedd y gaeaf.

Yn ôl y sôn roedd Glaslyn yn 'nefoedd ar y ddaear' ac roedd eirin gwlanog sbeislyd Miss Katherine yn 'fwyd i'r angylion'.

Katherine Barlow oedd yr unig ysgolfeistres yn y dref. Dysgai mewn hen ysgoldy un ystafell. Roedd e'n hen hyd yn oed bryd hynny. Roedd y to'n gollwng. Roedd y ffenestri'n gwrthod agor. Safai'r drws yn gam ar ei golynnau bregus.

Roedd hi'n athrawes ardderchog, yn llawn gwybodaeth ac yn llawn bywyd. Roedd y plant yn dwlu arni.

Arferai gynnal dosbarthiadau gyda'r nos i oedolion, ac roedd llawer o'r oedolion yn dwlu arni hefyd. Roedd hi'n bert iawn. Byddai ei dosbarthiadau yn aml yn llawn dynion ifanc, ac roedd ganddyn nhw lawer mwy o ddiddordeb yn yr athrawes nag yn yr addysg.

Ond y cyfan a gawson nhw erioed oedd addysg.

Un o'r dynion ifanc hyn oedd Trout Walker. Ei enw go iawn oedd Charles Walker, ond byddai pawb yn ei alw'n Trout am fod ei draed yn gwynto fel dau bysgodyn marw.

Nid ar Trout roedd y bai i gyd am hyn. Roedd

ffwng nad oedd modd ei wella ar ei draed. A dweud y gwir, yr un ffwng traed fyddai'n peri gofid i'r chwaraewr pêl-fas enwog Clyde Livingston gant a deg o flynyddoedd yn ddiweddarach. Ond o leiaf byddai Clyde Livingston yn cael cawod bob dydd.

'Bydda i'n cael bath bob bore dydd Sul,' fyddai ymffrost Trout, 'p'un ai fydd angen un arna i neu beidio.'

Roedd bron pawb yn nhref Glaslyn yn meddwl y byddai Miss Katherine yn priodi Trout Walker. Fe oedd mab y dyn cyfoethocaf yn y sir. Ei deulu e oedd piau'r rhan fwyaf o'r coed eirin gwlanog a'r holl dir ar ochr ddwyreiniol y llyn.

Byddai Trout yn dod i'r dosbarth nos yn aml ond ni fyddai byth yn canolbwyntio ar y wers. Arferai siarad yn y dosbarth heb hidio dim am y myfyrwyr o'i gwmpas. Roedd e'n uchel ei gloch ac yn dwp.

Roedd llawer o ddynion y dref yn ddi-ddysg. Doedd hynny ddim yn poeni Miss Katherine. Gwyddai eu bod nhw wedi treulio'r rhan fwyaf o'u hoes yn gweithio ar ffermydd, bach a mawr, a'u bod nhw heb fynychu llawer o ysgol. Dyna pam roedd hi yno – i'w dysgu nhw.

Ond doedd dim awydd dysgu ar Trout. Roedd e fel petai'n ymfalchïo yn ei dwpdra.

'Shwt licsech chi ddod am dro ar 'y nghwch newydd i ddydd Sadwrn nesa?' gofynnodd e iddi un noson.

'Dim diolch,' atebodd Miss Katherine.

'Mae gyda ni gwch newydd sbon,' meddai. 'Sdim eisie ichi 'i rwyfo fe hyd yn oed.'

'Dwi'n gwbod,' meddai Miss Katherine.

Roedd pawb yn y dref wedi gweld – ac wedi clywed – cwch newydd teulu'r Walker. Cadwai sŵn uchel, erchyll a chwydai fwg du, hyll dros y llyn hardd.

Roedd Trout wedi cael popeth a fynnai erioed. Roedd yn anodd ganddo gredu bod Miss Katherine wedi'i wrthod. Pwyntiodd ei fys ati a dweud, 'Does neb byth yn gweud 'Na' wrth Charles Walker!'

'Dwi'n credu 'mod i newydd wneud hynny,' meddai Katherine Barlow.

24

Roedd Stanley'n hanner cysgu pan aeth i sefyll yn y rhes i gael brecwast, ond roedd yn gwbl effro pan welodd yr olwg oedd ar Mr Syr. Roedd ochr chwith wyneb Mr Syr wedi chwyddo i'r un maint â hanner melon cantalwp. Roedd tair llinell ddanheddog, biws tywyll yn rhedeg ar hyd ei foch lle roedd y Warden wedi'i grafu.

Roedd hi'n amlwg bod y bechgyn eraill ym mhabell Stanley wedi gweld Mr Syr hefyd, ond roedden nhw'n ddigon call i beidio â dweud dim byd. Gosododd Stanley garton o sudd a llwy blastig ar ei hambwrdd. Cadwodd ei olygon tua'r llawr a phrin iddo anadlu wrth i Mr Syr roi llond lletwad o rywbeth a oedd yn ymdebygu i uwd yn ei bowlen.

Aeth â'i hambwrdd at y ford. Y tu ôl iddo, dywedodd bachgen o un o'r pebyll eraill, 'Hei, be ddigwyddodd i'ch gwynab?'

Roedd sŵn twrw mawr.

Trodd Stanley a gweld Mr Syr yn dal pen y

bachgen yn erbyn y crochan uwd. 'Oes 'na rwbeth yn bod â 'ngwyneb i?'

Ceisiodd y bachgen siarad ond methodd. Roedd Mr Syr yn ei ddal gerfydd ei wddwg.

'Oes 'na rywun yn gweld rhwbeth o'i le â 'ngwyneb i?' gofynnodd Mr Syr, wrth iddo barhau i dagu'r bachgen.

Ddywedodd neb ddim byd.

Gollyngodd Mr Syr ei afael ar y bachgen. Tarodd ei ben yn erbyn y ford wrth iddo gwympo i'r llawr.

Safodd Mr Syr uwch ei ben a gofyn, 'Shwt olwg sy ar 'y ngwyneb i nawr?'

Daeth rhyw sŵn byrlymog o geg y bachgen, yna llwyddodd i yngan y gair, 'Iawn'.

'Dwi'n eitha golygus, smo ti'n meddwl?'

'Yndw, Mr Syr.'

Allan ar y llyn, holodd y bechgyn eraill Stanley beth roedd e'n ei wybod am wyneb Mr Syr, ond y cyfan a wnaeth e oedd codi'i ysgwyddau a phalu'i dwll. Pe na bai'n siarad amdano, efallai yr âi i ffwrdd.

Gweithiodd mor galed ac mor gyflym ag y gallai heb boeni am ei gorwneud hi. Y cyfan roedd e eisiau'i wneud oedd gadael y llyn a mynd o olwg Mr Syr cyn gynted â phosib. A beth bynnag, gwyddai y câi egwyl.

'Dwed wrtha i pan fyddi di'n barod,' roedd Zero wedi dweud.

Y tro cyntaf i'r tryc dŵr ddod, Mr Pendanski oedd yn gyrru. Yr ail dro, Mr Syr oedd y gyrrwr.

Ddywedodd neb ddim byd ac eithrio 'Diolch, Mr Syr' wrth iddo lenwi pob fflasg. Ni feiddiai neb hyd yn oed edrych ar ei wyneb erchyll.

Wrth i Stanley aros yn y rhes, symudodd ei dafod dros daflod ei geg a'r tu mewn i'w fochau. Roedd ei geg mor sych ac mor grimp â'r llyn. Roedd yr haul llachar yn adlewyrchu oddi ar y drych bach ar ochr y tryc, a bu'n rhaid i Stanley gysgodi'i lygaid â'i law.

'Diolch, Mr Syr,' meddai Magnet, wrth iddo gymryd ei fflasg oddi arno.

'Oes syched arnat ti, Caveman?' gofynnodd Mr Syr.

'Oes, Mr Syr,' meddai Stanley, gan estyn ei fflasg ddŵr iddo.

Agorodd Mr Syr y caead, a llifodd y dŵr o'r tanc, ond aeth e ddim i mewn i fflasg Stanley. Yn lle hynny, daliodd e'r fflasg yn union wrth ochr y llif.

Gwyliodd Stanley'r dŵr yn tasgu ar y pridd, lle cafodd ei sugno'n gyflym gan y ddaear sychedig.

Gadawodd Mr Syr i'r dŵr lifo am ryw dri deg eiliad, yna stopiodd. 'Ti'n moyn rhagor?' gofynnodd e.

Ddywedodd Stanley ddim byd.

Agorodd Mr Syr y tap dŵr unwaith eto, ac unwaith eto gwyliodd Stanley'r dŵr yn arllwys ar ben y pridd.

'Dyna ti, dyle fod hen ddigon gyda ti nawr.'
Rhoddodd e'r fflasg wag yn ôl i Stanley.

Syllodd Stanley ar y patshyn tywyll ar y ddaear, a grebachodd yn gyflym o flaen ei lygaid.

'Diolch, Mr Syr,' meddai.

25

Roedd meddyg yn arfer bod yn nhref Glaslyn, gant a deg o flynyddoedd yn ôl. Ei enw oedd Dr Hawthorn. Pryd bynnag y byddai pobl yn sâl, bydden nhw'n mynd i weld Dr Hawthorn. Ond bydden nhw hefyd yn mynd at Sam, y gwerthwr winwns.

'Winwns! Winwns melys, braf!' fyddai galwad Sam, wrth iddo fe a'i asyn, Mary Lou, gerdded yn ôl ac ymlaen ar hyd hewlydd Glaslyn. Tynnai Mary Lou lond trol o winwns.

Roedd cae winwns Sam rywle ar ochr draw'r llyn. Unwaith neu ddwy bob wythnos byddai'n rhwyfo ar draws y llyn a chasglu llwyth newydd i lenwi'r drol. Roedd gan Sam freichiau mawr, cryf, eto byddai'n dal i gymryd trwy'r dydd iddo rwyfo ar draws y llyn a diwrnod arall iddo ddod yn ei ôl. Fel arfer gadawai Mary Lou mewn cwt y byddai'r teulu Walker yn caniatáu iddo'i ddefnyddio heb godi tâl arno, ond weithiau byddai'n mynd â Mary Lou gyda fe ar ei gwch.

Honnodd Sam fod Mary Lou bron yn hanner canmlwydd oed, a oedd bryd hynny, ac sydd o hyd, yn eithriadol o hen ac ystyried taw asyn oedd hi.

'Wnaiff hi ddim bwyta dim byd ond winwns amrwd,' arferai Sam ddweud, gan ddal winwnsyn gwyn rhwng ei fysedd tywyll. 'Dyma lysieuyn hudol natur. Tase rhywun yn byta dim byd ond winwns amrwd, galle fe fyw i fod yn ddau gant oed.'

Doedd Sam fawr hŷn nag ugain oed, felly doedd neb yn rhyw siŵr iawn a oedd Mary Lou mor hen ag roedd ei meistr yn ei honni. Sut y gwyddai e hynny?

Eto, fyddai neb byth yn dadlau â Sam. A phryd bynnag y bydden nhw'n dost, bydden nhw'n mynd at Sam yn ogystal ag at Dr Hawthorn.

Byddai Sam bob amser yn rhoi'r un cyngor: 'Bytwch ddigon o winwns.'

Dywedai fod winwns yn dda i'r traul, yr afu, y stumog, yr ysgyfaint, y galon a'r ymennydd. 'Os nad y'ch chi'n 'y nghredu, edrychwch ar yr hen Mary Lou fan hyn. Dyw hi erioed wedi bod yn dost am un diwrnod yn ei byw.'

Roedd ganddo hefyd nifer o wahanol fathau o eli, hufen, surop a phâst a phob un wedi'i wneud o sudd winwns a gwahanol rannau o blanhigyn y winwnsyn. Byddai un yn gwella asthma. Byddai un arall ar gyfer plorod a defaid ar y croen. A meddyginiaeth ar gyfer gwynegon oedd un arall eto.

Roedd hyd yn oed eli arbennig ganddo fyddai'n gwella moelni. 'Rhwbiwch e ar ben moel eich gŵr bob nos pan fydd e'n cysgu, Mrs Collingwood fach, a buan iawn y bydd ei wallt e mor drwchus ac mor hir â chwt Mary Lou.'

Doedd Dr Hawthorn ddim yn dal dig yn erbyn Sam. Roedd ar drigolion Glaslyn ofn ei mentro hi. Caen nhw foddion cyffredin gan Dr Hawthorn a rhyw greadigaethau winwnslyd gan Sam. Ar ôl iddyn nhw ddod dros eu salwch, doedd neb byth yn siŵr, ddim hyd yn oed Dr Hawthorn, pa un o'r ddwy driniaeth oedd wedi llwyddo.

Roedd Dr Hawthorn bron yn gwbl foel, ond byddai'i ben yn aml yn gwynto fel winwns.

Pryd bynnag y prynai Katherine Barlow winwns, byddai bob amser yn prynu un neu ddau ychwanegol a byddai'n gadael i Mary Lou eu bwyta o'i llaw.

'Oes rhwbeth yn bod?' gofynnodd Sam iddi un diwrnod wrth iddi fwydo Mary Lou. 'Mae golwg bell arnoch chi, braidd.'

'O dim ond y tywydd,' meddai Miss Katherine. 'Mae golwg glaw arni.'

'Dwi a Mary Lou, ryn ni'n hoff o'r glaw,' meddai Sam.

'O dw inne'n 'i hoffi reit i wala,' meddai Miss Katherine, wrth iddi rwbio'r blew garw ar ben yr asyn. 'Yr unig drafferth yw bod to'r ysgoldy'n gollwng.'

'Fe alla i drwsio hynny,' meddai Sam.

'Beth y'ch chi'n mynd i' wneud?' cellweiriodd Katherine. 'Llenwi'r tylle â phâst winwns?'

Chwarddodd Sam. 'Dwi'n dda gyda 'nwylo,' dywedodd e wrthi. 'Fi adeiladodd fy nghwch i. Tase hwnnw'n gollwng, bydde hi wedi canu arna i.'

Ni allai Katherine lai na sylwi ar ei ddwylo cadarn, cryf.

Fe wnaethon nhw daro bargen. Cytunodd e i drwsio'r to a oedd yn gollwng yn gyfnewid am chwe phot o eirin gwlanog sbeislyd.

Cymerodd hi wythnos i Sam gyweirio'r to, oherwydd dim ond yn y prynhawniau roedd e'n medru gweithio, ar ôl i'r ysgol ddod i ben a chyn i'r dosbarthiadau nos ddechrau. Doedd Sam ddim yn cael mynychu'r gwersi gan taw Negro oedd e, ond roedden nhw'n fodlon iddo drwsio'r adeilad.

Arferai Miss Katherine aros yn yr ysgoldy, i farcio papurau ac ati, tra gweithiai Sam ar y to. Roedd hi'n mwynhau hynny o sgwrs a oedd yn bosib rhyngddyn nhw, wrth weiddi lan a lawr ar ei gilydd. Synnai Miss Katherine at ei ddiddordeb mewn barddoniaeth. Pan gâi hoe fach, darllenai hi gerdd iddo weithiau. Ar fwy nag un achlysur, dechreuai ddarllen cerdd gan Poe neu Longfellow, dim ond i'w glywed e'n ei gorffen iddi o'i gof.

Roedd hi'n drist pan orffennwyd y to.

'Oes rhwbeth yn bod?' gofynnodd e.

'Nac oes, fe wnaethoch chi jobyn ardderchog,' atebodd hi. 'Yr unig drafferth yw . . . mae'r ffenestri'n gwrthod agor. Bydde'r plant a minne'n dwlu cael ychydig bach o awel bob yn awr ac yn y man.'

'Fe alla i drwsio hynny,' meddai Sam.

Rhoddodd hi ddau bot arall o eirin gwlanog iddo a thrwsiodd Sam y ffenestri.

Roedd hi'n haws siarad ag e pan oedd e'n gweithio ar y ffenestri. Soniodd e wrthi am ei gae winwns dirgel ar ochr arall y llyn, 'lle mae'r winwns yn tyfu drwy gydol y flwyddyn, a lle mae'r dŵr yn llifo ar i fyny'.

Pan gafodd y ffenestri eu cyweirio, cwynodd hi fod ei desg yn simsan.

'Fe alla i drwsio hynny,' meddai Sam.

Y tro nesaf iddi ei weld, dywedodd hi fod 'y drws yn hongian yn gam', a chafodd dreulio prynhawn arall yn ei gwmni tra oedd e'n trwsio'r drws.

Erbyn diwedd y tymor cyntaf, roedd Sami Winwns wedi troi'r hen ysgoldy di-raen, yn berl o adeilad crefftus, newydd ei beintio roedd y dref gyfan yn falch ohono. Byddai pobl yn stopio i'w edmygu. 'Ein hysgoldy yw hwnna. Mae'n dangos faint o werth ryn ni'n 'i roi ar addysg yma yng Nglaslyn.'

Yr unig un nad oedd wrth ei bodd oedd Miss

Katherine. Doedd ganddi ddim rhagor o bethau roedd angen eu trwsio.

Eisteddodd wrth ei desg un prynhawn, gan wrando ar sŵn pitran y glaw ar y to. Ni ddaeth unrhyw ddŵr i mewn i'r ystafell ddosbarth ac eithrio ambell ddiferyn a ddaeth o'i llygaid.

'Winwns! Winwns melys, poeth!' gwaeddodd Sam, allan ar y stryd.

Rhedodd hi ato. Roedd hi eisiau taflu'i breichiau amdano ond doedd hi ddim yn ddigon mentrus i wneud. Yn lle hynny, cofleidiodd hi war Mary Lou.

'Oes rhwbeth yn bod?' gofynnodd e iddi.

'O, Sam,' meddai. 'Mae 'nghalon i'n torri.'

'Fe alla i drwsio hynny,' meddai Sam.

Trodd Miss Katherine i'w wynebu e.

Gafaelodd e yn ei dwy law a'i chusanu.

Oherwydd y glaw, doedd neb arall mas ar y stryd. Hyd yn oed petai 'na rywun, fyddai Katherine a Sam ddim wedi sylwi. Roedden nhw ar goll yn eu byd bach eu hunain.

Yr eiliad honno, fodd bynnag, dyma Hattie Parker yn camu trwy ddrws y siop nwyddau. Ni welson nhw mohoni, ond fe welodd hi nhw. Pwyntiodd ei bys crynedig tuag atyn nhw gan sibrwd, 'Bydded i Dduw eich cosbi!'

26

Doedd dim ffonau, ond fe aeth y gair ar led yn gyflym drwy'r dref fach. Erbyn diwedd y dydd, roedd pawb yng Nglaslyn wedi clywed bod yr ysgolfeistres wedi cusanu'r gwerthwr winwns.

Nid aeth yr un plentyn i'r ysgol fore trannoeth.

Eisteddodd Miss Katherine ar ei phen ei hun yn yr ystafell ddosbarth gan feddwl tybed a oedd hi wedi colli cyfrif o ba ddiwrnod oedd hi. Efallai taw dydd Sadwrn oedd hi. Ni fyddai hynny'n syndod iddi. Roedd ei hymennydd a'i chalon wedi bod yn troelli byth ers i Sam ei chusanu.

Clywodd hi stŵr y tu allan i'r drws, ac yna'n sydyn rhuthrodd ciwed o ddynion a menywod ffyrnig i mewn i'r ysgoldy. Yn eu harwain roedd Trout Walker.

''Co hi!' gwaeddodd Trout. 'Y Ddiawles!'

Roedd y dorf yn dymchwel desgiau ac yn rhwygo hysbysfyrddau oddi ar y waliau.

'Mae hi 'di bod yn gwenwyno penne'ch plant â llyfre,' datganodd Trout.

138

Dechreuon nhw bentyrru'r holl lyfrau ar ganol yr ystafell.

'Meddyliwch am be chi'n wneud!' llefodd Miss Katherine.

Ceisiodd rhywun gydio ynddi, a rhwygodd ei ffrog, ond llwyddodd hi i ddianc o'r adeilad. Rhedodd i swyddfa'r sheriff.

Eisteddai hwnnw â'i draed ar ei ddesg ac yfai dros ben potel o wisgi. 'Bore da, Miss Katherine,' meddai.

'Maen nhw'n dinistrio'r ysgoldy!' meddai hithau, gan ymladd am ei gwynt. 'Fe losgan nhw fe'n ulw! Rhaid i rywun 'u stopio!'

'Gan bwyll nawr 'y mechan i,' meddai'r sheriff gan lusgo'i eiriau'n araf. 'A gwedwch wrtha i am be chi'n sôn.' Cododd e o'i ddesg a cherdded tuag ati.

'Mae Trout Walker wedi –'

'Nawrte, pidwch chi â gweud dim byd cas am Charles Walker,' meddai'r sheriff.

'Sdim llawer o amser gyda ni!' meddai Katherine yn daer. 'Mae'n rhaid ichi 'u stopio nhw.'

'Un fach bert y'ch chi,' meddai'r sheriff.

Rhythodd Miss Katherine arno mewn braw.

'Rhowch gusan i fi,' meddai'r sheriff.

Tarodd hi fe ar ei wyneb.

Chwarddodd e. 'Fe roioch chi gusan i'r gwerthwr winwns. Beth am roi cusan i mi?'

Ceisiodd hi ei daro eto, ond daliodd e hi gerfydd ei llaw.

Ceisiodd hi ymryddhau o'i afael. 'Chi'n feddw!' gwaeddodd hi.

'Rwy wastod yn meddwi cyn crogi rhywun.'

'Crogi rhywun? Pwy –'

'Mae'n erbyn y gyfreth i Negro gusanu menyw groenwen.'

'Os felly, bydd rhaid ichi 'nghrogi inne hefyd,' meddai Katherine. 'Achos fe roies i gusan nôl iddo fe.'

'Dyw hi ddim yn erbyn y gyfreth ichi gusanu fe,' eglurodd y sheriff. 'Ond dyw e ddim yn cael eich cusanu chi.'

'Rydyn ni i gyd yn gyfartal yng ngolwg Duw,' datganodd.

Chwarddodd y sheriff. 'Felly, os yw Sam a fi'n gyfartal, pam na wnewch chi roi cusan i fi?' Chwarddodd unwaith eto. 'Fe wna i daro bargen â chi. Un gusan fach, a wna i ddim crogi'ch sboner. Wna i ond 'i gwrso fe mas o'r dre.'

Tynnodd Miss Katherine ei llaw yn rhydd. Wrth iddi ruthro at y drws, clywodd hi'r sheriff yn dweud, 'Fe wnaiff y gyfreth gosbi Sam. Ac fe wnaiff Duw eich cosbi chithe.'

Camodd hi yn ôl i'r stryd a gweld mwg yn codi o'r ysgoldy. Rhedodd i lawr at lan y llyn, lle roedd Sam yn clymu Mary Lou i'r drol winwns.

'Diolch i Dduw 'mod i wedi dy ffindo di,' ochneidiodd hi a'i gofleidio. 'Mae'n rhaid inni fynd odd' ma. Nawr!'

'Beth –'

'Rhaid bod rhywun wedi'n gweld ni'n cusanu ddoe,' meddai hi. 'Maen nhw 'di rhoi'r ysgoldy ar dân. Fe wedodd y sheriff 'i fod e'n mynd i dy grogi di!'

Petrusodd Sam am ennyd, fel petai e'n methu â chredu'n hollol yr hyn a glywsai. Doedd e ddim eisiau'i gredu. 'Dere 'mlaen, Mary Lou.'

'Mae'n rhaid inni adael Mary Lou ar ôl,' meddai Katherine.

Rhythodd Sam arni am eiliad. Roedd dagrau'n ei lygaid. 'O'r gore.'

Roedd cwch Sam yn y dŵr, wedi'i glymu wrth goeden â rhaff hir. Fe'i datglymodd e, ac fe gerddon nhw drwy'r dŵr a dringo ar ei fwrdd. Llwyddodd ei freichiau nerthol i'w rhwyfo nhw oddi wrth y lan.

Ond ni allai'i freichiau nerthol gystadlu â chwch modur Trout Walker. Prin eu bod nhw hanner ffordd ar draws y llyn pan glywodd Miss Katherine ru uchel yr injan. Yna, gwelodd hi'r mwg du, hyll . . .

Dyma'r ffeithiau:

Tarodd cwch teulu'r Walker yn erbyn cwch Sam. Cafodd Sam ei saethu a'i ladd yn y dŵr. Cafodd Katherine Barlow ei hachub yn groes i'w hewyllys. Pan ddychwelson nhw i'r lan, gwelodd hi gorff Mary Lou yn gorwedd ar y llawr. Roedd yr asyn wedi cael ei saethu yn ei phen.

Digwyddodd hynny oll gant a deg o

141

flynyddoedd yn ôl. Ers hynny, does dim un diferyn o law wedi syrthio ar Laslyn.

Barna di: Pwy deimlodd gosb Duw?

Dridiau wedi marwolaeth Sam, saethodd Miss Katherine y sheriff tra oedd e'n eistedd yn ei gadair yn yfed cwpanaid o goffi. Yna dododd hi finlliw coch ar ei gwefusau'n ofalus a'i gusanu fel yr oedd wedi gofyn iddi wneud.

Am yr ugain mlynedd nesaf Kissin' Kate Barlow oedd un o'r herwyr mwyaf brawychus yn y Gorllewin.

27

Gwthiodd Stanley ei raw i mewn i'r ddaear. Roedd ei dwll yn mesur tua thair troedfedd a hanner o ran dyfnder yn y canol. Rhochiodd wrth iddo godi rhywfaint o bridd a'i daflu o'r neilltu. Roedd yr haul bron yn union uwch ei ben.

Taflodd gip ar ei fflasg ddŵr a orweddai wrth ochr ei dwll. Gwyddai ei bod yn hanner llawn, ond ni chymerodd lymaid eto. Roedd e'n gorfod yfed yn ddarbodus am na wyddai pwy fyddai'n gyrru'r tryc dŵr y tro nesaf.

Roedd tridiau ers i'r Warden grafu Mr Syr. Bob tro y deuai Mr Syr â'r dŵr, arllwysai siâr Stanley yn syth ar y llawr.

Wrth lwc, byddai Mr Pendanski yn dod â'r dŵr yn amlach na Mr Syr. Roedd hi'n amlwg bod Mr Pendanski'n gwybod yn iawn beth roedd Mr Syr yn ei wneud, achos byddai'n rhoi ychydig yn fwy i Stanley. Byddai'n llenwi'r fflasg, yna'n gadael i Stanley yfed dracht hir, cyn ei llenwi drachefn.

Roedd y ffaith bod Zero'n palu peth o'i dwll

drosto fe yn helpu Stanley hefyd. Er hynny, fel roedd Stanley wedi'i ddisgwyl, doedd y bechgyn eraill ddim yn hoffi gweld Stanley'n eistedd o gwmpas tra oedden nhw'n gweithio. Bydden nhw'n dweud pethau fel "Co fe'n ishta ar ei din fel rhyw frenin', neu 'Mae'n siŵr o fod yn neis iawn cael rhywun yn slafo iti'n bersonol'.

Pan geisiodd Stanley egluro taw fe oedd yr un a gafodd y bai am yr hadau blodau haul, dywedodd y bechgyn eraill taw arno fe roedd y bai achos taw fe oedd yr un a adawodd iddyn nhw gwympo i'r llawr. 'Fe wnes i beryglu 'mywyd er mwyn yr hade 'na,' roedd Magnet wedi dweud, 'a'r cwbwl ges i oedd un llond llaw.'

Roedd Stanley wedi ceisio esbonio hefyd fod angen iddo gadw'i nerth er mwyn gallu dysgu Zero sut i ddarllen, ond y cyfan a wnaeth y bechgyn eraill oedd ei wawdio.

'Yr un hen stori, ia, Armpit?' roedd X-Ray wedi dweud. 'Yr hogyn gwyn yn eistadd ar ei din tra ma'r hogyn du yn gneud yr holl waith. Ydi hynna'n iawn, Caveman?'

'Nag yw, dyw e ddim yn iawn,' atebodd Stanley.

'Nacdi,' cytunodd X-Ray. 'Tydio ddim yn iawn o gwbl.'

Cloddiodd Stanley rofiad arall o bridd. Gwyddai na fyddai X-Ray wedi siarad felly os taw fe fyddai'r un a oedd yn dysgu Zero sut i ddarllen. Wedyn, byddai X-Ray'n siarad am ba mor bwysig oedd hi ei fod e'n cael digon o orffwys, *cywir*? Fel y gallai fod yn well athro, *cywir*?

Ac roedd hynny'n wir. Roedd gwir angen iddo gadw'i nerth fel y gallai fod yn well athro, er bod Zero'n ddysgwr chwim. A dweud y gwir, weithiau, gobeithiai Stanley fod y Warden yn eu gwylio nhw â'i chamerâu a'i meicroffonau cyfrinachol, fel y byddai'n gwybod nad oedd Zero mor dwp ag y tybiai pawb.

O ben draw'r llyn gallai weld y cwmwl o lwch yn agosáu. Yfodd e lymaid o'i fflasg ddŵr, yna arhosodd i weld pwy oedd yn gyrru'r tryc.

Roedd y chwydd ar wyneb Mr Syr wedi lleihau, ond roedd e ychydig bach yn chwyddedig o hyd. Roedd tri chrafiad wedi bod ar hyd ei foch. Roedd dau ohonyn nhw wedi pylu, ond y crafiad canol oedd y dyfnaf mae'n rhaid, achos roedd e i'w weld o hyd. Llinell borffor, ddanheddog oedd hi yn ymestyn o dan ei lygad hyd at ei geg, fel tatŵ o graith.

Safodd Stanley yn y rhes, yna rhoddodd ei fflasg iddo.

Daliodd Mr Syr hi yn erbyn ei glust a'i siglo. Gwenodd e wrth glywed sŵn y dŵr yn chwyrlïo.

Gobeithiai Stanley na fyddai'n ei arllwys ar y llawr.

Er mawr syndod iddo, daliodd Mr Syr y fflasg o dan y llif a'i llenwi â dŵr.

'Aros fan hyn,' meddai.

Ac yntau'n dal fflasg Stanley o hyd, cerddodd Mr Syr heibio iddo, ac aeth o gwmpas ochr y tryc ac i mewn i'r cab, lle nad oedd modd ei weld e.

'Beth mae e'n neud miwn fan 'na?' gofynnodd Zero.

'Dyna licswn i wbod,' meddai Stanley.

Ymhen ychydig, daeth Mr Syr allan o'r tryc a rhoi'r fflasg yn ôl i Stanley. Roedd hi'n dal i fod yn llawn.

'Diolch, Mr Syr.'

Gwenodd Mr Syr arno. 'Pam wyt ti'n oedi?' gofynnodd e. 'I lawr â fe!' Taflodd ychydig o hadau blodau haul i'w geg, cnoi, a phoeri'r masglau.

Roedd gormod o ofn ei yfed ar Stanley. Roedd yn gas ganddo feddwl pa fath o ffieiddbeth y gallai Mr Syr fod wedi'i roi ynddo fe.

Aeth â'r fflasg yn ôl i'w dwll. Gadawodd hi wrth ochr ei dwll am gryn amser wrth iddo barhau i balu. Yna, ac yntau mor sychedig fel prin y gallai ei ddioddef rhagor, agorodd y fflasg, ei throi ar ei phen, ac arllwys pob diferyn ar y pridd. Ofnai petai e wedi aros am un eiliad arall y byddai, o bosib, wedi yfed llymaid.

Ar ôl i Stanley ddysgu chwe llythyren olaf yr wyddor i Zero, dysgodd iddo sut i ysgrifennu'i enw.

'Gan ddechre â llythyren fawr, Z – e – r – o.'

146

Ysgrifennodd Zero'r llythrennau wrth i Stanley eu llefaru. 'Zero,' meddai, gan edrych ar ei ddarn o bapur. Roedd ei wên yn rhy fawr i'w wyneb.

Gwyliodd Stanley e'n ei ysgrifennu drosodd a throsodd.

Zero Zero Zero Zero Zero Zero Zero . . .

Mewn ffordd, gwnaeth hynny iddo deimlo'n drist. Ni allai lai na meddwl bod sero wedi'i luosi â chant yn dal i fod yn sero.

'Ti'n gwbod, nid dyna'n enw go iawn i,' meddai Zero wrth iddyn nhw fynd draw i'r Ystafell Orffwyll am eu swper.

'Wel, odw,' meddai Stanley, 'o'n i'n gwbod 'na, mae'n debyg.' Ond doedd e erioed wedi bod yn rhyw siŵr iawn.

'Mae pawb wedi 'ngalw i'n Zero erioed, hyd yn oed cyn i fi ddod fan hyn.'

'Reit.'

'Hector yw'n enw iawn i.'

'Hector,' meddai Stanley drachefn.

'Hector Zeroni.'

28

Ymhen ugain mlynedd, dychwelodd Kate Barlow i dref Glaslyn. Dyma fan lle na fyddai neb byth yn dod o hyd iddi – tref farw ger llyn marw.

Roedd pob un o'r coed eirin gwlanog wedi gwywo, ond tyfai dwy dderwen fach yn ymyl hen gaban gwag. Arferai'r caban sefyll ar lan ddwyreiniol y llyn. Bellach roedd ymyl y llyn dros bum milltir i ffwrdd, a hwnnw'n fawr fwy na phwll bychan yn llawn o ddŵr brwnt.

Aeth Kate i fyw yn y caban. Ambell dro gallai glywed llais Sam yn atseinio ar draws y gwacter. 'Winwns! Winwns melys, braf.'

Gwyddai'i bod hi'n wallgof. Gwyddai'i bod hi wedi bod yn wallgof am yr ugain mlynedd diwethaf.

'O, Sam,' dywedai, gan annerch y gwacter mawr. 'Dwi'n gwbod 'i bod hi'n boeth, ond dwi'n teimlo mor oer. Mae 'nwylo i'n oer. Mae 'nhraed i'n oer. Mae 'ngwyneb i'n oer. Mae 'nghalon i'n oer.'

Ac ambell dro byddai hi'n ei glywed e'n dweud, 'Fe alla i drwsio hynny,' a byddai'n teimlo'i fraich gynnes ar draws ei ysgwyddau.

Roedd hi wedi bod yn byw yn y caban ers rhyw dri mis pan gafodd ei dihuno un bore gan rywun yn cicio drws y caban a'i agor. Agorodd ei llygaid a gweld pen niwlog dryll, ddwy fodfedd oddi wrth ei thrwyn.

Gallai wynto traed drewllyd Trout Walker.

'Fe gei di ddeg eiliad i weud wrtha i ble rwyt ti wedi cwato'r ysbail,' meddai Trout. 'Neu fe saetha i dy ben di bant.'

Agorodd ei cheg yn gysglyd.

Roedd menyw bengoch yno gyda Trout. Gallai Kate ei gweld hi'n chwilmentan trwy'r caban, yn troi dreiriau drosodd ac yn bwrw pethau oddi ar silffoedd.

Daeth y fenyw ati. 'Ble mae'r ysbail?' mynnodd hi.

'Linda Miller?' holodd Kate. 'Ai dyna pwy wyt ti?'

Roedd Linda Miller yn nosbarth pedwar pan oedd Kate Barlow'n athrawes. Roedd hi'n arfer bod yn ferch bert â brychau ar ei hwyneb ac roedd ganddi wallt coch, hardd. Nawr roedd ei hwyneb yn gochlyd, ac roedd ei gwallt yn frwnt ac yn flêr.

'Linda Walker yw hi nawr,' meddai Trout.

'O, Linda, mae'n wir ddrwg 'da fi,' meddai Kate.

149

Prociodd Trout ei gwddwg â'r dryll. 'Ble mae'r ysbail?'

'Does 'na ddim ysbail,' meddai Kate.

'Gad dy gelwydd!' gwaeddodd Trout. 'Rwyt ti 'di ysbeilio pob banc o fan hyn i Houston.'

'Well ichi weud wrtho fe,' meddai Linda. 'Mae 'di mynd i'r pen arnon ni.'

'Wnest ti 'i briodi fe am ei arian, on'd do fe?' gofynnodd Kate.

Nodiodd Linda. 'Ond mae'r cwbl 'di mynd. Fe sychodd gyda'r llyn. Y coed eirin gwlanog. Y da. O'n i'n meddwl drwy'r amser: Mae'n rhaid iddi fwrw glaw cyn bo hir. All y sychder ddim para am byth. Ond aeth hi'n boethach ac yn boethach ac yn boethach . . .' Hoeliodd ei sylw ar y rhaw oedd yn pwyso'n erbyn y lle tân. 'Mae 'di chladdu hi!' bloeddiodd.

'Wn i ddim am beth y'ch chi'n sôn,' meddai Kate.

Roedd ffrwydrad mawr wrth i Trout danio'i ddryll fodfeddi uwch ei phen hi. Torrodd y ffenest y tu ôl iddi'n deilchion. 'Ble ti 'di chladdu hi?' mynnodd e.

'Dere 'mlaen, Trout. Lladda fi,' meddai Kate. 'Ond dwi'n mawr obeithio y'ch bod chi'n lico palu. Achos chi'n mynd i fod wrthi'n palu am amser maith. Mae 'na ddiffeithdir eang, mawr mas fan 'co. Fe allwch chi, a'ch plant, a'u plant hwythe, balu am y can mlynedd nesa a chewch chi byth hyd iddi.'

Cydiodd Linda yng ngwallt Kate a phlycio'i phen yn ôl. 'O na, smo ni'n mynd i'ch lladd chi,' meddai hi. 'Ond erbyn inni gwpla 'da chi, byddwch chi'n difaru bo chi ddim wedi marw.'

'Dwi wedi bod yn difaru hynny ers ugain mlynedd,' meddai Kate.

Ar hynny, dyma nhw'n ei thynnu o'r gwely ac yn ei gwthio mas tu fas. Gwisgai byjamas sidan, glas. Roedd ei hesgidiau du gyda cherrig bach gwyrddlas yn dal i fod wrth ochr ei gwely.

Dyma nhw'n clymu'i choesau ynghyd yn llac fel ei bod hi'n gallu cerdded, ond yn methu â rhedeg, a'i gorfodi i gerdded yn droednoeth ar y ddaear boeth.

Roedden nhw'n gwrthod gadael iddi stopio cerdded.

'Ddim nes dy fod ti'n mynd â ni at yr ysbail,' meddai Trout.

Tarodd Linda gefn coesau Kate â'r rhaw.

'Chi'n mynd i ddangos inni lle mae hi'n hwyr neu'n hwyrach. Felly man a man ichi beidio â bod yn hwyr iawn.'

Cerddai Kate i'r naill gyfeiriad yna i'r cyfeiriad arall, nes bod ei thraed yn ddu ac yn llawn pothelli. Pryd bynnag y stopiai, byddai Linda'n ei tharo â'r rhaw.

'Rwy'n colli 'mynedd,' rhybuddiodd Trout.

Teimlodd Kate y rhaw'n ei phwnio yn ei chefn, a chwympodd i'r pridd caled.

'Codwch!' gorchmynnodd Linda.

Llwyddodd Kate i godi ar ei thraed.

'Ma hyn yn hawdd iti heddi,' meddai Trout. 'Mynd yn waeth ac yn waeth wnaiff pethau iti nes bo ti'n dangos inni lle mae'r ysbail.'

'Gwyliwch!' gwaeddodd Linda.

Neidiodd madfall tuag atyn nhw. Gallai Kate weld ei llygaid mawr, coch.

Ceisiodd Linda ei bwrw â'r rhaw, a saethodd Trout ati, ond methu a wnaeth y ddau.

Glaniodd y fadfall ar bigwrn noeth Kate. Brathodd ei choes â'i dannedd miniog, du. Lleibiodd ei thafod gwyn y dafnau o waed a lifodd o'r clwyf.

Gwenodd Kate. Doedd 'na ddim byd y gallen nhw ei wneud iddi mwyach. 'Dechreuwch balu,' meddai.

'Ble mae?' sgrechiodd Linda.

'Ble wnest di 'i chladdu?' mynnodd Trout.

Bu farw Kate Barlow gan chwerthin.

RHAN DAU

Y TWLL OLAF

29

Daeth newid yn y tywydd.

Er gwaeth.

Aeth yr awyr yn annioddefol o fwll. Roedd Stanley'n chwys drabŵd. Llifai dafnau o wlybaniaeth ar hyd cefn ei raw. Roedd hi bron fel petai'r tymheredd wedi mynd mor boeth fel bod yr awyr ei hun yn chwysu.

Atseiniodd taran uchel ar draws y llyn gwag.

Roedd storm ymhell draw tua'r gorllewin, y tu hwnt i'r mynyddoedd. Gallai Stanley gyfrif mwy na thri deg eiliad rhwng y fellten a'r daran. Dyna pa mor bell i ffwrdd roedd y storm. Mae sain yn teithio bellter mawr ar draws diffeithdir anial.

Fel arfer, ni allai Stanley weld y mynyddoedd yr adeg yma o'r dydd. Yr unig amser roedden nhw'n weladwy oedd wrth i'r haul godi, cyn i'r awyr droi'n desog. Nawr, fodd bynnag, roedd yr awyr yn dywyll iawn tua'r gorllewin, a phob tro y byddai 'na fellten, byddai siâp tywyll y mynyddoedd yn dod i'r golwg am ychydig.

'Dere 'mlaen, y glaw!' gwaeddodd Armpit. 'Dere i wthu hyn bant!'

'Falle daw digon o law i lenwi'r llyn cyfan,' meddai Squid. 'Fe allwn ni fynd i nofio.'

'Deugain niwrnod a deugain nos,' meddai X-Ray. 'Well inni ddechra adeiladu arch. A chael dau o bob anifail, cywir?'

'Cywir,' meddai Zigzag. 'Dwy neidr ruglo. Dau sgorpion. Dwy fadfall felen fraith.'

Roedd y tywydd mwll, neu efallai'r trydan yn yr awyr, wedi peri i ben Zigzag edrych hyd yn oed yn fwy gwyllt yr olwg. Roedd ei wallt golau, crych yn sefyll bron yn syth ar ei ben.

Goleuodd y gorwel â gwe anferth o fellt. Yn ystod yr hanner eiliad honno, tybiodd Stanley iddo weld ffurfiant creigiau anghyffredin ar gopa un o'r mynyddoedd. Edrychai'r copa, yn ei dyb e, yn gwmws fel dwrn enfawr, â'r fawd yn sefyll lan yn syth.

Yna diflannodd.

A doedd Stanley ddim yn siŵr a oedd e wedi'i weld ai peidio.

'Fe ges i loches ar fawd Duw.'

Dyna roedd ei hen dad-cu wedi'i ddweud, mae'n debyg, ar ôl i Kate Barlow ddwyn oddi arno a'i adael yn ddiymgeledd yn yr anialwch.

Doedd neb wedi deall beth oedd ystyr hynny. Roedd e wedi drysu'n lân ar y pryd.

'Ond shwt yn y byd oedd e'n gallu byw am dair

wthnos heb fwyd na diod?' gofynnodd Stanley i'w dad.

'Sa i'n gwbod. O'n i ddim yno,' atebodd ei dad. 'O'n i heb gael 'y ngeni. Roedd 'y nhad heb gael ei eni chwaith. Roedd 'y mam-gu, sef dy hen fam-gu di, yn gweithio fel nyrs yn yr ysbyty lle roedden nhw wedi'i drin e. Roedd e bob amser yn sôn amdani'n sychu'i dalcen â chlwtyn gwlyb, oer. Dywedodd taw dyna pam y cwmpodd e mewn cariad â hi. Roedd e'n meddwl taw angyles oedd hi.'

'Angyles go iawn?'

Doedd ei dad ddim yn gwybod.

'A beth ddigwyddodd ar ôl iddo fe wella? Wnaeth e weud erioed beth roedd e'n 'i feddwl wrth fawd Duw, neu shwt y daeth e drwy'r profiad?'

'Naddo. Y cwbl wnaeth e oedd beio'i dad-pwdr-y-diawl-a-ddygodd-fochyn.'

Ciliodd y storm ymhellach i'r gorllewin, gan fynd ag unrhyw obaith am law gyda hi. Ond arhosodd llun y dwrn a'r fawd ym mhen Stanley. Er, nid fflachio y tu ôl i'r fawd roedd y fellten ym meddwl Stanley. Roedd hi'n dod mas o'r fawd, fel petai bawd Duw oedd hi.

30

Roedd hi'n ben-blwydd ar Zigzag drannoeth. Neu dyna a ddywedodd e. Gorweddodd Zigzag yn ei wely wrth i bawb fynd allan o'r babell. 'Rwy'n cael aros yn y gwely achos 'y mhen-blwydd.'

Yna ymhen ychydig, ymunodd e â'r ciw am frecwast, gan sefyll yn union o flaen Squid yn y rhes. Dywedodd Squid wrtho am fynd i'r gwt. 'Hei, mae'n ben-blwydd arna i,' meddai Zigzag, gan wrthod symud.

'Dyw hi ddim yn ben-blwydd arnat ti,' meddai Magnet, a oedd yn sefyll y tu ôl i Squid.

'Ody, mae,' meddai Zigzag. 'Gorffennaf yr wythfed.'

Roedd Stanley y tu ôl i Magnet. Ni wyddai pa ddiwrnod o'r wythnos oedd hi, heb sôn am y dyddiad. Mae'n ddigon posib taw Gorffennaf yr wythfed oedd hi, ond sut roedd Zigzag yn gwybod hynny?

Ceisiodd e gyfrif ers faint roedd e wedi bod yng Ngwersyll Glaslyn, os taw Gorffennaf yr wythfed oedd hi mewn gwirionedd. 'Fe ddes i 'ma ar Fai'r pedwerydd ar hugain,' meddai'n uchel. 'Felly, mae hynny'n golygu 'mod i wedi bod 'ma . . .'

'Ers pedwar deg chwech o ddiwrnode,' meddai Zero.

Roedd Stanley'n dal i geisio cofio sawl diwrnod oedd ym Mai a Mehefin. Edrychodd e ar Zero. Roedd e wedi dysgu peidio â'i amau wrth drafod unrhyw beth mathemategol.

Pedwar deg chwech o ddiwrnodau. Teimlai fel mil. Doedd e ddim wedi torri twll ar y diwrnod cyntaf hwnnw, a doedd e ddim wedi torri un eto heddiw. Roedd hynny'n golygu ei fod e wedi torri pedwar deg pedwar o dyllau – os taw Gorffennaf yr wythfed oedd hi go iawn.

'Ga i garton arall o sudd?' gofynnodd Zigzag i Mr Syr. 'Mae'n ben-blwydd arna i.'

Er syndod i bawb, rhoddodd Mr Syr garton ychwanegol iddo.

Gwthiodd Stanley ei raw i'r pridd. Twll rhif 45. 'Twll rhif pedwar deg pump yw'r anodda,' meddai wrtho'i hun.

Ond doedd hynny ddim yn wir mewn gwirionedd, a gwyddai hynny. Roedd e'n gryfach o lawer nag oedd e pan gyrhaeddodd e gyntaf. Roedd ei gorff wedi addasu rhywfaint i'r gwres a'r amodau llym.

Doedd Mr Syr ddim yn ei amddifadu o ddŵr mwyach. Ar ôl gorfod ymdopi ar lai o ddŵr am ryw wythnos, teimlai Stanley bellach fel bod ganddo fe gymaint o ddŵr ag oedd ei angen arno.

Wrth gwrs, roedd y ffaith bod Zero'n palu peth o'i dwll iddo fe bob dydd yn ei helpu, ond ddim cymaint ag roedd pawb yn ei feddwl chwaith. Byddai'n teimlo'n lletchwith pan fyddai Zero'n cloddio'i dwll, gan nad oedd yn gwybod beth i'w wneud ag ef ei hun. Fel arfer byddai'n sefyllian am ychydig, cyn mynd i eistedd ar ei ben ei hun ar y ddaear galed, a'r haul yn tywynnu'n gryf arno.

Roedd yn well na chloddio.

Ond ddim llawer.

Pan gododd yr haul ychydig oriau'n ddiweddarach, chwiliodd Stanley am 'fawd Duw'. Doedd y mynyddoedd fawr fwy na chysgodion tywyll ar y gorwel.

Roedd e'n meddwl ei fod e'n gallu gweld man lle roedd pen un mynydd fel petai'n ymwthio i fyny, ond doedd e ddim yn ymddangos yn llawer o beth. Ychydig yn ddiweddarach doedd dim modd gweld y mynyddoedd mwyach, am eu bod yn cael eu cuddio y tu ôl i lewyrch yr haul, a gâi ei adlewyrchu oddi ar yr awyr fudr.

Roedd yn bosib, sylweddolodd, ei fod e rywle ar bwys lle roedd Kate Barlow wedi dwyn oddi ar ei hen dad-cu. Os taw ei thiwb minlliw hi oedd yr un y daethai o hyd iddo, yna mae'n rhaid ei bod hi'n arfer byw yn y cyffiniau hyn.

Cymerodd Zero ei dro cyn amser cinio. Dringodd Stanley mas o'i dwll, a dringodd Zero i mewn iddo.

'Hei, Caveman,' meddai Zigzag. 'Dylet ti gael chwip. Yna, os nad yw dy gaethwas yn palu'n ddigon clou, gelli di 'i chlecian hi ar draws ei gefn.'

'Dyw e ddim yn gaethwas,' meddai Stanley. 'Fe wnethon ni daro bargen, dyna'r cwbl.'

'Bargen dda i ti,' meddai Zigzag.

'Syniad Zero oedd e, nid fi.'

'Wyddost ti ddim, Zig?' meddai X-Ray, gan ddod tuag ato. 'Mae Caveman yn gwneud anferth o gymwynas â Zero. Mae Zero wrth 'i fodd yn agor tylla.'

'Hen fachan neis yw e yn gadel i Zero balu 'i dwll drosto fe,' meddai Squid.

'Wel, beth amdana i?' gofynnodd Armpit. 'Rwy'n lico palu tylle hefyd. Ga i balu i ti, Caveman, ar ôl i Zero gwpla?'

Chwarddodd y bechgyn eraill.

'Na, dwi'n moyn neud,' meddai Zigzag. 'Mae'n ben-blwydd arna i.'

Gwnaeth Stanley ei orau glas i'w hanwybyddu.

Dal ati a wnaeth Zigzag. 'Dere, Caveman. Gwna gymwynas. Gad i fi balu dy dwll.'

Gwenodd Stanley fel petai'r cyfan yn un jôc fawr.

Pan gyrhaeddodd Mr Pendanski â dŵr a chinio,

cynigiodd Zigzag ei le yn y rhes i Stanley. 'Achos dy fod ti gymaint yn well na fi.'

Arhosodd Stanley lle roedd e. 'Wnes i ddim gweud 'mod i'n we–'

'Rwyt ti'n 'i sarhau o, Zig,' meddai X-Ray. 'Pam ddylia Caveman gymryd dy le di, pan mae o'n haeddu bod reit yn y pen blaen? Mae o'n well na phob un ohonan ni. On'd wyt, Caveman?'

'Nagw,' meddai Stanley.

'Wrth gwrs dy fod ti,' meddai X-Ray. 'Rŵan tyrd i flaen y rhes, i dy briod le.'

'Mae'n iawn,' meddai Stanley.

'Nacdi siŵr, tydio ddim yn iawn,' meddai X-Ray. 'Tyrd yn dy flaen.'

Petrusodd Stanley, yna symudodd i ben blaen y rhes.

'Wel, mae 'na dro cynta i bopath,' meddai Mr Pendanski, gan ymddangos o ochr y tryc. Llenwodd e fflasg Stanley a rhoi pecyn bwyd iddo.

Roedd Stanley'n falch o gael dianc. Eisteddodd rhwng ei dwll yntau ac un Zero. Roedd e'n falch y byddai'n torri'i dwll ei hun am weddill y dydd. Efallai y byddai'r bechgyn eraill yn gadael llonydd iddo. Efallai na ddylai adael i Zero balu'i dwll drosto fe rhagor. Ond roedd angen iddo gadw'i nerth er mwyn bod yn athro da.

Bwytaodd ddarn o'i frechdan, a oedd yn cynnwys rhyw fath o gymysgedd cig-a-chaws a ddaeth mewn tun. Roedd bron popeth yng

Nglaslyn yn dod mewn tun. Byddai'r lorri nwyddau'n dod unwaith bob mis.

Edrychodd i fyny a gweld Zigzag a Squid yn cerdded tuag ato.

'Fe roia i fisgïen i ti os wnei di adel i fi balu dy dwll,' meddai Zigzag.

Chwarddodd Squid.

'Hwra, cymer 'y misgïen i,' meddai Zigzag, gan geisio'i hestyn iddo.

'Dim diolch,' meddai Stanley.

'Dere, cymer 'y misgïen i,' meddai Zigzag, gan ei gwthio i'w wyneb.

'Gad lonydd i fi,' meddai Stanley.

'A wnei di, os gweli di fod yn dda, fyta 'misgïen i?' meddai Zigzag, a'i dal hi o dan drwyn Stanley.

Chwarddodd Squid.

Gwthiodd Stanley hi i ffwrdd.

Yna, dyma Zigzag yn ei wthio yn ôl. 'Paid â 'ngwthio i!'

'Wnes i ddim . . .' Cododd Stanley ar ei draed. Edrychodd o'i gwmpas. Roedd Mr Pendanski'n llenwi fflasg Zero.

Dyma Zigzag yn ei wthio drachefn. 'Fe wedes i, paid â 'ngwthio i.'

Cymerodd Stanley gam yn ôl, gan sicrhau ei fod e'n osgoi twll Zero.

Dilynodd Zigzag e. Gwthiodd Stanley a dywedodd, 'Paid â gwthio!'

'Gad e fod,' meddai Armpit, wrth iddo fe, Magnet ac X-Ray ymuno â nhw.

'Pam ddylia fo?' arthiodd X-Ray. 'Mae Caveman yn fwy. Mae o'n ddigon 'tebol i ofalu amdano fo'i hun.'

'Sa i'n moyn unrhyw drwbwl,' meddai Stanley.

Gwthiodd Zigzag e'n galed. 'Byt 'y misgïen i,' meddai.

Roedd Stanley'n falch o weld Mr Pendanski'n dod tuag atyn nhw gyda Zero.

'Haia, Mam,' meddai Armpit. 'O'n ni jest yn cael tamed bach o hwyl.'

'Mi welish i be oedd yn digwydd,' meddai Mr Pendanski. Trodd at Stanley. 'Dos yn dy flaen, Stanley,' meddai. 'Hitia fo 'nôl. Rwyt ti'n fwy na fo.'

Syllodd Stanley ar Mr Pendanski'n syfrdan.

'Dysga wers i'r bwli,' meddai Mr Pendanski.

Trawodd Zigzag Stanley ar ei ysgwydd â'i law agored. 'Dysga wers i fi,' heriodd e.

Rhoddodd Stanley gynnig gwan ar fwrw Zigzag, yna teimlodd storm o ddyrnau yn erbyn ei ben a'i wddwg. Roedd Zigzag yn cydio'n ei goler ag un llaw ac yn ei daro â'r llall.

Rhwygodd y coler a chwympodd Stanley yn ei ôl ar y pridd.

'Dyna ddigon!' bloeddiodd Mr Pendanski.

Doedd hi ddim yn ddigon i Zigzag. Neidiodd e ar ben Stanley.

'Peidiwch!' gwaeddodd Mr Pendanski.

Roedd ochr wyneb Stanley wedi'i gwasgu'n galed yn erbyn y pridd. Ceisiodd ei amddiffyn ei hun, ond llamodd dyrnau Zigzag oddi ar ei freichiau gan bwnio'i wyneb i'r ddaear.

Y cyfan a allai ei wneud oedd aros nes fod y cyfan drosodd.

Yna'n sydyn, roedd Zigzag wedi mynd. Llwyddodd Stanley i edrych i fyny, a gwelodd fod braich Zero am wddwg hir Zigzag.

Gwnaeth Zigzag sŵn tagu wrth iddo wneud ei orau i dynnu'n rhydd o afael Zero.

'Ti'n mynd i' ladd o!' gwaeddodd Mr Pendanski.

Daliodd Zero i wasgu.

Rhuthrodd Armpit arnyn nhw, gan lwyddo i ryddhau Zigzag a chwympodd y tri bachgen i'r llawr i wahanol gyfeiriadau.

Taniodd Mr Pendanski ei wn i'r awyr.

·   ·   ·

Rhedodd y swyddogion eraill draw o'r swyddfa, o'r pebyll neu o fannau eraill ar y llyn. Roedden nhw wedi tynnu'u gynnau, ond dyma nhw'n eu rhoi yn ôl yn eu gweiniau wrth weld fod yr helynt drosodd.

Cerddodd y Warden draw o'i chaban.

'Roedd 'na reiat yma,' meddai Mr Pendanski wrthi. 'Bu bron i Zero dagu Ricky.'

Edrychodd y Warden ar Zigzag, a oedd yn dal i ymestyn a thylino'i wddwg. Yna trodd ei sylw at Stanley, a oedd yn amlwg yn y cyflwr gwaethaf. 'Beth ddigwyddodd i ti?'

'Dim byd. Nage reiat oedd hi.'

'Roedd Ziggy'n rhoi hemad i Caveman,' meddai Armpit. 'Yna dechreuodd Zero dagu Zigzag, ac o'n i'n gorfod tynnu Zero bant o Zigzag. Roedd popeth drosodd cyn i Mam danio'i ddryll.'

'Ddaru nhw fynd fymryn yn benboeth, dyna'r oll,' meddai X-Ray. 'Chi'n gwbod sut mae. Allan yn yr haul drwy'r dydd. Mae pobol yn mynd yn boeth, cywir? Ond mae popath yn iawn rŵan.'

'Gwela i,' meddai'r Warden. Trodd at Zigzag. 'Beth sy'n bod? Chest ti ddim ci bach yn anrheg pen-blwydd?'

'Mae Zig fymryn yn boeth,' meddai X-Ray. 'Allan yn yr haul drwy'r dydd. Da chi'n gwbod sut mae. Mae'r gwaed yn dechra berwi.'

'Ife dyna beth ddigwyddodd, Zigzag?' gofynnodd y Warden.

'Ie,' meddai Zigzag. 'Fel wedodd X-Ray. Ni'n gweithio mor galed yn yr haul tanbaid tra mae Caveman yn ishte o gwmpas yn gwneud dim. Fe wnaeth 'y ngwaed ferwi.'

'Esgusoda fi?' meddai'r Warden. 'Mae Caveman yn palu'i dylle yn gwmws fel pawb arall.'

Cododd Zigzag ei ysgwyddau. 'Weithie.'

'Esgusoda fi?'

'Mae Zero 'di bod yn palu rhan o dwll Caveman bob dydd,' meddai Squid.

Edrychodd y Warden ar Squid, yna ar Stanley, yna ar Zero.

'Dwi'n dysgu iddo fe shwt i ddarllen a

sgrifennu,' meddai Stanley. 'Mae fel rhyw fath o ddêl. Mae'r twll yn dal i gael 'i gloddio, felly beth yw'r ots pwy sy'n 'i gloddio fe?'

'Esgusoda fi?' meddai'r Warden.

'Nag yw e'n bwysicach iddo fe ddysgu shwt i ddarllen?' gofynnodd Stanley. 'Nag yw hwnna'n adeiladu cymeriad yn fwy na phalu tylle?'

'Dyna'i gymeriad e,' meddai'r Warden. 'Beth am dy gymeriad dithe?'

Cododd Stanley un ysgwydd ac yna'i gostwng.

Trodd y Warden at Zero. 'Wel, Zero, beth wyt ti wedi'i ddysgu hyd yn hyn?'

Ddywedodd Zero ddim byd.

'Wyt ti 'di bod yn palu twll Caveman am ddim byd?' gofynnodd y Warden iddo.

'Mae o wrth 'i fodd yn torri tylla,' meddai Mr Pendanski.

'Gwed wrtha i beth ddysgest ti ddoe,' meddai'r Warden. 'Ti'n gallu cofio hynny, mae'n rhaid.'

Ddywedodd Zero ddim byd.

Chwarddodd Mr Pendanski. Cododd e raw a dweud, 'Cystal iti drio dysgu i'r rhaw 'ma sut i ddarllen! Mae'n fwy clyfar na Zero.'

'Y sain 'ap',' meddai Zero.

'Y sain 'ap',' meddai'r Warden ar ei ôl. 'Felly gwed wrtha' i, beth mae c-a-p yn 'i sillafu?'

Edrychodd Zero o'i gwmpas yn bryderus.

Gwyddai Stanley ei fod e'n gwybod yr ateb. Y gwir amdani oedd, doedd Zero ddim yn hoffi ateb cwestiynau.

'Cap,' meddai Zero.

Curodd Mr Pendanski ei ddwylo. 'Go dda! Go dda! Mae gan yr hogyn ddawn arbennig!'

'T-a-p?' gofynnodd y Warden.

Meddyliodd Zero am eiliad.

Doedd Stanley ddim wedi dysgu'r sain 't' iddo eto.

'Ty,' sibrydodd Zero. 'Ty-ap. Tap.'

'Beth am h-a-p?' gofynnodd y Warden.

Doedd Stanley ddim wedi dysgu'r sain 'h' iddo chwaith.

Canolbwyntiodd Zero'n galed, yna dywedodd e, 'Siâp.'

Chwarddodd pob un o'r swyddogion.

'Oes wir, mae ganddo fo ddawn arbennig!' meddai Mr Pendanski. 'Mae o mor wirion, tydio ddim hyd yn oed yn gwbod 'i fod o'n wirion.'

Ni wyddai Stanley pam roedd Mr Pendanski â'i gyllell yn Zero. Petai Mr Pendanski ond yn ystyried y peth am eiliad, fe sylweddolai ei bod hi'n rhesymegol iawn i Zero feddwl bod y llythyren 'h' yn gwneud y sain 'sh'.

'Iawn 'te, o hyn ymlaen, dwi ddim eisie i neb balu twll rhywun arall,' meddai'r Warden. 'A dim rhagor o wersi darllen.'

'Wna i ddim palu'r un twll arall,' meddai Zero.

'Da iawn,' meddai'r Warden. Trodd at Stanley. 'Wyddost ti pam rwyt ti'n torri tylle? Am 'i fod e'n dda i ti. Mae'n dysgu gwers i ti. Os yw Zero'n palu dy dwll i ti, yna dwyt ti ddim yn dysgu dy wers, nag wyt ti?'

'Nagw mae'n debyg,' mwmialodd Stanley, er ei fod e'n gwybod yn iawn nad palu er mwyn dysgu gwers yn unig roedden nhw. Roedd hi'n chwilio am rywbeth, rhywbeth a berthynai i Kissin' Kate Barlow.

'Pam cha i ddim palu 'nhwll a dysgu Zero i ddarllen?' gofynnodd e. 'Beth sy o'i le ar hynny?'

'Fe weda i wrthot ti beth sy o'i le ar hynny,' meddai'r Warden. 'Mae'n arwain at drwbwl. Bu bron i Zero ladd Zigzag.'

'Mae'n rhoi pwysa arno fo,' meddai Mr Pendanski. 'Dwi'n gwbod fod dy fwriad yn glên, Stanley, ond callia hogyn. Mae Zero'n rhy wirion i ddysgu sut i ddarllen. Dyna sy'n gneud i'w waed o ferwi. Nid yr haul tanbaid.'

'Wna i ddim palu'r un twll arall,' meddai Zero.

Estynnodd Mr Pendanski'r rhaw iddo. 'Hwda, cymer hi, Zero. Fedri di byth neud dim byd arall.'

Cymerodd Zero'r rhaw.

Yna, dyma fe'n ei swingio hi fel bat pêl-fas.

Trawodd y llafn metel yn erbyn wyneb Mr Pendanski. Plygodd ei goesau oddi tano. Roedd e'n anymwybodol cyn iddo gyffwrdd â'r llawr.

Tynnodd pob un o'r swyddogion eu gynnau.

Daliodd Zero'r rhaw o'i flaen, fel petai e'n mynd i geisio batio'r bwledi oddi wrtho. 'Rwy'n casáu palu tylle,' meddai. Yna, camodd yn ôl yn araf.

'Peidiwch â'i saethu fe,' meddai'r Warden. 'Mae e'n ffaelu mynd i unman. Y peth ola ni'n moyn yw ymchwiliad.'

Daliodd Zero i symud tuag yn ôl, heibio'r clwstwr o dyllau roedd y bechgyn wedi bod yn eu torri, yna ymhellach ac ymhellach allan i'r llyn.

'Bydd rhaid iddo fe ddod nôl i gael dŵr,' meddai'r Warden.

Sylwodd Stanley fod fflasg Zero'n gorwedd ar y llawr wrth ymyl ei dwll.

Aeth rhai o'r swyddogion ati i godi Mr Pendanski ar ei draed a mynd ag e i'r tryc.

Edrychodd Stanley i gyfeiriad Zero, ond roedd e wedi diflannu i'r tes.

Rhoddodd y Warden orchymyn i'r swyddogion warchod yr ystafell gawod a'r Ystafell Orffwyll yn eu tro, drwy'r dydd a thrwy'r nos. Doedden nhw ddim i fod i adael i Zero yfed unrhyw ddŵr. Ar ôl iddo ddychwelyd, roedden nhw i fod i fynd ag e yn syth ati hi.

Archwiliodd ei hewinedd a dweud, 'Mae bron yn bryd imi baentio 'ngwinedd i eto.'

Cyn iddi fynd, hysbysodd y chwe aelod a oedd ar ôl yng Ngrŵp D ei bod hi'n dal i ddisgwyl gweld saith twll.

31

Gwthiodd Stanley ei raw i'r pridd yn ffyrnig. Roedd e'n grac gyda phawb – Mr Pendanski, y Warden, Zigzag, X-Ray a'i hen-hen-dad-cu-pwdr-y-diawl-a-ddygodd-fochyn. Ond yn bennaf roedd e'n grac gyda fe ei hun.

Gwyddai na ddylai erioed fod wedi gadael i Zero balu rhan o'i dwll drosto fe. Byddai wedi gallu ei ddysgu i ddarllen beth bynnag. Os oedd Zero'n gallu palu drwy'r dydd a magu'r nerth i ddysgu, yna fe ddylsai yntau fod wedi gallu palu drwy'r dydd a magu'r nerth i fod yn athro.

Yr hyn a ddylai ei wneud, meddyliodd, oedd mynd ar ôl Zero.

Ond wnaeth e ddim.

Ni wnaeth neb o'r lleill ei helpu i balu twll Zero, a doedd e ddim yn disgwyl iddyn nhw wneud. Roedd Zero wedi bod yn ei helpu i balu ei dwll e. Nawr, ei le yntau oedd palu un Zero.

Arhosodd mas ar y llyn, gan gloddio yn ystod adeg boethaf y dydd, ymhell ar ôl i bawb arall fynd oddi yno. Cadwodd ei lygaid ar agor am Zero, ond ni ddaeth Zero'n ei ôl.

Byddai wedi bod yn hawdd mynd ar ôl Zero. Doedd neb i'w stopio fe. Daliai i feddwl taw dyna beth ddylai ei wneud.

Efallai y gallen nhw ddringo i ben y Fawd Fawr.

Doedd hi ddim yn rhy bell i ffwrdd ac yn enwedig os taw dyma lle cafodd ei hen dad-cu loches. Hefyd, efallai bod dŵr yno o hyd, dros gan mlynedd yn ddiweddarach.

Doedd hynny ddim yn debygol iawn, gan fod llyn cyfan wedi sychu.

A hyd yn oed petaen nhw'n cael lloches ar y Fawd Fawr, meddyliodd, byddai'n rhaid iddyn nhw ddod yn ôl i'r fan hon yn y pen draw. Yna, byddai'n rhaid iddyn nhw ill dau wynebu'r Warden, a'i bysedd neidr ruglo.

Yn lle hynny, meddyliodd Stanley am syniad gwell, er nad oedd e wedi gorffen rhoi trefn ar yr holl fanylion eto. Meddyliodd efallai y gallai daro bargen â'r Warden. Byddai'n dweud wrthi ymhle y daeth e o hyd i'r tiwb aur mewn gwirionedd, ar yr amod na fyddai hi'n crafu Zero.

Doedd e ddim yn siŵr iawn sut i fynd ati i daro'r fargen hon heb fynd i fwy o helynt. Mae'n bosib mai ymateb y Warden fyddai, Gwed wrtha i ble ffindest ti fe neu fe grafa i tithe hefyd. Ar ben hynny, byddai'n creu helynt i X-Ray yn ogystal. Byddai hi'n ei grafu yntau hefyd, yn ôl pob tebyg.

A byddai X-Ray am ei waed e am yr un mis ar bymtheg nesaf.

Hwpodd e ei raw i'r pridd.

Erbyn bore trannoeth, doedd Zero ddim wedi dychwelyd o hyd. Gwelodd Stanley un o'r cynghorwyr yn gwarchod y tap dŵr ar bwys y wal lle roedd y cawodydd.

Roedd gan Mr Pendanski ddwy lygad ddu ac roedd rhwymyn am ei drwyn. 'O'n i wastad yn gwbod 'i fod o'n wirion,' clywodd Stanley e'n dweud.

Drannoeth dim ond un twll roedd yn rhaid i Stanley ei balu. Wrth iddo balu, cadwodd ei lygaid ar agor yn barhaus am Zero, ond ni welodd e mohono. Unwaith yn rhagor bu'n ystyried mynd allan ar y llyn i chwilio amdano, ond roedd yn dechrau sylweddoli ei bod hi eisoes yn rhy hwyr.

Ei unig obaith oedd bod Zero wedi dod o hyd i fawd Duw ar ei liwt ei hun. Doedd hynny ddim yn amhosib. Roedd ei hen dad-cu wedi'i ffindo. Am ryw reswm roedd ei hen dad-cu wedi teimlo awydd i ddringo i ben y mynydd hwnnw. Mae'n bosib y byddai Zero'n teimlo'r un awydd.

Os taw'r un mynydd oedd e. Os oedd dŵr yn dal i fod yno.

Ceisiodd ei argyhoeddi ei hun nad oedd yn amhosib. Roedd storm wedi bod ychydig ddyddiau yn ôl. Efallai taw tŵr dŵr naturiol o ryw fath oedd y Fawd Fawr a ddaliai'r glaw a'i storio.

Doedd hynny ddim yn amhosib.

Dychwelodd i'w babell a gweld bod y Warden, Mr Syr a Mr Pendanski'n disgwyl amdano.

'Wyt ti 'di gweld Zero?' gofynnodd y Warden iddo.

'Nagw.'

'Dim golwg ohono fe o gwbl?'

'Naddo.'

'Oes gyda ti unrhyw syniad i ble aeth e?'

'Nag oes.'

'Smo ti'n 'i helpu e os wyt ti'n gweud celwydd, ti'n gwbod,' meddai Mr Syr. 'Wnaiff e ddim llwyddo i gadw'n fyw mas fan 'na am fwy na diwrnod neu ddau.'

'Sa i'n gwbod ble mae e.'

Syllodd y tri ohonyn nhw ar Stanley fel petaen nhw'n ceisio penderfynu a oedd e'n dweud y gwir ai peidio. Roedd wyneb Mr Pendanski mor chwyddedig, prin y gallai agor ei lygaid. Dim ond dwy hollt oedd yno.

'Ti'n siŵr nad oes ganddo fe unrhyw deulu?' gofynnodd y Warden i Mr Pendanski.

'Ward y wladwriaeth ydi o,' atebodd Mr Pendanski. 'Roedd o'n byw ar y stryd pan gafodd o 'i arestio.'

'Oes 'na rywun sy'n debygol o ofyn cwestiyne?

Rhyw weithiwr cymdeithasol a gymerodd ddiddordeb ynddo fe?'

'Doedd gynno fo neb,' meddai Mr Pendanski. 'Doedd o'n neb.'

Meddyliodd y Warden am eiliad. 'Reit, dwi am ichi ddinistrio'i holl gofnodion e.'

Nodiodd Mr Pendanski.

'Dyw e erioed wedi bod 'ma,' meddai'r Warden.

Nodiodd Mr Syr.

'Wyt ti'n gallu cael mynediad i ffeilie'r wladwriaeth o'n cyfrifiadur ni?' gofynnodd hi i Mr Pendanski. 'Dwi ddim eisie i neb yn swyddfa'r Twrnai Cyffredinol wbod 'i fod e wedi bod 'ma.'

'Dwi'm yn credu 'mod i'n medru 'i ddileu o'n llwyr o holl ffeilia'r wladwriaeth,' meddai Mr Pendanski. 'Gormod o groesgyfeiriada. Ond dwi'n medru neud o'n anodd ar y naw i rywun byth ffeindio cofnod ohono fo. Ond fel deudis i, neith neb byth edrych. Does neb yn malio'r un botwm corn am Hector Zeroni.'

'Da iawn,' meddai'r Warden.

32

Ddeuddydd yn ddiweddarach ymunodd bachgen newydd â Grŵp D. Ei enw oedd Brian, ond cafodd ei fedyddio'n Twitch gan X-Ray am ei fod e'n aflonydd drwy'r amser. Rhoddwyd gwely Zero i Twitch, a chrât Zero.

Dyw llefydd gwag ddim yn para'n hir yng Ngwersyll Glaslyn.

Cawsai Twitch ei arestio am ddwyn car. Honnodd e y gallai dorri i mewn i gar, datgysylltu'r larwm a llwyddo i danio'r injan, y cyfan o fewn llai na munud.

'Fydda i byth yn mynd ati, dach chi'n gwbod, i ddwyn un yn fwriadol,' meddai wrthyn nhw. 'Ond weithia, dach chi'n gwbod, bydda i'n cerdded heibio clincer o gar, wedi'i barcio mewn ardal unig, a, dach chi'n gwbod, bydda i jest yn dechra stumio. Os dach chi'n meddwl 'mod i'n stumio rŵan, dyliach chi 'ngweld i pan dwi wrth ymyl car. Y peth nesa dwi'n 'i wbod, dwi'n eistadd tu ôl i'r llyw.'

Gorweddai Stanley ar ei gynfasau craflyd. Sylweddolodd nad oedd ei wely'n gwynto'n ddrwg mwyach. Tybed a oedd y gwynt wedi mynd, neu a oedd e wedi dod yn gyfarwydd ag e?

'Hei, Caveman,' meddai Twitch. 'Oes raid inni godi am 4:30 go iawn?'

'Ti'n dod yn gyfarwydd ag e,' meddai Stanley wrtho. 'Dyw hi ddim mor boeth bryd hynny.'

Ceisiodd beidio â meddwl am Zero. Roedd hi'n rhy hwyr. Naill ai roedd e wedi llwyddo i gyrraedd y Fawd Fawr, neu . . .

Nid y ffaith ei bod hi'n rhy hwyr, fodd bynnag, oedd yn ei boeni fwyaf. Yr hyn a oedd yn ei boeni fwyaf, yr hyn a oedd yn cnoi'i ymysgaroedd, oedd yr ofn *nad* oedd hi'n rhy hwyr.

Beth petai Zero'n dal yn fyw, ac yn cropian ar draws y pridd sych yn chwilio am ddŵr?

Ceisiodd wthio'r ddelwedd o'i feddwl.

Fore trannoeth, allan ar y llyn, gwrandawodd Stanley wrth i Mr Syr egluro i Twitch yr anghenion ar gyfer ei dwll: '. . . yr un lled a'r un dyfnder â dy raw'.

Aflonyddodd Twitch. Tapiodd ei fysedd yn erbyn coes pren ei raw, a symudodd ei wddwg o ochr i ochr.

'Fyddi di ddim mor aflonydd ar ôl bod yn palu drwy'r dydd,' meddai Mr Syr wrtho fe. 'Fydd gyda ti mo'r nerth i siglo dy fys bach.' Taflodd ychydig o hadau blodau haul i'w geg, eu cnoi'n

177

ddeheuig, a phoeri'r masglau ar y llawr. 'Nid gwersyll ar gyfer Geidie sy gyda ni fan hyn.'

Cyrhaeddodd y tryc dŵr toc ar ôl i'r haul godi. Aeth Stanley i sefyll yn y rhes y tu ôl i Magnet, o flaen Twitch.

Beth os nad yw hi'n rhy hwyr?

Gwyliodd e Mr Syr yn llenwi fflasg X-Ray. Arhosodd y darlun o Zero'n cropian ar draws y pridd sych, poeth yn ei ben.

Ond beth allai ei wneud? Hyd yn oed os oedd Zero'n fyw ar ôl mwy na phedwar diwrnod, sut yn y byd mawr y gallai Stanley ei ddarganfod? Cymerai ddyddiau. Byddai angen car arno.

Neu dryc. Tryc â llond tanc o ddŵr yn y cefn.

Meddyliodd Stanley tybed a oedd Mr Syr wedi gadael yr allweddi yn y cab.

Yn araf bach dyma fe'n camu tuag yn ôl oddi wrth y rhes a symud draw i ochr y tryc. Edrychodd e drwy'r ffenest. Roedd yr allweddi yno, yn hongian ac yn barod i'w troi.

Teimlodd Stanley ei fysedd yn dechrau aflonyddu.

Anadlodd yn ddwfn er mwyn ei sadio'i hun a cheisiodd feddwl yn glir. Doedd e erioed wedi gyrru o'r blaen.

Ond pa mor anodd y gallai hynny fod?

Mae hyn yn hollol wallgof, meddai wrtho'i hun. Beth bynnag a wnâi, gwyddai y byddai'n rhaid iddo ei wneud e'n gyflym, cyn i Mr Syr sylwi.

Mae'n rhy hwyr, meddai wrtho'i hun. Doedd

dim gobaith bod Zero'n dal yn fyw. *Ond beth os nad oedd hi'n rhy hwyr?*

Unwaith eto anadlodd yn ddwfn. *Meddylia am hyn*, meddai wrtho'i hun, ond doedd 'na ddim amser i feddwl. Agorodd ddrws y tryc a dringo i mewn yn gyflym.

'Hei!' gwaeddodd Mr Syr.

Trodd yr allwedd a gwasgu'i droed ar y sbardun. Cyflymodd yr injan.

Ni symudodd y tryc.

Gwasgodd y sbardun i'r llawr. Rhuodd yr injan, ond ni symudodd y tryc.

Rhedodd Mr Syr o gwmpas ochr y tryc. Roedd y drws yn dal i fod ar agor.

'Rho fo mewn gêr!' gwaeddodd Twitch.

Roedd y ffon newid gêr ar y llawr wrth ochr y sedd. Tynnodd Stanley'r lifer yn ôl nes bod y saeth yn pwyntio at y llythyren D, am *Drive.*

Hyrddiodd y tryc yn ei flaen. Gwthiwyd Stanley yn ôl yn erbyn y sedd a gafaelodd e'n dynn yn y llyw wrth i'r tryc gyflymu. Roedd ei droed wedi'i gwasgu i'r llawr.

Aeth y tryc yn gyflymach ac yn gyflymach ar draws gwely sych y llyn. Sbonciodd dros bentwr o bridd. Yn sydyn cafodd Stanley ei luchio ymlaen, ac yna'n syth yn ôl wrth i fag awyr ffrwydro yn ei wyneb. Cwympodd e drwy'r drws agored i'r llawr.

Roedd e wedi gyrru ar ei ben i mewn i dwll.

Gorweddai ar y pridd gan syllu ar y tryc, a

oedd wedi'i blannu'n gam yn y ddaear. Ochneidiodd. Doedd e ddim yn gallu rhoi'r bai ar ei hen-hen-dad-cu-pwdr-y-diawl-a-ddygodd-fochyn y tro hwn. Y tro hwn, arno fe ei hun roedd y bai, gant y cant. Mae'n debyg ei fod e newydd wneud y peth mwyaf twp roedd e erioed wedi'i wneud yn ystod ei fywyd byr a thruenus.

Llwyddodd i godi ar ei draed. Roedd e'n brifo ond doedd e ddim yn credu ei fod e wedi torri unrhyw esgyrn. Edrychodd yn ôl ar Mr Syr a oedd yn aros yn ei unfan, yn syllu ar Stanley.

Rhedodd. Roedd ei fflasg ddŵr wedi'i chlymu am ei wddwg. Curai yn erbyn ei frest wrth iddo redeg, a phob tro y trawai yn ei erbyn, câi ei atgoffa ei bod hi'n wag, wag, wag.

33

Arafodd ei gamau a dechrau cerdded. Hyd y gallai weld, doedd neb yn ei gwrso fe. Gallai glywed lleisiau'n dod o gyfeiriad y tryc ond ni allai ddeall y geiriau. Bob hyn a hyn byddai'n clywed sŵn yr injan yn cyflymu, ond roedd hi'n amlwg iddo na fyddai'r tryc yn mynd i unman am beth amser eto.

Aeth i'r cyfeiriad lle tybiai oedd y Fawd Fawr. Ni allai ei gweld drwy'r tes.

Roedd cerdded yn ei helpu i ymdawelu a rhoddai gyfle iddo feddwl yn glir. Roedd e'n amau a allai gyrraedd y Fawd Fawr, a heb unrhyw ddŵr yn ei fflasg, doedd e ddim am fentro'i fywyd yn y gobaith o gael lloches yno. Byddai'n rhaid iddo ddychwelyd i'r gwersyll. Gwyddai hynny. Ond doedd dim brys arno. Byddai'n well dychwelyd yn nes ymlaen, ar ôl i bawb gael cyfle i dawelu. A chan ei fod e wedi dod cyn belled â hyn, man a man iddo chwilio am Zero.

Penderfynodd y byddai'n cerdded gyhyd ag y gallai, hyd nes ei fod e'n rhy wan i fynd ddim pellach, yna byddai'n troi a mynd yn ôl.

Gwenodd wrth iddo sylweddoli na fyddai hynny'n gweithio. Âi *hanner ffordd* yn unig – hanner ffordd mor bell ag y tybiai y gallai fynd, fel y byddai ganddo fe ddigon o nerth i gerdded 'nôl. Yna byddai'n rhaid iddo daro bargen â'r Warden, dweud wrthi ymhle y cafodd e hyd i diwb minlliw Kate Barlow, ac ymbil am drugaredd.

Synnai pa mor bell roedd y tyllau'n ymestyn. Ni allai weld safle'r gwersyll bellach, ond roedd e'n dal i basio tyllau o hyd ac o hyd. Pan oedd e'n meddwl ei fod e wedi pasio'r twll olaf, deuai ar draws clwstwr arall ohonyn nhw, ychydig ymhellach i ffwrdd.

Yn ôl yn ardal y gwersyll, roedden nhw wedi palu gan ddilyn trefn benodol, rhes ar ôl rhes, gan adael lle i'r tryc dŵr. Ond allan yn fan hyn doedd 'na ddim trefn. Edrychai fel petai'r Warden bob hyn a hyn, yn ystod pwl o rwystredigaeth, wedi dewis man ar hap, gan ddweud, 'I'r diawl, palwch fan hyn'. Roedd hi fel ceisio dyfalu'r rhifau buddugol mewn loteri.

Edrychai Stanley i mewn i bob twll wrth ei basio. Ni chyfaddefodd iddo'i hun am beth roedd e'n chwilio.

Wedi cerdded am dros awr, roedd e'n grediniol ei fod e wedi gweld y twll olaf, ond yna, draw tua'r chwith gwelodd glwstwr arall ohonyn nhw.

Nid y tyllau a welodd e fel y cyfryw ond y twmpathau o bridd o'u hamgylch nhw.

Camodd dros y twmpathau ac edrych i mewn i'r twll cyntaf. Peidiodd ei galon.

Yn eistedd ar y gwaelod roedd teulu o fadfallod melyn brith. Edrychodd eu llygaid mawr, coch lan arno fe.

Llamodd yn ôl dros y twmpath a rhedeg.

Ni wyddai a oedden nhw'n ei gwrso fe. Roedd e'n meddwl ei fod e, o bosib, wedi gweld un yn neidio mas o'r twll.

Rhedodd nes ei fod e'n methu â rhedeg ddim pellach, yna syrthiodd i'r llawr. Doedden nhw ddim wedi dod ar ei ôl e.

Eisteddodd yno am ychydig a chael ei wynt ato. Wrth iddo godi ar ei draed drachefn, meddyliodd ei fod wedi sylwi ar rywbeth ar y llawr tua hanner canllath i ffwrdd. Doedd e ddim yn edrych yn fawr o beth, dim ond rhyw garreg fawr o bosib, ond mewn diffeithdir lle nad oedd dim byd i'w gael, roedd pob dim bach a mawr i'w weld yn anghyffredin.

Cerddodd yn araf tuag ato. Roedd gweld y madfallod wedi'i wneud e'n fwy gwyliadwrus.

Sach hadau blodau haul wag oedd yno. Tybed ai hon oedd yr un roedd Magnet wedi'i dwyn oddi ar Mr Syr, er doedd hynny ddim yn debygol iawn.

Trodd Stanley hi y tu chwith allan a gweld bod un hedyn yn sownd i'r gynfas.

Cinio.

34

Roedd yr haul bron yn union uwch ei ben. Barnodd y gallai gerdded am ddim mwy na rhyw awr arall, efallai dwy, cyn y byddai'n rhaid iddo droi yn ei ôl.

I beth? Gallai weld nad oedd dim byd o'i flaen. Dim byd ond gwacter. Roedd e'n boeth, roedd e wedi blino, roedd eisiau bwyd arno ac, yn fwy na dim, roedd syched arno. Efallai y dylai droi yn ei ôl nawr. Efallai ei fod e eisoes wedi mynd *hanner ffordd* heb yn wybod iddo.

Yna, wrth edrych o'i gwmpas, gwelodd e bwll o ddŵr lai na hanner canllath o'r fan lle roedd e'n sefyll. Caeodd ei lygaid ac yna eu hagor i wneud yn siŵr nad oedd e'n ei ddychmygu. Roedd y pwll yno o hyd.

Brysiodd tuag ato. Brysiodd y pwll oddi wrtho, gan symud wrth iddo yntau symud, a stopio pan stopiodd yntau.

Doedd 'na ddim dŵr. Rhith oedd e, wedi'i

achosi gan y crychdonnau o wres a godai oddi ar y ddaear sych.

Cerddodd yn ei flaen. Roedd yn dal i gario'r sach hadau blodau haul wag. Efallai y byddai'n darganfod rhywbeth i'w roi ynddi.

Ymhen tipyn tybiodd y gallai weld siâp y mynyddoedd drwy'r tes. Ar y dechrau doedd e ddim yn siŵr ai rhyw fath o rith arall oedd hwn, ond pellaf yn y byd y cerddai, cliriaf yn y byd y tyfai'r siapiau. Bron yn syth o'i flaen e, gallai weld yr hyn a ymdebygai i ddwrn, â'i fawd yn sefyll lan.

Ni wyddai ba mor bell i ffwrdd roedd e. Pum milltir? Pum deg milltir? Roedd un peth yn sicr. Roedd e'n fwy na hanner ffordd.

Cerddodd tuag ato, er na wyddai pam. Gwyddai y byddai'n gorfod troi yn ôl cyn iddo'i gyrraedd. Ond bob tro yr edrychai arno, teimlai ei fod yn ei annog ymlaen, ei fod e'n codi llaw arno.

Wrth iddo barhau i gerdded, daeth e'n ymwybodol o rywbeth mawr ar y llyn. Ni allai weld yn iawn beth oedd yno. Doedd e ddim yn gwybod ai rhywbeth o waith natur ynteu o waith dyn oedd e. Edrychai'n eithaf tebyg i goeden a oedd wedi syrthio, er nad oedd yn debygol iawn y byddai coeden yn tyfu fan hyn. Roedd yn fwy tebygol mai cefnen o bridd neu greigiau oedd yno.

Beth bynnag oedd e, doedd e ddim ar y ffordd i'r Fawd Fawr, ond yn hytrach draw tua'r dde.

Ceisiodd benderfynu p'un ai i fynd ato neu barhau i gerdded tuag at y Fawd Fawr. Neu droi yn ôl efallai.

Doedd dim diben anelu am y Fawd Fawr, penderfynodd. Fyddai byth yn cyrraedd. Am a wyddai e, roedd hi fel cwrso'r lleuad. Ond fe allai gyrraedd y peth rhyfedd.

Newidiodd gyfeiriad. Doedd e ddim yn disgwyl darganfod dim byd o bwys, ond roedd y ffaith bod 'na *rywbeth* yng nghanol yr holl wacter yma yn ei gwneud hi'n anodd iddo'i anwybyddu. Penderfynodd taw dyna fyddai ei fan hanner ffordd, a gobeithiai nad oedd e wedi mynd yn rhy bell yn barod.

Chwarddodd iddo'i hun pan welodd beth oedd e. Cwch oedd e – neu ran o gwch beth bynnag. Fe'i trawodd pa mor ddoniol oedd hi i weld cwch ar ganol y diffeithdir sych ac anial hwn. Ond wedi'r cwbl, sylweddolodd, roedd llyn yma ar un adeg.

Gorweddai'r cwch ben i waered, wedi'i hanner claddu yn y pridd.

Roedd hi'n bosib bod rhywun wedi boddi yma, meddyliodd – yn yr un llecyn ag y gallai yntau farw o syched.

Roedd enw'r cwch wedi'i beintio ar y cefn. Roedd y llythrennau coch â'u pennau i lawr wedi'u pilio ac wedi colli eu lliw, ond roedd hi'n bosib i Stanley ddarllen yr enw: *Mary Lou*.

Ar un ochr y cwch roedd pentwr o bridd a thwnnel yn arwain i lawr o dan y cwch. Edrychai'r twnnel yn ddigon mawr i anifail gweddol ei faint fedru cropian drwyddo.

Clywodd Stanley sŵn. Roedd rhywbeth yn symud o dan y cwch!

Roedd e'n dod mas!

'Hei!' gwaeddodd Stanley, yn y gobaith o godi ofn arno a'i yrru yn ôl o dan y cwch. Roedd ei geg yn sych iawn, ac roedd hi'n anodd gweiddi'n uchel iawn.

'Hei,' atebodd y peth yn wanllyd.

Yna, dyma law dywyll a llawes oren yn ymestyn lan o'r twnnel.

35

Edrychai wyneb Zero fel pwmpen a oedd wedi cael ei gadael yn rhy hir ar ôl Calan Gaeaf, a honno wedi dechrau pydru – ei llygaid wedi suddo a'i gwên yn llipa. 'Ife dŵr yw hwnna?' gofynnodd e. Roedd ei lais yn wan ac yn gryglyd. Roedd ei wefusau mor welw fel eu bod nhw bron yn wyn, a doedd ei dafod yn dda i ddim yn ei geg wrth iddo siarad, fel petai'n mynd yn y ffordd drwy'r amser.

'Mae'n wag,' meddai Stanley. Syllodd e ar Zero, gan fethu credu'i fod e'n berson go iawn. 'Tries i ddod â'r tryc dŵr i gyd atat ti, ond,' gwenodd e'n lletchwith, 'fe yrres i fe mewn i dwll. Rwy'n ffaelu credu fod ti'n . . .'

'Na finne chwaith,' meddai Zero.

'Dere, mae'n rhaid inni fynd nôl i'r gwersyll.'

Siglodd Zero ei ben. 'Sa i'n mynd nôl.'

'Mae'n rhaid iti. Mae'n rhaid i'r ddau ohonon ni.'

'Ti'n moyn ychydig o sblŵsh?' gofynnodd Zero.

'Beth?'

Cysgododd Zero ei lygaid â'i fraich. 'Mae'n llai poeth dan y cwch,' meddai.

Gwyliodd Stanley Zero'n cropian yn ôl drwy ei dwll. Roedd yn wyrth ei fod e'n dal yn fyw, ond gwyddai Stanley y byddai'n rhaid iddo fynd â fe yn ôl i'r gwersyll yn fuan, hyd yn oed os byddai'n rhaid iddo'i gario fe.

Cropiodd ar ei ôl e, gan lwyddo o drwch blewyn i wasgu'i gorff drwy'r twll. Byddai hynny wedi bod yn amhosib iddo pan gyrhaeddodd e Wersyll Glaslyn. Roedd e wedi colli llawer o bwysau.

Wrth iddo dynnu ei hun ar hyd y twnnel, trawodd ei goes yn erbyn rhywbeth miniog a chaled. Rhaw oedd yno. Am eiliad allai Stanley ddim meddwl sut yn y byd y gallai hi fod wedi cyrraedd yno, ond yna cofiodd fod Zero wedi mynd â hi gyda fe ar ôl taro Mr Pendanski.

Doedd hi ddim mor llethol dan y cwch. Roedd digon o graciau a thyllau yn ei waelod, sef y to bellach, i adael i olau ac aer ddod trwodd. Gallai weld potiau gwag yn gorwedd ar hyd y lle.

Daliodd Zero bot yn ei law a rhochiodd wrth iddo geisio dadsgriwio'r clawr.

'Beth yw e?'

'Sblŵsh!' Roedd straen ar ei lais wrth iddo roi'i holl sylw ar agor y pot. 'Dyna beth dwi'n 'i alw fe. Roedden nhw wedi'u claddu dan y cwch.'

Doedd e ddim wedi llwyddo i lacio'r caead.

'Ffindes i un deg chwech o botie. Estyn y rhaw i fi, wnei di.'

Doedd gan Stanley ddim llawer o le i droi. Ymbalfalodd y tu ôl iddo, gafael ym mhen y rhaw, a'i chynnig i Zero, y llafn yn gyntaf.

'Weithie mae'n rhaid i ti . . .' meddai Zero, yna trawodd y pot yn erbyn llafn y rhaw, gan dorri pen y pot yn lân. Cododd y pot i'w geg yn gyflym a llyfu'r sblŵsh oddi ar yr ochrau danheddog cyn iddo'i ollwng dros bobman.

'Bydd yn garcus,' rhybuddiodd Stanley.

Cododd Zero'r clawr craciog a llyfu'r sblŵsh oddi ar hwnnw hefyd. Yna estynnodd y pot toredig i Stanley. 'Yf rywfaint.'

Daliodd Stanley'r pot yn ei law a syllu arno am eiliad. Roedd ofn y gwydr toredig arno. Roedd ofn y sblŵsh arno hefyd. Edrychai fel mwd. Beth bynnag oedd e, sylweddolodd, mae'n rhaid ei fod e wedi bod yn y cwch pan suddodd hwnnw. Roedd hynny'n golygu ei fod e dros ganmlwydd oed yn ôl pob tebyg. Pwy a ŵyr ba fath o facteria oedd yn byw ynddo?

'Mae'n dda,' meddai Zero, gan ei annog e.

Meddyliodd tybed a oedd Zero erioed wedi clywed am facteria. Cododd Stanley'r pot i'w geg a chymryd llymaid yn ofalus.

Neithdar slwtshlyd, byrlymog, twym oedd e, yn felys ac yn siarp. Teimlai'n fendigedig wrth iddo lifo dros ei geg sych ac i lawr ei lwnc sychedig.

Meddyliodd efallai taw rhyw fath o ffrwyth oedd e ar un adeg, eirin gwlanog o bosib.

Gwenodd Zero arno. 'Fe wedes i fod e'n dda.'

Doedd Stanley ddim eisiau yfed gormod, ond roedd e'n rhy dda i'w wrthod. Estynnon nhw'r pot yn ôl ac ymlaen nes ei fod yn wag. 'Sawl un sy ar ôl?' gofynnodd e.

'Dim un,' meddai Zero.

Cwympodd gwep Stanley. 'Nawr rwy'n gorfod mynd â ti nôl,' meddai.

'Sa i'n mynd i gloddio rhagor o dylle,' meddai Zero.

'Wnân nhw ddim dy orfodi di i gloddio,' addawodd Stanley. 'Fe halan nhw ti i'r ysbyty, siŵr o fod, fel Barf Bag.'

'Safodd Barf Bag ar neidr ruglo,' meddai Zero.

Cofiodd Stanley sut y bu bron iddo yntau wneud yr un peth. 'Doedd e ddim wedi clywed swn y rhuglo, mae'n rhaid.'

'Fe wnaeth e'n fwriadol,' meddai Zero.

'Ti'n meddwl?'

'Fe dynnodd e 'i esgid a'i hosan yn gynta.'

Roedd yn ddigon i hala'r cryd ar Stanley wrth iddo geisio dychmygu'r fath beth.

'Beth yw Mar-yah Ly-o-?' gofynnodd Zero.

'Beth?'

Canolbwyntiodd Zero'n galed. 'Mar yah, Ly-oŵ.'

'Sdim syniad 'da fi.'

'Fe ddangosa i iti,' meddai Zero. Cropiodd allan o'i wâl o dan y cwch.

Dilynodd Stanley. Mas tu fas, roedd yn rhaid iddo guddio'i lygaid rhag y gloywder.

Cerddodd Zero draw i gefn y cwch a phwyntio at y llythrennau ben i waered. 'Mm-ar-yah. Ly-o-ŵ.'

Gwenodd Stanley. 'Mary Lou. Dyna enw'r cwch.'

'Mary Lou,' meddai Zero ar ei ôl, gan astudio'r llythrennau. 'On i'n meddwl bod 'y' yn rhoi'r sain 'yah'.'

'Mae hynny'n wir,' meddai Stanley. 'Ond ddim pan mae'n dod ar ddiwedd gair. Weithie mae 'y' yn gweithio fel llafariad a weithie cytsain yw hi.'

Griddfanodd Zero'n sydyn. Cydiodd yn ei stumog a phlygu drosodd.

'Wyt ti'n iawn?'

Syrthiodd Zero i'r llawr. Gorweddodd ar ei ochr, â'i bennau gliniau wedi'u tynnu at ei frest. Daliodd i riddfan.

Gwyliodd Stanley heb wybod beth i'w wneud. Meddyliodd tybed ai'r sblŵsh oedd ar fai. Edrychodd dros ei ysgwydd tuag at Wersyll Glaslyn. O leiaf dyna a feddyliodd oedd cyfeiriad Gwersyll Glaslyn. Doedd e ddim yn gwbl sicr.

Yna, dyma Zero'n rhoi'r gorau i'w riddfan ac o dipyn i beth sythodd ei gorff.

'Rwy'n mynd â ti nôl,' meddai Stanley.

Llwyddodd Zero i godi ar ei eistedd. Tynnodd sawl anadl ddofn.

'Gwranda, ei di ddim i drwbwl achos mae 'da fi gynllun,' sicrhaodd Stanley. 'Ti'n cofio pan ffindes i'r tiwb aur? Ti'n cofio, fe roies i fe i X-Ray, ac aeth y Warden yn wallgo gan wneud inni balu lle roedd hi'n meddwl roedd X-Ray wedi'i ffindo fe? Wel, os weda i wrth y Warden ble ffindes i fe go iawn, rwy'n credu gwnaiff hi fadde inni.'

'Sa i'n mynd nôl,' meddai Zero.

'Ond sdim unman arall gyda ti i fynd,' meddai Stanley.

Ddywedodd Zero ddim byd.

'Fe wnei di farw mas fan hyn,' meddai Stanley.

'Iawn, fe wna i farw mas 'ma.'

Ni wyddai Stanley beth i'w wneud. Roedd e wedi dod i achub Zero ac yn lle hynny roedd e wedi yfed y diferyn olaf o'i sblŵsh. Edrychodd draw i'r pellter. 'Rwy'n moyn iti edrych ar rwbeth.'

'Sa i'n –'

'Clyw, rwy'n moyn iti edrych ar y mynydd draw fan 'na. Ti'n gweld yr un lle mae rhwbeth yn hwpo mas ohono fe?'

'Odw, rwy'n credu.'

'Debyg i beth yw e, yn dy farn di? Ody e'n edrych yn debyg i rwbeth?'

Ddywedodd Zero ddim byd.

Ond wrth iddo graffu ar y mynydd, yn araf bach dyma'i law dde'n ymffurfio'n ddwrn. Cododd ei fawd. Symudodd ei olygon oddi wrth y mynydd, i'w law, ac yna yn ôl i'r mynydd.

36

Fe wnaethon nhw roi pedwar o'r potiau gwag a oedd heb eu torri yn y sach gynfas, rhag ofn y bydden nhw o ryw ddefnydd. Cariodd Stanley'r sach. Daliodd Zero'r rhaw.

'Dylen i dy rybuddio,' meddai Stanley. 'Sa i'n un o'r bobl fwya lwcus yn y byd.'

Doedd Zero ddim yn poeni. 'Ar ôl treulio dy fywyd i gyd yn byw mewn twll,' meddai, 'yr unig ffordd iti fynd yw lan.'

Cododd y ddau eu bodiau ar ei gilydd cyn cychwyn ar eu taith.

Dyma adeg boethaf y dydd. Roedd fflasg wag-wag-wag Stanley'n dal i hongian am ei wddwg. Meddyliodd am y tryc dŵr, ac roedd e'n edifar nad oedd e o leiaf wedi stopio a llenwi'i fflasg cyn rhedeg bant.

Doedden nhw ddim wedi mynd yn bell iawn cyn i Zero gael pwl arall. Cydiodd yn ei stumog a gadael i'w gorff gwympo i'r llawr.

Ni allai Stanley ond disgwyl i'r cyfnod gilio. Roedd y sblŵsh wedi achub bywyd Zero, ond nawr roedd yn ei ddinistrio o'r tu mewn. Meddyliodd tybed pryd y byddai yntau hefyd yn dechrau teimlo'i effaith.

Edrychodd e ar y Fawd Fawr. Doedd hi ddim yn ymddangos fodfedd yn nes na phan gychwynnon nhw gyntaf.

Tynnodd Zero anadl hir a llwyddodd i godi ar ei eistedd.

'Elli di gerdded?' gofynnodd Stanley iddo.

'Aros am eiliad,' meddai Zero. Tynnodd anadl arall, yna, gan ddefnyddio'r rhaw, tynnodd ei hun yn ôl ar ei draed. Arwyddodd ar Stanley ei fod e'n iawn ac aethon nhw yn eu blaenau.

Weithiau byddai Stanley'n ceisio mynd am sbel hir heb edrych ar y Fawd Fawr. Tynnai lun ohoni'n ei feddwl, yna aros am ddeg munud efallai cyn edrych arni eto, i weld a oedd hi'n ymddangos yn nes.

Ond doedd hi byth. Roedd hi fel cwrso'r lleuad.

A phetaen nhw byth yn llwyddo i'w chyrraedd, sylweddolodd e, byddai'n rhaid iddyn nhw ei dringo wedyn.

'Tybed pwy oedd hi?' meddai Zero.

'Pwy?'

'Mary Lou,' meddai Zero.

Gwenodd Stanley. 'Mae'n debyg 'i bod hi'n berson go iawn ar lyn go iawn ar un adeg. Mae'n anodd dychmygu'r peth.'

'Betia i bod hi'n bert,' meddai Zero. 'Rhaid bod rhywun wedi'i charu'n fawr, i enwi cwch ar 'i hôl hi.'

'Ti'n iawn,' meddai Stanley. 'Betia i bod hi'n edrych yn wych mewn gwisg nofio, yn eistedd yn y cwch tra oedd ei sboner yn rhwyfo.'

Defnyddiodd Zero'r rhaw fel trydedd goes. Doedd dwy goes ddim yn ddigon i'w gadw ar ei draed. 'Mae'n rhaid i fi stopio a chael hoe,' meddai ymhen ychydig.

Edrychodd Stanley ar y Fawd Fawr. Ymddangosai yr un mor bell i ffwrdd. Roedd arno ofn, petai Zero'n stopio, na fyddai'n ailgychwyn eto. 'Ni bron â bod yno,' meddai.

Meddyliodd tybed pa un oedd agosaf: Gwersyll Glaslyn neu'r Fawd Fawr?

'Mae'n rhaid i fi eistedd.'

'Tria weld wyt ti'n gallu bwrw 'mlaen ryw ychydig –'

Syrthiodd Zero. Parhaodd y rhaw i sefyll am hanner eiliad yn hirach, a honno'n berffaith gytbwys ar ben blaen y llafn, yna cwympodd wrth ei ochr e.

Penliniodd Zero, a phwyso ymlaen â'i ben ar y llawr. Gallai Stanley glywed sŵn griddfan isel iawn yn dod oddi wrtho. Edrychodd ar y rhaw ac ni allai beidio â meddwl efallai y byddai ei hangen arno fe er mwyn torri bedd. Twll olaf Zero.

A *phwy wnaiff dorri bedd imi?* meddyliodd e.

Ond fe gododd Zero, a chodi'i fodiau unwaith eto.

'Rho ambell air i fi,' meddai'n wanllyd.

Cymerodd Stanley eiliad neu ddwy i sylweddoli beth roedd e'n ei feddwl. Yna gwenodd a dywedodd, 'B-a-w-d'.

Dywedodd Zero'r seiniau. 'Bb-a-wd, bawd. Bawd.'

'Da iawn. Ff-a-w-d.'

'Ffffawd.'

Roedd y sillafu fel petai'n helpu Zero. Rhoddai rywbeth iddo fe ganolbwyntio arno heblaw am ei boen a'i wendid.

Aeth â sylw Stanley hefyd. Y tro nesaf iddo godi'i ben i edrych ar y Fawd Fawr, roedd hi wir yn ymddangos yn nes.

Dyma nhw'n rhoi'r gorau i sillafu geiriau pan aeth hi'n rhy boenus i siarad. Roedd llwnc Stanley'n sych. Roedd e'n wan ac roedd e wedi ymlâdd. Eto er mor wael y teimlai, gwyddai fod Zero'n teimlo ddeg gwaith yn waeth. Cyhyd ag y gallai Zero barhau i gerdded, gallai yntau barhau i gerdded hefyd.

Roedd yn bosib, meddyliodd – yn wir gobeithiai – na chawsai e ddim o'r bacteria drwg. Doedd Zero ddim wedi llwyddo i ddadsgriwio'r clawr. Felly, roedd yn bosib nad oedd y germau drwg wedi llwyddo i fynd i mewn i'r pot, chwaith. Efallai mai yn y potiau oedd wedi agor yn hawdd roedd y bacteria, y rheini a gariai bellach yn ei sach.

Wrth i Stanley feddwl am farwolaeth, nid y marw ei hun a gododd yr ofn mwyaf arno. Penderfynodd y gallai ymdopi â'r boen. Ni fyddai'n llawer gwaeth na'r hyn a deimlai nawr. A dweud y gwir, ar adeg ei farw, efallai y byddai'n rhy wan i deimlo poen. Byddai marwolaeth yn rhyddhad. Yr hyn a'i poenai fwyaf oedd meddwl am ei rieni, a hwythau ddim yn gwybod beth fyddai wedi digwydd iddo fe – a oedd e'n fyw neu'n farw. Roedd yn gas ganddo ddychmygu sut y byddai ar ei fam a'i dad, ddydd ar ôl dydd, fis ar ôl mis, a hwythau ddim yn gwybod, yn byw mewn gobaith gwag. Iddo fe, o leiaf, byddai popeth drosodd. I'w rieni, fyddai'r boen byth yn dod i ben.

Tybed a fyddai'r Warden yn anfon mintai i chwilio amdano? Doedd hynny ddim yn debygol. Anfonodd hi neb i chwilio am Zero. Ond doedd neb yn hidio am Zero. Y cyfan a wnaethon nhw oedd dinistrio'i ffeiliau.

Ond roedd gan Stanley deulu. Ni allai hi esgus nad oedd e erioed wedi bod yno. Meddyliodd beth a ddywedai hi wrthyn nhw. A phryd?

'Beth ti'n meddwl sy lan 'na?' gofynnodd Zero.

Edrychodd Stanley tua chopa'r Fawd Fawr. 'O, bwyty Eidalaidd, siŵr o fod,' meddai.

Llwyddodd Zero i chwerthin.

'Rwy'n credu ga i pizza pepperoni a gwydraid mawr o ddiod fain,' meddai Stanley.

'Rwy'n moyn hufen iâ a ffrwythe,' meddai Zero. 'Â chnau a hufen wedi'i chwipio, a bananas, a chyffug poeth.'

Roedd yr haul bron yn syth o'u blaenau. Pwyntiodd y fawd i fyny tuag ato.

Cyrhaeddon nhw ddiwedd y llyn. Codai clogwyni gwyn, anferth o'u blaenau.

Yn wahanol i'r lan ddwyreiniol, lle safai Gwersyll Glaslyn, nid llethrau graddol oedd yr ochr yma. Roedd hi fel petaen nhw wedi bod yn cerdded ar draws gwaelod gwastad rhyw badell ffrio enfawr, a bellach roedd yn rhaid iddyn nhw ddringo allan ohoni rywsut.

Doedden nhw ddim yn gallu gweld y Fawd Fawr mwyach. Roedd y clogwyni yn y ffordd. Roedd y clogwyni yn ffordd yr haul hefyd.

Griddfanodd Zero a dal ei stumog, ond arhosodd e ar ei draed. 'Rwy'n iawn,' sibrydodd e.

Gwelodd Stanley rigol, tua throedfedd o ran lled a chwe modfedd o ran dyfnder, yn ymestyn i lawr un o'r clogwyni. Ar bob ochr i'r rhigol roedd cyfres o silffoedd. 'Gad inni drio fan 'na,' meddai.

Byddai'n rhaid dringo'n syth i fyny am tua hanner can troedfedd.

Llwyddodd Stanley i ddal ei afael yn y sach a ddaliai'r potiau â'i law chwith wrth iddo ddringo'n araf, o silff i silff, gan igam-ogamu'r rhigol. Ar adegau, roedd e'n gorfod defnyddio ochr y rhigol i'w gynnal ei hun, er mwyn llwyddo i gyrraedd y silff nesaf.

Arhosodd Zero gyda fe, rywsut. Crynodd ei gorff eiddil yn ofnadwy wrth iddo ddringo'r wal gerrig.

Roedd rhai o'r silffoedd yn ddigon llydan i eistedd arnyn nhw. Prin bod eraill yn ymwthio allan fwy nag ychydig fodfeddi – dim ond digon ar gyfer cam bach, cyflym. Stopiodd Stanley tua dwy ran o dair o'r ffordd i fyny, ar silff weddol lydan. Stopiodd Zero wrth ei ochr.

'Ti'n iawn?' gofynnodd Stanley.

Cododd Zero ei fodiau. Gwnaeth Stanley'r un fath.

Edrychodd i fyny. Doedd e ddim yn siŵr sut i gyrraedd y silff nesaf. Roedd hi dair neu bedair troedfedd uwch ei ben ac ni allai weld unrhyw droedleoedd. Roedd gormod o ofn edrych i lawr arno.

'Rho hwb i fi,' meddai Zero. 'Yna fe dynna i ti lan gyda'r rhaw.'

'Fyddi di ddim yn gallu 'nhynnu i lan,' meddai Stanley.

'Bydda,' meddai Zero.

Rhoddodd Stanley ei ddwylo ynghyd ar ffurf cwpan a chamodd Zero ar ei fysedd ymblethedig. Llwyddodd e i godi Zero'n ddigon uchel fel y gallai gydio'n y darn o graig a oedd yn ymwthio allan. Daliodd Stanley i'w helpu oddi isod wrth i Zero ei dynnu'i hun ar ben y silff.

Tra oedd Zero'n ei leoli ei hun lan fan'na, cysylltodd Stanley'r sach wrth y rhaw trwy brocio twll trwy'r gynfas. Daliodd hi i fyny i Zero.

Gafaelodd Zero yn y sach yn gyntaf, yna'r rhaw. Gosododd y rhaw fel bod hanner y llafn yn cael ei gynnal gan y slaben o graig. Roedd coes pren y rhaw yn hongian i lawr tuag at Stanley. 'Iawn,' meddai.

Roedd Stanley'n amau a fyddai hyn yn gweithio. Un peth oedd iddo godi Zero, ac yntau'n hanner ei bwysau. Ond sut yn y byd roedd disgwyl i Zero geisio'i dynnu e lan?

Gafaelodd Stanley yn y rhaw wrth iddo ddringo i fyny'r wal gerrig, gan ddefnyddio ochrau'r rhigol i gynnal peth o'i bwysau. Symudodd ei ddwylo, y naill dros y llall, i fyny coes y rhaw.

Teimlodd e law Zero'n cydio'n ei arddwrn.

Gollyngodd ei afael yn y rhaw â'r naill law a gafael ym mhen y silff.

Ymnerthodd, ac am eiliad fach roedd fel petai e'n herio disgyrchiant wrth iddo gamu'n gyflym i fyny'r wal a, gyda help Zero, tynnu'i hun weddill y ffordd dros y silff.

Cafodd ei wynt ato. Ni fyddai byth wedi llwyddo i wneud hynny ychydig fisoedd yn ôl.

Sylwodd e ar smotyn mawr o waed ar ei arddwrn. Cymerodd eiliad iddo sylweddoli taw gwaed Zero oedd e.

Roedd gan Zero doriadau dwfn ar ei ddwy law. Roedd e wedi dal ei afael yn llafn metel y rhaw, er mwyn ei gadw yn ei le, wrth i Stanley ddringo.

Cododd Zero ei ddwylo i'w geg a sugno'i waed.

Roedd un o'r potiau gwydr yn y sach wedi torri. Penderfynon nhw gadw'r darnau. Efallai y byddai eu hangen er mwyn gwneud cyllell neu rywbeth.

Cawson nhw hoe fach, cyn mynd yn eu blaenau tuag i fyny. Roedd hi'n weddol hawdd dringo gweddill y ffordd.

Pan gyrhaeddon nhw dir gwastad, edrychodd Stanley i fyny a gweld yr haul fel pêl danllyd yn eistedd ar ben y Fawd Fawr. Roedd Duw'n troelli pêl-fasged.

Cyn bo hir roedden nhw'n cerdded yng nghysgod tenau, hir y fawd.

37

'Ni bron â bod yno,' meddai Stanley. Gallai weld troed y mynydd.

Nawr eu bod nhw *bron â bod yno* go iawn, roedd ofn arno. Y Fawd Fawr oedd ei unig obaith. Os nad oedd dŵr na lloches, yna fyddai ganddyn nhw ddim byd, dim gobaith hyd yn oed.

Doedd dim un man penodol lle roedd y tir gwastad yn gorffen a'r mynydd yn dechrau. Aeth y tir yn fwyfwy serth, ac yna doedd dim dwywaith nad oedden nhw'n dringo'r mynydd.

Ni allai Stanley weld y Fawd Fawr mwyach am fod llethr y mynydd yn y ffordd.

Aeth y mynydd yn rhy serth iddyn nhw fedru cerdded lan yn syth. Yn lle hynny, roedden nhw'n dilyn llwybr igam-ogam, gan fynd ychydig yn uwch bob tro y bydden nhw'n newid cyfeiriad.

Roedd clystyrau o chwyn yn britho'r llechwedd. Cerddai'r ddau o'r naill glwstwr i'r llall, gan ddefnyddio'r chwyn fel troedleoedd. Yn uwch i fyny'r mynydd roedd y chwyn yn fwy trwchus.

Roedd drain ar lawer ohonyn nhw, ac roedd yn rhaid i'r bechgyn fod yn ofalus wrth gerdded drwyddyn nhw.

Roedd Stanley eisiau stopio er mwyn gorffwys, ond roedd arno ofn na fydden nhw'n medru ailgychwyn. Cyhyd ag y gallai Zero ddal i fynd, gallai yntau ddal i fynd hefyd. A beth bynnag, gwyddai nad oedd llawer o olau dydd ar ôl.

Wrth i'r awyr dywyllu, dechreuodd clêr ymddangos uwchben y clystyrau o chwyn ac roedd haid o wybed yn hofran o'u cwmpas, wedi'u denu gan eu chwys. Doedd gan Stanley na Zero mo'r nerth i geisio'u chwifio o'r ffordd.

'Shwt wyt ti?' gofynnodd Stanley.

Cododd Zero ei fodiau. Yna dywedodd, 'Os bydd gwybedyn yn glanio arna i, fe ga i fy 'mwrw i'r llawr.'

Rhoddodd Stanley ragor o eiriau iddo. 'C-l-ê-r,' sillafodd e.

Canolbwyntiodd Zero'n galed cyn dweud, 'Clerrr.'

Chwarddodd Stanley.

Ymledodd gwên fawr ar draws wyneb tost a blinedig Zero hefyd. 'Clêr,' meddai.

'Da iawn,' meddai Stanley. 'Cofia fod yr 'e' yn hirach os oes 'na do bach arni hi. Reit 'te, dyma un anodd. Beth am, c-i-n-i-o?'

'C-cin–' Yn sydyn, daeth sŵn rhwygo ofnadwy o grombil Zero wrth iddo blygu'n ei ddyblau a chydio'n ei stumog. Siglodd ei gorff eiddil yn

204

ffyrnig, a chwydodd, gan gael gwared ar y sblŵsh o'i stumog.

Pwysodd ar ei bennau gliniau ac anadlu'n ddwfn sawl gwaith. Yna ymsythodd ac aeth yn ei flaen.

Arhosodd yr haid o wybed ar ôl. Roedd yn well ganddyn nhw gynnwys stumog Zero na'r chwys ar wynebau'r bechgyn.

Ni roddodd Stanley ragor o eiriau iddo, gan dybio bod angen iddo gadw'i nerth. Ond tua deg neu bymtheg munud yn ddiweddarach, dyma Zero'n dweud, 'Cinio'.

Wrth iddyn nhw ddringo'n uwch, tyfodd y clystyrau o chwyn yn fwy trwchus eto, ac roedden nhw'n gorfod gofalu nad oedd eu traed yn mynd yn sownd yn y mieri pigog. Yn sydyn, dyma Stanley'n sylweddoli rhywbeth. Doedd dim chwyn ar y llyn.

'Chwyn a chlêr,' meddai. 'Rhaid bod 'na ddŵr yma'n rhywle. Rhaid ein bod ni'n dod yn agos.'

Ymledodd gwên lydan fel gwên clown ar draws wyneb Zero. Gwnaeth e arwydd y bodiau, yna cwympodd.

Ni chododd e. Plygodd Stanley drosto fe. 'Dere 'mlaen, Zero,' anogodd. 'Ni'n dod yn agos. Dere, Hector. Chwyn a chlêr. Chwyn a chlerrr.'

Siglodd Stanley e. 'Rwy 'di archebu dy hufen iâ a ffrwythe â chyffug poeth yn barod,' meddai. 'Maen nhw wrthi'n 'i baratoi e y funud hon.'

Ddywedodd Zero ddim byd.

38

Gafaelodd Stanley ym mreichiau Zero a'i dynnu e ar ei draed. Yna plygodd yn isel a gadael i Zero gwympo dros ei ysgwydd dde. Ymsythodd, gan godi corff lluddedig Zero oddi ar y llawr.

Gadawodd e'r rhaw a'r sach a ddaliai'r potiau ar ôl a mynd yn ei flaen lan y mynydd. Roedd coesau Zero'n hongian o'i flaen e.

Ni allai Stanley weld ei draed ei hun, felly roedd hi'n anodd iddo gerdded trwy'r clystyrau dryslyd o chwyn a mieri. Canolbwyntiai ar un cam ar y tro, gan godi a gostwng ei draed yn ofalus. Meddyliai am bob cam yn unig, gan osgoi ystyried y dasg amhosib a oedd o'i flaen.

Dringai'n uwch ac yn uwch. Deuai ei nerth o rywle'n ddwfn y tu mewn iddo a rhywsut o'r tu allan hefyd. Ar ôl hoelio'i sylw ar y Fawd Fawr gyhyd, roedd fel petai'r graig wedi amsugno'i ynni a bellach roedd hi'n gweithredu fel rhyw fath o fagned anferthol a oedd yn ei dynnu e tuag ati.

Ymhen ychydig daeth e'n ymwybodol o wynt drewllyd. I ddechrau, meddyliodd ei fod yn dod oddi wrth Zero, ond roedd e i'w glywed yn yr awyr, gan hongian yn drwm o'i gwmpas ym mhobman.

Sylwodd e hefyd nad oedd y tir mor serth erbyn hyn. Wrth i'r tir fynd yn wastad, gwelodd fod craig enfawr yn codi o'i flaen, er roedd yn anodd iddo'i gweld yng ngolau'r lleuad. Edrychai fel petai'n tyfu'n fwy gyda phob cam a gerddai.

Doedd hi ddim yn debyg i fawd mwyach.

A gwyddai Stanley na fyddai byth yn gallu ei dringo.

O'i gwmpas, tyfodd y gwynt yn gryfach. Dyma wynt chwerw anobaith.

Hyd yn oed petai e rywsut yn gallu dringo'r Fawd Fawr, gwyddai na fyddai'n dod o hyd i ddŵr. Sut y byddai 'na ddŵr ar ben craig anferthol? Yr unig reswm y llwyddodd y chwyn a'r clêr i gadw'n fyw oedd oherwydd ambell storm o law, fel yr un a welsai o'r gwersyll.

Eto, aeth yn ei flaen tuag ati. Yn gymaint â dim, roedd e eisiau cyrraedd y Fawd o leiaf.

Lwyddodd e ddim.

Llithrodd ei draed oddi tano. Trawodd pen Zero yn erbyn cefn ei ysgwydd wrth iddo gwympo a baglu i ffos fach a oedd yn llaid i gyd.

Wrth iddo orwedd ar ei wyneb yn y llaca, ni wyddai a fyddai'n medru codi. Ni wyddai a fyddai hyd yn oed yn rhoi cynnig arni. A oedd e wedi dod cyn belled â hyn dim ond i . . . *Mae angen dŵr arnat ti i wneud mwd!*

Cropiodd ar hyd y ffos i'r cyfeiriad a dybiai oedd y mwyaf mwdlyd. Daeth y tir yn fwy corslyd. Tasgai'r mwd i bobman wrth i Stanley daro'r ddaear.

Gan ddefnyddio'i ddwy law, agorodd dwll yn y pridd soeglyd. Roedd hi'n rhy dywyll i weld, ond roedd e'n meddwl y gallai deimlo pwll bach bach o ddŵr yng ngwaelod y twll. Hwpodd ei ben yn y twll a llyfu'r pridd.

Palodd yn ddyfnach, ac wrth iddo wneud, roedd fel petai mwy o ddŵr yn llenwi'r twll. Ni allai ei weld, ond gallai ei deimlo fe – yn gyntaf â'i fysedd, yna â'i dafod.

Palodd nes bod y twll mor ddwfn â hyd ei fraich. Roedd digon o ddŵr iddo fedru codi peth ohono yn ei ddwylo a'i ollwng ar wyneb Zero.

Arhosodd llygaid Zero ynghau. Ond hwpodd ei dafod mas rhwng ei wefusau wrth iddo chwilio am y diferion.

Llusgodd Stanley Zero yn nes at y twll. Palodd, yna codi rhagor o ddŵr yn ei ddwylo a gadael iddo lifo i mewn i geg Zero.

Wrth iddo barhau i ledu'r twll, cyffyrddodd ei law â rhywbeth crwn, llyfn. Roedd yn rhy lyfn ac yn rhy grwn i fod yn garreg.

Sychodd y pridd oddi arno a sylweddoli taw winwnsyn oedd e.

Cymerodd hansh ohono heb drafferthu i'w bilio. Ffrwydrodd y sudd chwerw, poeth yn ei geg. Gallai'i deimlo'r holl ffordd hyd at ei lygaid.

A phan lyncodd e, teimlodd ei wres yn symud i lawr ei lwnc ac i mewn i'w stumog.

Dim ond ei hanner gafodd e. Rhoddodd e'r hanner arall i Zero.

'Hwre, byt hwn.'

'Beth yw e?' sibrydodd Zero.

'Hufen iâ a ffrwythe â chyffug poeth ar 'i ben.'

39

Dihunodd Stanley mewn cae glas, gan edrych i fyny ar y tŵr carreg anferth. Roedd 'na haenau a rhesi o wahanol fathau o goch, oren tywyll, brown a melyn ar y graig. Roedd e siŵr o fod dros gan troedfedd o uchder.

Gorweddai Stanley am ychydig, gan edrych arno. Doedd ganddo mo'r nerth i godi. Teimlai fel petai'r tu mewn i'w geg a'i lwnc o dan haen o dywod.

A pha ryfedd? Pan roliodd e drosodd gwelodd y pwll dŵr. Roedd yn mesur ryw ddwy droedfedd a hanner o ran dyfnder a thros dair troedfedd ar draws. Yn y gwaelod doedd dim mwy na dwy fodfedd o ddŵr brown iawn.

Roedd ei ddwylo a'i fysedd yn brifo ar ôl yr holl balu, yn enwedig dan ei ewinedd. Cododd ychydig o'r dŵr brwnt i'w geg a'i swsial o gwmpas gan geisio'i hidlo â'i ddannedd.

Griddfanodd Zero.

Dechreuodd Stanley ddweud rhywbeth wrtho fe, ond ni ddaeth yr un gair o'i ben, a bu'n rhaid iddo roi cynnig arall arni. 'Shwt wyt ti?' Câi loes wrth siarad.

'Ddim yn dda,' meddai Zero'n dawel. Gydag ymdrech fawr, rholiodd drosodd, codi'i hun ar ei bennau gliniau, a chropian draw i'r pwll dŵr. Gostyngodd ei ben ynddo a lapiodd rywfaint o ddŵr.

Yna ysgytiodd yn ei ôl, tynnu ei bennau gliniau at ei frest, a rholio ar ei ochr. Siglodd ei gorff yn ffyrnig.

Bu Stanley'n ystyried mynd yn ôl i lawr y mynydd i chwilio am y rhaw, fel y gallai wneud y pwll dŵr yn ddyfnach. Efallai y byddai hynny'n rhoi dŵr glanach iddyn nhw. Gallen nhw ddefnyddio'r potiau fel gwydrau yfed.

Ond doedd e ddim yn meddwl bod ganddo'r nerth i fynd i lawr, heb sôn am ddod yn ôl lan eto. A doedd e ddim yn gwybod ymhle i chwilio.

Llwyddodd Stanley i godi ar ei draed. Roedd e mewn cae yn llawn blodau gwynwyrdd a oedd yn amgylchynu'r Fawd Fawr.

Anadlodd yn ddwfn, yna cerddodd yr hanner canllath olaf at y graig anferthol a'i chyffwrdd.

Tag – ti yw e.

Yna cerddodd yn ôl at Zero a'r pwll dŵr. Ar y ffordd torrodd un o'r blodau. Gwelodd e nad un blodyn mawr mohono mewn gwirionedd, ond yn hytrach roedd pob blodyn yn glwstwr o flodau bach, mân a ffurfiai belen gron. Dododd e yn ei geg ond bu'n rhaid iddo'i boeri i'r llawr.

Gallai weld ôl y llwybr roedd e wedi'i ffurfio'r noson gynt, wrth iddo gario Zero lan y mynydd. Os oedd e am fynd yn ôl i lawr i chwilio am y rhaw, sylweddolodd y dylai wneud hynny'n fuan, tra oedd y llwybr yn newydd. Ond doedd e ddim am adael Zero. Roedd arno ofn y gallai Zero farw pe bai'n ei adael ar ei ben ei hun.

Roedd Zero'n dal i orwedd yn ei ddyblau ar ei ochr. 'Rwy'n gorfod gweud rhwbeth wrthot ti,' meddai gan riddfan.

'Paid â siarad,' meddai Stanley. 'Cadw dy nerth.'

'Na, gwranda,' mynnodd Zero, yna caeodd ei lygaid wrth i'w wyneb ddirdynnu gan boen.

'Rwy'n gwrando,' sibrydodd Stanley.

'Fi aeth â dy sgidie,' meddai Zero.

Doedd Stanley ddim yn gwybod am beth roedd e'n sôn. Roedd ei esgidiau am ei draed. 'Mae'n iawn,' meddai. 'Nawr gorffwysa.'

'Arna i mae'r bai am bopeth,' meddai Zero.

''Sdim bai ar neb,' meddai Stanley.

'O'n i ddim yn gwbod,' meddai Zero.

'Mae'n iawn,' meddai Stanley. 'Gorffwys sy eisie arnat ti.'

Caeodd Zero ei lygaid. Ond yna dywedodd eto, 'O'n i ddim yn gwbod am y sgidie.'

'Pa sgidie?'

'O'r lloches.'

Cymerodd hi eiliad i Stanley ddirnad yr hyn roedd Zero'n ei ddweud. 'Sgidie Clyde Livingston?'

'Rwy'n flin,' meddai Zero.

Syllodd Stanley arno. Roedd hi'n amhosib. Roedd Zero'n drysu.

Roedd fel petai 'cyfaddefiad' Zero wedi dod â rhyw elfen o ryddhad iddo. Ymlaciodd y cyhyrau yn ei wyneb. Wrth iddo lithro'n araf i gysgu, canodd Stanley'n dawel iddo y gân a oedd wedi bod yn ei deulu ers cenedlaethau.

'O na bai, o na bai' medd cnocell y coed,
'Rhisgl y goeden ychydig yn fwy meddal.'
Tra disgwyl y blaidd yn unig a llwglyd,
Gan ganu ei gân i'r lleuad la-aa-awn,
'O na bai, o na bai.'

40

Pan ddaeth Stanley o hyd i'r winwnsyn y noson gynt, nid oedd wedi meddwl sut roedd e wedi cyrraedd yno. Bwytaodd e'n ddiolchgar. Ond nawr, wrth iddo eistedd gan edrych draw ar y Fawd Fawr ac ar y gweundir yn llawn blodau, ni allai lai na meddwl amdano.

Os oedd 'na un winwnsyn gwyllt, mae'n bosib bod 'na ragor.

Cydblethodd ei fysedd a cheisio rhwbio'r boen i ffwrdd. Yna plygodd a thynnu blodyn arall, y planhigyn cyfan y tro yma, gan gynnwys y gwreiddyn.

'Winwns! Winwns melys, poeth, braf,' galwodd Sam wrth i Mary Lou dynnu'r drol ar hyd y Stryd Fawr. 'Wyth sent am ddwsin.'

Roedd hi'n fore hyfryd o wanwyn. Roedd yr awyr yn las golau a phinc – yr un lliw â'r llyn a'r coed eirin gwlanog ar hyd ei lan.

Rhedodd Mrs Gladys Tennyson i lawr y stryd ar ôl Sam yn gwisgo dim ond ei gŵn nos a charthen.

Fel arfer roedd Mrs Tennyson yn fenyw barchus iawn na fyddai byth yn mynd mas yn gyhoeddus heb wisgo dillad crand a het. Felly roedd yn dipyn o syndod i drigolion Glaslyn ei gweld hi'n rhedeg heibio iddyn nhw.

'Sam!' galwodd hi.

'Wow, Mary Lou,' meddai Sam, gan stopio'i asyn a'i drol. 'Bore da, Mrs Tennyson,' meddai. 'Shwt mae Beca fach yn dod yn 'i blaen?'

Roedd Gladys Tennyson yn wên i gyd. 'Rwy'n credu bod hi'n mynd i fod yn iawn. Torrodd y dwymyn ryw awr yn ôl. Diolch i ti.'

'Rwy'n siŵr taw'r Arglwydd trugarog a Doc Hawthorn sy'n haeddu'r clod mwya.'

'Yr Arglwydd Trugarog, ody wir,' cytunodd Mrs Tennyson, 'ond nage Dr Hawthorn. Roedd yr hen gwac 'na'n moyn dodi gelod ar 'i bola! Gelod! Ar fy ngwir! Fe wedodd e y bydden nhw'n sugno'r gwaed drwg mas. Gwed di wrtha' i. Shwt fydde gelen yn gwbod y gwahaniaeth rhwng gwaed da a gwaed drwg?'

'Sa i'n gwbod,' meddai Sam.

'Dy donig winwns di,' meddai Mrs Tennyson. 'Dyna achubodd hi.'

Crwydrodd trigolion eraill y dref draw i'r drol. 'Bore da, Gladys,' meddai Hattie Parker. 'On'd wyt ti'n dishgwl yn hyfryd y bore 'ma.'

Cilwenodd sawl un.

'Bore da, Hattie,' atebodd Mrs Tennyson.

'Ody dy ŵr di'n gwbod dy fod ti'n cerdded ar hyd lle yn dy ddillad nos?' gofynnodd Hattie.

Mwy o gilwenu.

'Mae 'ngŵr i'n gwbod yn gwmws ble ydw i a pha ddillad dwi'n 'u gwisgo, diolch yn fawr,' meddai Mrs Tennyson. 'Ry'n ni'n dou wedi bod ar ein traed drwy'r nos a hanner y bore gyda Rebecca. Bu bron iddi farw o dostrwydd yn ei stumog. Mae'n debyg 'i bod hi 'di byta cig drwg.'

Cochodd wyneb Hattie. Ei gŵr hi, Jim Parker, oedd y cigydd.

'Es i a 'ngŵr yn dost hefyd o'i achos e,' meddai Mrs Tennyson, 'ond bu bron iddo ladd Beca, a hithe mor ifanc. Sam achubodd 'i bywyd hi.'

'Dim fi wnaeth,' meddai Sam. 'Y winwns oedd yn gyfrifol.'

'Rwy'n falch sobor fod Beca'n well,' meddai Hattie'n edifeiriol.

'Rwy'n gweud wrth Jim o hyd ac o hyd fod angen iddo olchi'i gyllyll,' meddai Mr Pike, perchennog y siop-gwerthu-popeth.

Ymddiheurodd Hattie Parker, yna trodd a cherdded bant yn gyflym.

'Gwedwch wrth Beca am alw'n y siop pan fydd hi'n teimlo'n ddigon da a chaiff hi losin,' meddai Mr Pike.

'Diolch, fe wna i.'

Cyn mynd adref, prynodd Mrs Tennyson ddwsin o winwns gan Sam. Rhoddodd hi ddarn deg sent iddo a dweud wrtho am gadw'r newid.

'Sa i'n derbyn elusen gan neb,' meddai Sam wrthi. 'Ond os licech chi brynu winwnsyn neu ddou i Mary Lou, rwy'n siŵr y bydde hi'n ddiolchgar.'

'Dyna fe, 'te,' meddai Mrs Tennyson, 'rho'r newid i fi ar ffurf winwns.'

Rhoddodd Sam dri winwnsyn ychwanegol i Mrs Tennyson, a rhoddodd hi nhw un ar y tro i Mary Lou. Chwarddodd hi wrth i'r hen asyn eu bwyta o'i llaw.

. . .

Cysgodd Stanley a Zero'n ysbeidiol am y ddau ddiwrnod nesaf, gan fwyta faint fynnen nhw o winwns, a chan dasgu dŵr brwnt yn eu cegau. Yn hwyr y prynhawn rhoddai'r Fawd Fawr gysgod iddyn nhw. Ceisiodd Stanley wneud y twll yn ddyfnach, ond roedd gwir angen y rhaw arno fe. Y cyfan a wnâi ei ymdrechion oedd corddi'r mwd a throi'r dŵr yn fwy budr.

Roedd Zero'n cysgu. Roedd e'n dost iawn ac yn wan o hyd, ond roedd y cwsg a'r winwns i'w gweld yn gwneud rhywfaint o les iddo. Doedd Stanley ddim yn poeni mwyach ei fod e ar fin marw. Eto, doedd e ddim eisiau mynd i chwilio am y rhaw tra oedd Zero'n cysgu. Doedd e ddim eisiau iddo ddihuno a meddwl ei fod e wedi cael ei adael ar ei ben ei hun.

Arhosodd i Zero agor ei lygaid.

'Rwy'n credu af i whilo am y rhaw,' meddai Stanley.

'Arhosa i fan hyn,' meddai Zero'n wanllyd, fel petai ganddo ddewis.

Anelodd Stanley i lawr y mynydd. Roedd y cwsg a'r winwns wedi gwneud byd o les iddo yntau hefyd. Teimlai'n gryf.

Roedd hi'n weddol hawdd dilyn y llwybr a wnaethai ddeuddydd ynghynt. Weithiau doedd e ddim yn siŵr ei fod e'n mynd y ffordd gywir, ond ar ôl chwilio am ychydig byddai'n dod o hyd i'r llwybr unwaith eto.

Aeth e'n eithaf pell i lawr y mynydd, ond er hynny, ni allai weld y rhaw. Edrychodd yn ôl i fyny tua'r copa. Roedd e wedi cerdded heibio iddi, mae'n rhaid, meddyliodd. Fyddai byth wedi llwyddo i gario Zero yr holl ffordd lan o'r fan hon.

Eto, aeth yn ei flaen tuag i lawr, rhag ofn. Cyrhaeddodd lecyn moel rhwng dau glwstwr mawr o chwyn ac eisteddodd er mwyn cael seibiant. Nawr roedd e'n sicr ei fod e wedi mynd yn rhy bell. Roedd e wedi blino'n lân ar ôl cerdded *i lawr* y mynydd. Byddai wedi bod yn amhosib cario Zero *lan* y mynydd o'r fan hon, yn enwedig ar ôl cerdded drwy'r dydd heb fwyd na dŵr. Rhaid bod y rhaw wedi'i chladdu mewn chwyn.

Cyn cychwyn yn ôl i fyny, cymerodd gip arall o'i gwmpas i bob cyfeiriad. Gwelodd dolc go fawr yn y chwyn ychydig ymhellach i lawr y mynydd. Doedd e ddim yn meddwl ei bod yn debygol y gallai'r rhaw fod yno, ond roedd e eisoes wedi dod mor bell â hyn.

Yno, yn gorwedd yng nghanol chwyn uchel, gwelodd e'r rhaw a'r sach a ddaliai'r potiau. Roedd e'n syfrdan. Meddyliodd tybed a oedd y rhaw a'r sach wedi rholio i lawr y llethr. Ond doedd dim un o'r potiau wedi torri, heblaw'r un a oedd wedi torri ynghynt. A phetaen nhw wedi rholio i lawr y llethr, mae'n amheus a fyddai wedi dod o hyd i'r sach a'r rhaw ar bwys ei gilydd.

Ar ei ffordd yn ôl lan y mynydd, bu'n rhaid i Stanley eistedd a chael hoe sawl gwaith. Roedd hi'n ddringfa hir a chaled.

41

Parhau i wella a wnaeth Zero.

Pliciodd Stanley winwnsyn yn araf. Roedd e'n hoffi'u bwyta nhw un haen ar y tro.

Erbyn hyn roedd y pwll dŵr bron mor fawr â'r tyllau roedd e wedi'u torri yng Ngwersyll Glaslyn. Roedd bron i ddwy droedfedd o ddŵr tywyll ynddo. Roedd Stanley wedi palu'r cyfan ar ei ben ei hun. Roedd Zero wedi cynnig helpu, ond roedd Stanley'n meddwl y byddai'n well petai Zero'n cadw'i nerth. Roedd cloddio mewn dŵr yn galetach o lawer na chloddio mewn llyn sych.

Synnai Stanley nad oedd yntau wedi mynd yn dost – naill ai oherwydd y sblŵsh, y dŵr brwnt, neu yn sgil byw ar winwns. Roedd e'n arfer mynd yn dost yn weddol aml gartref.

Roedd y ddau fachgen yn droednoeth. Roedden nhw wedi golchi'u sanau. Roedd eu dillad i gyd yn frwnt iawn, ond heb os eu sanau oedd waethaf.

Wnaethon nhw ddim rhoi eu sanau yn y pwll, rhag ofn y bydden nhw'n llygru'r dŵr. Yn lle hynny, llenwon nhw'r potiau ac arllwys y dŵr ar ben eu sanau brwnt.

'O'n i ddim yn arfer mynd i'r lloches i'r digartre'n aml iawn,' meddai Zero. 'Dim ond os oedd y tywydd yn wironeddol wael. O'n i'n gorfod ffindo rhywun oedd yn barod i esgus bod yn fam i fi. Sen i 'di mynd ar 'y mhen fy hun, sen nhw 'di gofyn pob math o gwestiyne i fi. A tasen nhw 'di dod i glywed nad oedd mam 'da fi, sen nhw 'di neud i'n ward y dalaith.'

'Beth yw ward y dalaith?'

Gwenodd Zero. 'Sa i'n gwbod. Ond o'n i ddim yn lico'i sŵn e.'

Cofiodd Stanley iddo glywed Mr Pendanski'n dweud wrth y Warden fod Zero'n ward y dalaith. Meddyliodd tybed a oedd Zero'n gwybod taw dyna oedd e bellach.

'O'n i'n hoffi cysgu mas tu fas,' meddai Zero. 'O'n i'n arfer esgus 'mod i'n un o'r Sgowtiaid. O'n i'n moyn perthyn i'r Sgowtiaid erioed. O'n i'n arfer 'u gweld nhw yn y parc yn 'u gwisgoedd glas.'

'O'n i ddim yn perthyn i'r Sgowtiaid,' meddai Stanley. 'O'n i ddim yn dda gyda rhyw bethe cymdeithasol felna. Roedd plant yn arfer gwneud sbort am 'y mhen i achos 'mod i'n dew.'

'Y gwisgoedd glas o'n i'n hoffi,' meddai Zero. 'Falle sen i ddim wedi mwynhau bod yn Sgowt.'

Cododd Stanley un o'i ysgwyddau.

'Roedd fy mam yn arfer perthyn i'r Geidie ar un adeg,' meddai Zero.

'O'n i'n meddwl fod ti 'di gweud nad oedd mam gyda ti.'

'Mae mam gan bawb.'

'Wel, oes, rwy'n gwbod 'ny.'

'Fe wedodd hi 'i bod hi 'di ennill gwobr unwaith am werthu mwy o fisgedi i'r Geidie na neb arall,' meddai Zero. 'Roedd hi mor browd o hynny.'

Pliciodd Stanley haen arall o'i winwnsyn.

'Bydden i wastad yn cymryd beth o'n i angen,' meddai Zero. 'Pan o'n i'n fach, o'n i ddim hyd yn oed yn gwbod taw *dwgyd* oedd e. Sa i'n cofio pryd sylweddoles i. Ond fydden i ond yn cymryd beth o'n i angen, byth mwy na hynny. Felly pan weles i'r sgidie'n cael 'u harddangos yn y lloches, rhoies i'n llaw yn y casyn gwydr a'u cymryd nhw.'

'Sgidie Clyde Livingston?' gofynnodd Stanley.

'O'n i ddim yn gwbod taw fe oedd biau nhw. O'n i'n meddwl taw rhyw hen sgidie yn perthyn i rywun-rhywun o'n nhw. O'n i'n meddwl bod hi'n well cymryd sgidie oedd yn hen na dwgyd pâr o rai newydd. O'n i ddim yn gwbod bod nhw'n enwog. Roedd 'na arwydd, ond wrth gwrs o'n i ddim yn gallu 'i ddarllen e. Yna, y peth nesa o'n i'n 'i wbod, dyma bawb yn gwneud môr a mynydd o'r ffaith bod y sgidie wedi diflannu. Roedd hi'n eitha doniol, mewn ffordd. Aeth yr holl le'n wallgo. Dyna lle o'n i, yn gwisgo'r sgidie, ac roedd pawb yn rhedeg fel pethe gwyllt ar hyd y lle yn gofyn, 'Beth ddigwyddodd i'r sgidie?' 'Mae'r sgidie wedi mynd!' Y cwbl wnes i oedd cerdded mas trwy'r drws. Wnaeth neb sylwi arna' i. Ar ôl mynd mas tu fas, rhedes i rownd y gornel ac fe dynnes i'r sgidie'n syth. Dodes i nhw ar ben car a oedd wedi'i barcio gerllaw. Rwy'n cofio bod gwynt drwg ofnadw arnyn nhw.'

'Ie, rheina o'n nhw,' meddai Stanley. 'Wnaethon nhw dy ffito di?'

'Fwy neu lai.'

Cofiodd Stanley iddo gael ei synnu pa mor fach oedd maint esgidiau Clyde Livingston. Roedd esgidiau Stanley'n fwy. Traed bach, cyflym oedd gan Clyde Livingston. Roedd traed Stanley'n fawr ac yn araf.

'Dylswn i fod wedi'u cadw nhw, a dyna fe,' meddai Zero. 'O'n i eisoes wedi llwyddo i ffoi o'r lloches a phopeth. Diwedd y gân oedd 'mod i 'di cael f'arestio drannoeth pan dries i gerdded mas o siop sgidie â phâr newydd o dreinyrs. Sen i ond wedi cadw'r hen dreinyrs drewllyd 'na, fydde'r un ohonon ni yn y fan hyn yr eiliad hon.'

42

Daeth Zero'n ddigon cryf i helpu i balu'r twll. Ar ôl iddo orffen, cyrhaeddodd ddyfnder o dros chwe throedfedd. Llenwodd e'r gwaelod â cherrig i geisio gwahanu'r dŵr oddi wrth y pridd.

Fe oedd yr un gorau o hyd am balu tyllau.

'Dyna'r twll ola wna i dorri byth,' cyhoeddodd e, gan daflu'r rhaw i'r llawr.

Gwenodd Stanley. Byddai'n dda ganddo petai hynny'n wir, ond gwyddai nad oedd ganddyn nhw ddim dewis ond dychwelyd i Wersyll Glaslyn yn y pen draw. Doedden nhw ddim yn gallu byw ar winwns am byth.

Roedden nhw wedi cerdded yr holl ffordd o gwmpas y Fawd Fawr. Roedd hi fel deial haul anferthol. Dilynon nhw'r cysgod.

Roedden nhw'n medru gweld i bob cyfeiriad. Doedd dim unman i fynd iddo. Roedd y mynydd yng nghanol anialwch.

Syllodd Zero ar y Fawd Fawr. 'Mae bownd o fod twll ynddo fe,' meddai, 'yn llawn dŵr.'

'Ti'n meddwl?'

'O ble arall y gallai'r dŵr ddod?' gofynnodd Zero. 'Dyw dŵr ddim yn llifo lan rhiw.'

Cnodd Stanley ar winwnsyn. Ni losgodd ei lygaid na'i drwyn, ac a dweud y gwir, ni sylwai e mwyach fod y blas yn arbennig o gryf.

Cofiodd pan oedd e wedi cario Zero lan y mynydd am y tro cyntaf, sut roedd yr awyr wedi gwynto'n chwerw. Dyna wynt miloedd o winwns yn tyfu ac yn pydru ac yn blaguro.

Ni allai wynto dim byd bellach.

'Faint o winwns ti'n meddwl ry'n ni wedi'u byta?' holodd e.

Cododd Zero ei ysgwyddau. 'Sa i hyd yn oed yn gwbod ers faint ni 'di bod yma.'

'Rhyw wthnos, weden i,' meddai Stanley. 'Ac ry'n ni siŵr o fod yn byta rhyw ugain winwnsyn yr un bob dydd, felly dyna . . .'

'Dau gant wyth deg o winwns,' meddai Zero.

Gwenodd Stanley. 'Ni siŵr o fod yn drewi.'

Ddwy noson yn ddiweddarach, gorweddai Stanley ar ddi-hun gan syllu ar yr awyr a oedd yn llawn sêr. Roedd e'n rhy hapus i gwympo i gysgu.

Gwyddai nad oedd rheswm ganddo i fod yn hapus. Roedd e wedi clywed neu wedi darllen yn rhywle fod person, yn union cyn iddo rewi i farwolaeth, yn teimlo'n gynnes braf yn sydyn. Meddyliodd tybed a oedd e'n profi rhywbeth tebyg, efallai.

Fe'i trawodd nad oedd e'n gallu cofio'r tro diwethaf iddo deimlo hapusrwydd. Nid dim ond cael ei anfon i Wersyll Glaslyn oedd wedi gwneud ei fywyd yn ddiflas. Cyn hynny, roedd e wedi bod yn anhapus yn yr ysgol, lle nad oedd ganddo unrhyw ffrindiau, a lle roedd bwlis fel Derrick Dunne yn ei bryfocio. Doedd neb yn ei hoffi, a'r gwir oedd nad oedd e'n arbennig o hoff ohono'i hun.

Roedd e'n ei hoffi ei hun nawr.

Meddyliodd tybed a oedd e'n dechrau drysu.

Edrychodd draw ar Zero'n cysgu wrth ei ymyl. Roedd y sêr yn goleuo wyneb Zero, ac roedd petal blodyn o flaen ei drwyn a symudai yn ôl ac ymlaen wrth iddo anadlu. Roedd e'n atgoffa Stanley o rywbeth mewn cartŵn. Anadlai Zero i mewn, a châi'r petal ei dynnu lan nes ei fod bron cyffwrdd â'i drwyn. Anadlai Zero mas, a symudai'r petal tuag at ei ên. Arhosodd ar wyneb Zero am amser rhyfeddol o faith cyn hedfan i ffwrdd i'r ochr.

Bu Stanley'n ystyried ei osod e yn ôl o flaen trwyn Zero, ond ni fyddai yr un fath.

Roedd hi fel petai Zero wedi byw yng Ngwersyll Glaslyn erioed, ond wrth i Stanley feddwl amdano nawr, sylweddolodd mai tua mis neu ddau cyn iddo yntau gyrraedd y danfonwyd Zero yno. Wedi'r cwbl, cafodd Zero ei arestio ddiwrnod ar ei ôl e. Ond cafodd achos llys Stanley ei ohirio o hyd ac o hyd oherwydd y tymor pêl-fâs.

Cofiodd yr hyn roedd Zero wedi'i ddweud ychydig ddyddiau ynghynt. Petai Zero ond wedi dal ei afael yn yr esgidiau hynny, fyddai'r naill na'r llall ohonyn nhw yn y fan hyn yr eiliad hon.

Wrth i Stanley syllu ar awyr befriol y nos, meddyliodd nad oedd unman yn y byd y byddai'n well ganddo fod. Roedd e'n falch bod Zero wedi dodi'r esgidiau ar ben y car hwnnw. Roedd e'n falch eu bod nhw wedi syrthio oddi ar y drosffordd a'i daro ar ei ben.

Pan syrthiodd yr esgidiau o'r awyr, cofiodd feddwl bod ffawd wedi'i daro. Nawr, meddyliai hynny eto. Roedd hi'n fwy na chyd-ddigwyddiad. Ffawd oedd hi, mae'n rhaid.

Efallai na fyddai'n rhaid iddyn nhw fynd yn ôl i Wersyll Glaslyn, meddyliodd. Efallai y llwydden nhw i fynd heibio i'r gwersyll a dilyn y ffordd drol wedyn yn ôl i wareiddiad. Gallen nhw lenwi'r sach ag winwns a'r tri phot â dŵr. Ac roedd ganddo hefyd ei fflasg.

Gallen nhw ail-lenwi'u potiau a'r fflasg yn y gwersyll. Efallai y gallen nhw sleifio i mewn i'r gegin a chael rhywfaint o fwyd.

Roedd e'n amau a fyddai 'na unrhyw swyddogion yn dal i fod ar wyliadwriaeth. Rhaid bod pawb yn credu eu bod nhw wedi marw. Bwyd i'r boncathod.

Byddai'n golygu byw weddill ei oes ar ffo. Byddai'r heddlu wastad ar ei ôl e. O leiaf gallai ffonio'i rieni a dweud wrthyn nhw ei fod e'n dal yn fyw. Ond byddai'n methu ymweld â nhw, rhag ofn bod yr heddlu'n gwylio'r fflat. Er, os oedd pobun yn meddwl ei fod e wedi marw, fydden nhw ddim yn trafferthu gwylio'r fflat. Byddai'n rhaid iddo gael hunaniaeth newydd rywsut.

Rwy'n meddwl yn hollol wallgo nawr, meddyliodd e. Meddyliodd tybed a yw person gwallgof yn meddwl a yw'n wallgof.

Ond hyd yn oed wrth iddo feddwl hyn, roedd syniad mwy gwallgof fyth yn mynnu neidio i'w ben. Gwyddai ei fod yn syniad rhy wallgof hyd yn oed i roi ystyriaeth iddo. Er hynny, os oedd e'n mynd i dreulio gweddill ei oes ar ffo, byddai o gymorth petai ganddo arian, cist drysor yn llawn arian o bosib.

Ti'n wallgo! meddai wrtho'i hun. A ta beth, doedd dod o hyd i diwb minlliw â'r llythrennau *K B* arno ddim yn golygu o reidrwydd fod trysor wedi'i gladdu yno.

Roedd yn wallgof. Roedd y cyfan yn rhan o'r teimlad gwallgof o fod yn hapus.

Neu efallai taw ffawd oedd hi.

Estynnodd draw a siglo braich Zero. 'Hei, Zero,' sibrydodd e.

'Mmmm?' mwmialodd Zero.

'Zero! Dihuna!'

'Beth?' Cododd Zero ei ben. 'Beth sy?'

'Ti'n moyn palu un twll arall?' gofynnodd Stanley iddo.

43

'Roedd cartre gyda ni unwaith,' meddai Zero. 'Rwy'n cofio stafell felen.'

'Beth oedd dy oedran di pan . . .' dechreuodd Stanley ofyn, ond ni allai ddod o hyd i'r geiriau iawn, '. . . symudoch chi mas?'

'Sa i'n gwbod. O'n i bownd o fod yn fach iawn, achos sa i'n cofio rhyw lawer. Sa i'n cofio symud mas. Rwy'n cofio sefyll mewn gwely bach, a Mam yn canu i fi. Daliodd hi fy arddyrnau a gwneud i 'nwylo guro yn erbyn 'i gilydd. Roedd hi'n arfer canu'r gân 'na i fi. Yr un ganest ti . . . ond roedd hi'n wahanol, braidd . . .'

Siaradai Zero'n araf, fel petai e'n chwilio yn ei ymennydd am atgofion a chliwiau. 'Ac yna'n nes ymlaen rwy'n gwbod ein bod ni'n byw ar y stryd, ond sa i'n gwbod pam gadawon ni'r tŷ. Rwy'n eitha siŵr taw tŷ oedd e, yn hytrach na fflat. Rwy'n gwbod taw melyn oedd fy stafell i.'

Roedd hi'n hwyr y prynhawn. Roedden nhw'n gorffwys yng nghysgod y Fawd. Roedden nhw wedi bod wrthi drwy'r bore yn casglu winwns ac yn eu rhoi nhw yn y sach. Ni chymerodd yn hir, ond yn ddigon hir fel eu bod nhw'n gorfod aros ddiwrnod arall cyn cychwyn i lawr y mynydd.

Roedden nhw am adael gyda'r wawr, fel bod ganddyn nhw ddigon o amser i gyrraedd Gwersyll Glaslyn cyn iddi dywyllu. Roedd Stanley eisiau bod yn siŵr y gallai fe ddod o hyd i'r twll cywir. Yna, bydden nhw'n cwato ar ei bwys e nes i bawb fynd i gysgu.

Bydden nhw'n palu gyhyd ag y byddai'n ddiogel, a dim eiliad yn hwy. Ac yna, trysor ai peidio, bydden nhw'n cerdded ar hyd y ffordd drol. Petai hi'n gyfan gwbl saff, bydden nhw'n ceisio dwyn rhywfaint o fwyd a dŵr o gegin y gwersyll.

'Rwy'n hen law ar sleifio i mewn a mas o lefydd,' roedd Zero wedi dweud.

'Cofia,' roedd Stanley wedi rhybuddio. 'Mae drws yr Ystafell Orffwyll yn gwichian.'

Nawr, gorweddai Stanley ar ei gefn, gan geisio cadw'i nerth ar gyfer y dyddiau hir o'u blaenau. Meddyliodd tybed beth oedd wedi digwydd i rieni Zero, ond ofynnodd e ddim. Doedd Zero ddim yn hoffi ateb cwestiynau. Gwell oedd gadael iddo siarad pan deimlai'r awydd i wneud hynny.

Meddyliodd Stanley am ei rieni ei hun. Yn ei llythyr diwethaf, roedd ei fam yn poeni efallai y caen nhw eu troi allan o'u fflat oherwydd gwynt treinyrs yn llosgi. Gallen nhw fod yn ddigartref hefyd.

Hefyd, meddyliodd tybed a oedd rhywun wedi dweud wrthyn nhw ei fod e wedi rhedeg bant o'r gwersyll. A oedd rhywun wedi dweud wrthyn nhw ei fod e'n farw?

Dychmygodd weld ei rieni'n cofleidio'i gilydd ac yn llefain. Ceisiodd beidio â meddwl am y peth.

Yn lle hynny, ceisiodd ailafael yn y teimladau a gawsai'r noson gynt – y teimlad anesboniadwy o hapusrwydd, yr ymdeimlad â ffawd. Ond ni ddaeth y teimladau hynny yn ôl.

Y cyfan a deimlai oedd ofn.

Fore trannoeth cychwynnon nhw i lawr y mynydd. Roedden nhw wedi gwlychu'u capiau yn y pwll dŵr cyn eu rhoi nhw am eu pennau. Daliai Zero'r rhaw a chariai Stanley'r sach a honno'n llawn dop o winwns a'r tri photaid o ddŵr. Gadawon nhw ddarnau'r pot a oedd wedi torri ar y mynydd.

'Fan hyn ffindes i'r rhaw,' meddai Stanley, gan bwyntio at glwstwr o chwyn.

Trodd Zero ac edrych lan tua chopa'r mynydd. 'Mae'n dipyn o ffordd.'

'O't ti'n ysgafn,' meddai Stanley. 'O't ti eisoes wedi chwydu popeth oedd yn dy stumog.'

Symudodd Stanley'r sach o'r naill ysgwydd i'r llall. Roedd hi'n drwm. Camodd e ar garreg rydd, llithro, yna cwympo'n galed. Y peth nesaf a wyddai roedd e'n llithro i lawr y llethr serth.

Gadawodd i'r sach gwympo a gorlifodd winwns o'i gwmpas e.

Llithrodd i mewn i glwstwr o chwyn a gafael mewn gwreiddyn pigog. Rhwygodd y gwreiddyn o'r ddaear, ond gwnaeth iddo arafu ddigon fel y gallai ei stopio'i hun rhag llithro ymhellach.

'Wyt ti'n iawn?' holodd Zero oddi uchod.

Griddfanodd Stanley wrth iddo dynnu draenen o gledr ei lawr. 'Odw,' meddai. Roedd e'n iawn. Poenai fwy am y poteidiau o ddŵr.

Dringodd Zero i lawr ar ei ôl e, gan godi'r sach ar y ffordd. Tynnodd Stanley ambell ddraenen o goesau ei drowsus.

Roedd y potiau heb dorri. Roedd y winwns wedi'u hamddiffyn nhw, fel sbwng pacio. 'Rwy'n falch dy fod ti heb wneud 'na pan o't ti'n 'y nghario i,' meddai Zero.

Roedden nhw wedi colli tua thraean o'r winwns, ond llwyddon nhw i gasglu llawer ohonyn nhw wrth fwrw yn eu blaenau i lawr y mynydd. Pan gyrhaeddon nhw'r gwaelod, roedd yr haul yn codi dros y llyn. Cerddon nhw'n syth tuag ato.

Cyn bo hir roedden nhw'n sefyll ar ymyl clogwyn, gan edrych i lawr ar wely sych y llyn. Doedd Stanley ddim yn siŵr, ond roedd e'n meddwl ei fod e'n gallu gweld gweddillion y *Mary Lou* draw yn y pellter.

'Oes syched arnat ti?' gofynnodd Stanley.

'Nac oes,' meddai Zero. 'Beth amdanat ti?'

'Nac oes,' meddai Stanley, ond roedd e'n dweud celwydd. Doedd e ddim am fod y cyntaf i gael diod. Er na soniodd yr un o'r ddau am y peth, roedd hyn wedi tyfu'n rhyw fath o her rhyngddo fe a Zero.

Dringon nhw i lawr ac i mewn i'r badell ffrio. Roedd hwn yn fan gwahanol i'r un lle roedden nhw wedi dringo lan. Daethon nhw i lawr bob yn dipyn o'r naill silff i'r llall, a gadael iddyn nhw eu hunain lithro mewn mannau eraill, gan gymryd gofal arbennig o'r sach.

Ni allai Stanley weld y *Mary Lou* mwyach, ond cerddodd i'r hyn a dybiai oedd y cyfeiriad iawn. Wrth i'r haul godi, felly y gwnaeth y tes cyfarwydd hefyd, a hwnnw'n llawn gwres a llwch.

'Oes syched arnat ti?' holodd Zero.

'Nac oes,' meddai Stanley.

'Achos mae gyda ti dri llond pot o ddŵr,' meddai Zero. 'O'n i'n meddwl efalle bod y sach yn dechrau mynd yn rhy drwm i ti. Os wnei di yfed rhywfaint, fe wnaiff hynny'r sach yn fwy ysgafn.'

'Sdim syched arna i,' meddai Stanley. 'Ond os wyt ti'n moyn diod, fe roia i beth i ti.'

'Sdim syched arna i,' meddai Zero. 'Becso amdanat ti ydw i.'

Gwenodd Stanley. 'Rwy fel camel,' meddai.

Cerddon nhw am yr hyn a deimlai fel amser hir iawn, ond doedd dim sôn am y *Mary Lou*. Roedd Stanley'n eithaf siŵr eu bod nhw'n mynd i'r cyfeiriad cywir. Cofiodd pan adawon nhw'r cwch eu bod nhw'n cerdded tuag at fachlud yr haul. Nawr roedden nhw'n cerdded tuag at godiad yr haul. Gwyddai nad oedd yr haul yn codi nac yn machlud yn union yn y dwyrain a'r gorllewin; roedd y de-ddwyrain a'r de-orllewin yn nes ati, ond doedd e ddim yn siŵr pa wahaniaeth a wnâi hynny.

Teimlai ei lwnc fel petai cot o bapur llyfnu drosto. 'Ti'n siŵr nad oes syched arnat ti?' gofynnodd e.

'Ydw i,' meddai Zero. Roedd ei lais yn sych ac yn gryglyd.

Pan gawson nhw ddiod o'r diwedd, cytunon nhw i wneud hynny ar yr un pryd. Dyma Zero, a oedd yn cario'r sach bellach, yn ei dodi ar y llawr a thynnu dau bot allan, gan roi un i Stanley. Penderfynon nhw gadw'r fflasg ddŵr tan y diwedd, am nad oedd modd ei thorri ar ddamwain.

'Sdim syched arna i, ti'n gwbod,' meddai Stanley, wrth iddo ddadsgriwio'r clawr. 'Rwy ond yn yfed er mwyn i ti wneud.'

'Dw inne ond yn yfed er mwyn i tithe wneud,' meddai Zero.

Dyma nhw'n tincial y potiau yn erbyn ei gilydd, a chan edrych ar ei gilydd y naill a'r llall, dyma nhw'n arllwys y dŵr i mewn i'w cegau ystyfnig.

Zero oedd y cyntaf i weld y *Mary Lou*, ryw chwarter milltir i ffwrdd, ac ychydig draw i'r dde. Aethon nhw tuag ati.

Doedd hi ddim hyd yn oed yn ganol dydd eto pan gyrhaeddon nhw'r cwch. Eisteddon nhw yn erbyn ochr y cysgod a gorffwys.

'Sa i'n gwbod beth ddigwyddod i Mam,' meddai Zero. 'Gadawodd hi a ddaeth hi byth nôl.'

Pliciodd Stanley winwnsyn.

'Roedd hi'n ffaelu mynd â fi gyda hi bob amser,' meddai Zero. 'Weithie roedd hi'n gorfod gwneud pethe ar 'i phen 'i hunan.'

Cafodd Stanley'r argraff bod Zero'n esbonio pethau wrtho fe ei hunan.

'Bydde hi'n gweud wrtha i am aros amdani yn rhywle penodol. Pan o'n i'n fach iawn, o'n i'n gorfod aros mewn llefydd bach, fel ar stepen drws. 'Nawr paid â mynd o fan hyn nes 'mod i'n dod nôl,' byddai hi'n dweud.

'O'n i byth yn lico fe pan fyddai hi'n 'y ngadael i. Roedd jiraff bach meddal gyda fi, a bydden i'n 'i gwtsho fe drwy gydol yr amser roedd hi bant. Pan dyfes i'n fwy o'n i'n cael aros mewn llefydd mwy. Bydde hi'n dweud, 'Aros yn yr ardal yma'. Neu, 'Paid â gadel y parc'. Ond hyd yn oed bryd hynny, bydden i'n dala Jaffi o hyd.'

Dyfalodd Stanley taw enw jiraff Zero oedd Jaffi.

'Ac yna, un diwrnod ddaeth hi ddim nôl,' meddai Zero. Yn sydyn swniai'i lais yn wag. 'Arhoses i amdani ym Mharc Laney.'

'Parc Laney,' meddai Stanley. 'Rwy 'di bod fan 'na.'

'Ti'n gyfarwydd â'r offer whare?' holodd Zero.

'Odw. Rwy 'di whare arno fe.'

'Arhoses i fan 'na am dros fis,' meddai Zero. 'Ti'n nabod y twnnel 'na, yr un ti'n cropian drwyddo fe, rhwng y llithren a'r bont siglo? Dyna'r lle o'n i'n cysgu.'

Bwytaon nhw bob o bedwar winwnsyn ac yfon nhw tua hanner potaid o ddŵr. Safodd Stanley ar ei draed ac edrych o'i gwmpas. Edrychai popeth yr un fath ym mhob cyfeiriad.

'Pan adewes i'r gwersyll, o'n i'n anelu'n syth am y Fawd Fawr,' meddai. 'Fe weles i'r cwch draw tua'r dde. Felly mae hynny'n golygu bod ni'n gorfod troi ychydig tua'r chwith.'

Roedd Zero ar goll yn ei atgofion. 'Beth? Iawn,' meddai hwnnw.

Cychwynnon nhw eto. Tro Stanley oedd hi i gario'r sach.

'Cafodd rhyw blant barti pen-blwydd,' meddai Zero. 'Rhyw bythefnos ar ôl i Mam adael. Roedd 'na ford bicnic ar bwys yr offer whare ac roedd balŵns wedi cael eu clymu wrthi. Roedd y plant siŵr o fod tua'r un oedran â fi. Fe wedodd un ferch helô wrtha' i a gofyn i fi a o'n i'n moyn whare. O'n i'n moyn, ond wnes i ddim. O'n i'n gwbod nad o'n i'n perthyn i'r parti, er nad 'u hoffer whare nhw oedd e. Roedd un o'r mame'n cadw i syllu arna' i fel sen i'n rhyw fath o anghenfil. Wedyn gofynnodd rhyw fachgen i fi a o'n i'n moyn darn o deisen, ond yna fe wedodd y fam oedd yn syllu, 'Cer odd 'ma!' ac fe wedodd hi wrth y plant i gyd am gadw draw wrtha i, felly ches i mo'r darn o deisen. Rhedes i bant mor glou, anghofies i Jaffi.'

'Wnest ti erioed ffindo fe?'

Am eiliad, atebodd Zero ddim. Yna dywedodd e, 'Nid un go iawn oedd e'.

Meddyliodd Stanley eto am ei rieni'i hun, a pha mor ofnadwy y byddai arnyn nhw i beidio â gwybod a oedd e'n fyw neu'n farw. Sylweddolodd e taw dyna, mae'n rhaid, sut roedd Zero wedi teimlo, ac yntau ddim yn gwybod beth oedd wedi digwydd i'w fam ei hun. Meddyliodd tybed pam nad oedd Zero byth yn sôn am ei dad.

'Aros funud,' meddai Zero, gan stopio'n sydyn. 'Ni'n mynd y ffordd anghywir.'

'Nac ydyn, dyma'r ffordd gywir,' meddai Stanley.

'O't ti'n cerdded tuag at y Fawd Fawr pan welest ti'r cwch draw ar y dde,' meddai Zero. 'Mae hynny'n golygu y dylsen ni fod wedi troi i'r dde pan adawon ni'r cwch.'

'Ti'n siŵr?'

Tynnodd Zero ddiagram yn y pridd.

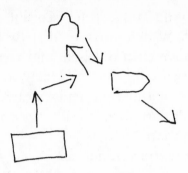

Doedd Stanley ddim yn siŵr o hyd.

'Mae eisie inni fynd ffor' hyn,' meddai Zero, gan dynnu llinell ar y map yn gyntaf cyn mynd y ffordd honno ei hun.

Dilynodd Stanley. Ni theimlai'n iawn iddo, ond roedd Zero'n swnio mor sicr.

Ganol y prynhawn rywbryd, hwyliodd cwmwl ar draws yr awyr gan guddio'r haul. Roedd yn rhyddhad. Unwaith eto, teimlodd Stanley fod ffawd o'i blaid e.

Stopiodd Zero a dal ei fraich allan er mwyn stopio Stanley hefyd.

'Gwranda,' sibrydodd Zero.

Ni chlywodd Stanley ddim byd.

Cerddon nhw yn eu blaenau'n dawel iawn a dechreuodd Stanley ddirnad synau gwan Gwersyll Glaslyn. Roedden nhw'n rhy bell i ffwrdd o hyd i weld y gwersyll, ond gallai glywed cymysgedd o leisiau aneglur. Wrth iddyn nhw nesáu gallai glywed arthio nodweddiadol Mr Syr bob hyn a hyn.

Cerddon nhw'n araf ac yn dawel gan eu bod yn ymwybodol fod synau'n cario'r ddwy ffordd.

Daethon nhw at glwstwr o dyllau. 'Gad inni aros fan hyn, nes 'u bod nhw'n mynd i mewn,' meddai Zero.

Nodiodd Stanley. Edrychodd i wneud yn siŵr nad oedd dim byd yn byw ynddo fe, yna dringodd i mewn i dwll. Dringodd Zero i mewn i'r un wrth ei ymyl.

Er iddyn nhw fynd y ffordd anghywir am ryw ychydig, doedd y daith ddim wedi cymryd yn agos mor hir ag roedd Stanley wedi'i ddisgwyl. Nawr, roedd yn rhaid iddyn nhw aros.

Ymdreiddiodd yr haul drwy'r cwmwl, a theimlodd Stanley ei belydrau'n tywynnu'n gryf arno. Ond cyn hir llenwodd rhagor o gymylau'r awyr, gan gysgodi Stanley a'r twll.

Arhosodd nes ei fod e'n sicr bod y gwersyllwr olaf wedi cwpla am weddill y dydd.

Yna arhosodd e am ychydig yn hirach.

Mor dawel â phosib, dringodd e a Zero mas o'u tyllau a sleifio tua'r gwersyll. Daliai Stanley'r sach o'i flaen e, gan ei magu yn ei freichiau, yn hytrach na'i chario dros ei ysgwydd, er mwyn cadw'r potiau rhag tincial yn erbyn ei gilydd. Torrodd ton o arswyd drosto fe pan welodd e'r buarth – y pebyll, yr Ystafell Orffwyll, caban y Warden dan y ddwy dderwen. Cododd yr ofn y bendro arno. Anadlodd, magodd blwc, ac aeth yn ei flaen.

'Dyna'r un,' sibrydodd, gan bwyntio at y twll lle daethai o hyd i'r tiwb aur. Roedd e tua hanner canllath i ffwrdd o hyd, ond roedd Stanley'n eithaf sicr taw hwnnw oedd y twll cywir. Doedd dim angen mentro'n nes.

Dringon nhw i mewn i dyllau cyfagos, ac aros i'r gwersyll gwympo i gysgu.

44

Ceisiodd Stanley gysgu, gan na wyddai pryd y câi'r cyfle eto. Clywodd y cawodydd ac, yn nes ymlaen, synau swper. Clywodd ddrws yr Ystafell Orffwyll yn gwichian. Drymiai'i fysedd yn erbyn ochr y twll. Clywai guriad ei galon ei hun.

Yfodd lymaid o'r fflasg. Roedd e wedi rhoi'r potiau dŵr i Zero. Roedd ganddyn nhw ill dau stoc dda o winwns.

Doedd e ddim yn siŵr am faint y bu yn y twll – pum awr efallai. Cafodd ei synnu pan glywodd e Zero'n sibrwd wrtho i ddihuno. Doedd e ddim yn meddwl ei fod e wedi cwympo i gysgu. Os oedd e, meddyliodd taw am y pum munud diwethaf yn unig y bu hynny. Er, pan agorodd ei lygaid, synnai i weld pa mor dywyll roedd hi.

Dim ond un golau oedd ynghynn yn y gwersyll – yn y swyddfa. Roedd yr awyr yn gymylog, felly ychydig iawn o olau'r sêr oedd 'na. Gwelodd Stanley fymryn bach o'r lleuad yn dod i'r golwg cyn diflannu i ganol y cymylau.

Arweiniodd e Zero'n ofalus at y twll, a oedd yn anodd ei ddarganfod yn y tywyllwch. Baglodd e dros bentwr bach o bridd. 'Rwy'n credu taw hwn yw e,' sibrydodd.

'*Credu* wedest ti?' gofynnodd Zero.

'Hwn yw e,' meddai Stanley, gan swnio'n fwy sicr nag oedd e mewn gwirionedd. Dringodd i mewn. Estynnodd Zero'r rhaw iddo.

Hwpodd Stanley'r rhaw i mewn i'r pridd ar waelod y twll a sefyll ar gefn y llafn. Teimlodd e'n suddo dan ei bwysau. Cododd e rywfaint o bridd a'i daflu draw i'r ochr. Yna daeth â'r rhaw i lawr unwaith eto.

Gwyliodd Zero am ychydig. 'Rwy'n mynd i drio llenwi'r potie dŵr eto,' meddai.

Anadlodd Stanley i mewn yn ddwfn ac yna mas. 'Bydd yn garcus,' meddai, gan ddal ati i balu.

Roedd hi mor dywyll fel na allai Stanley weld pen blaen ei raw hyd yn oed. Hyd y gwyddai e gallai fod wrthi'n cloddio aur a diemwntiau yn hytrach na phridd. Daeth â phob rhofiad yn agos i'w wyneb er mwyn ceisio gweld a oedd rhywbeth yno, cyn ei daflu allan o'r twll.

Wrth iddo balu'n ddyfnach, roedd hi'n anoddach codi'r pridd a'i daflu mas yn uwch. Roedd y twll yn cyrraedd dyfnder o bum troedfedd cyn iddo hyd yn oed ddechrau. Felly penderfynodd ddefnyddio hynny o fôn braich a oedd ganddo i'w wneud e'n lletach.

Roedd hyn yn gallach, meddai wrtho'i hun. Os

242

oedd Kate Barlow wedi claddu cist drysor, mae'n debyg na fyddai wedi llwyddo i balu'n llawer dyfnach, felly pam dylai yntau?

Wrth gwrs, yn ôl pob tebyg, byddai gan Kate Barlow griw cyfan o ladron i'w helpu hi.

'Ti'n moyn tamed o frecwast?'

Neidiodd Stanley wrth glywed sŵn llais Zero. Doedd e ddim wedi'i glywed e'n cyrraedd.

Estynnodd Zero focs yn llawn grawnfwyd iddo. Arllwysodd Stanley ychydig o rawnfwyd yn ei geg yn ofalus. Doedd e ddim eisiau rhoi'i ddwylo brwnt yn y bocs. Bu bron iddo gyfogi ar y blas melys. Creision ŷd â haenen o siwgwr drostyn nhw oedden nhw, ac ar ôl bwyta dim byd ond winwns am wythnos a mwy, cafodd drafferth addasu i'r blas. Cymerodd lymaid o ddŵr er mwyn ei helpu i'w llyncu nhw.

Tro Zero oedd hi i balu. Hidlodd Stanley ei fysedd trwy'r pentyrrau newydd o bridd, rhag ofn ei fod e wedi colli rhywbeth. Byddai'n dda petai ganddo ryw fath o olau. Byddai diemwnt yr un maint â charreg fach yn werth miloedd o ddoleri. Ond doedd ganddo ddim gobaith o'i gweld.

Gorffennon nhw'r dŵr roedd Zero wedi'i hôl o'r tap ar bwys y cawodydd. Dywedodd Stanley yr âi i lenwi'r potiau o'r newydd, ond mynnodd Zero fynd yn ei le. 'Paid â gweld whith, ond rwyt ti'n cadw gormod o sŵn pan ti'n cerdded. Ti'n rhy fawr.'

Dychwelodd Stanley at y twll. Wrth i'r twll

243

fynd yn lletach, roedd rhannau o'r wyneb yn cwympo i mewn iddo. Roedden nhw'n mynd yn brin o le. Er mwyn gwneud y twll yn lletach, byddai'n rhaid iddyn nhw symud rhai o'r pentyrrau o bridd oedd yn ei amgylchynu. Meddyliodd tybed faint o amser a oedd ganddyn nhw cyn i'r gwersyll ddihuno.

'Shwt hwyl ti'n gael?' gofynnodd Zero pan ddychwelodd e â'r dŵr.

Cododd Stanley un o'i ysgwyddau. Gwthiodd y rhaw i lawr ochr y twll, gan sleisio darn oddi ar y wal bridd. Wrth iddo wneud, teimlodd y rhaw yn adlamu oddi ar rywbeth caled.

'Beth oedd hwnna?' gofynnodd Zero.

Doedd Stanley ddim yn gwybod. Symudodd ei raw lan a lawr ochr y twll. Wrth i'r pridd asglodi a dod i ffwrdd, daeth y peth caled yn fwy amlwg.

Roedd e'n ymwthio trwy ochr y twll, tua throedfedd a hanner o'r gwaelod. Teimlodd Stanley e â'i ddwylo.

'Beth yw e?' holodd Zero.

Gallai Stanley deimlo un o'i gorneli ond roedd y rhan fwyaf ohono fe wedi'i gladdu o hyd. Teimlai'n oer a llyfn fel metel. 'Rwy'n credu falle 'mod i wedi ffindo'r trysor,' meddai. Roedd ei lais yn llawn syndod yn fwy na chyffro.

'Wir?' holodd Zero.

'Rwy'n credu 'mod i,' meddai Stanley. Roedd y twll yn ddigon llydan iddo fedru dal y rhaw ar ei hyd a phalu i'r ochr i mewn i'r wal. Gwyddai fod yn rhaid iddo balu'n ofalus iawn. Doedd e ddim eisiau i ochr y twll syrthio, ynghyd â'r pentwr anferth o bridd yn union uwch ei ben.

Crafodd y wal bridd, hyd nes iddo ddatgelu ochr gyfan y gwrthrych a oedd yn debyg i focs. Tynnodd ei fysedd ar hyd-ddo. O'i deimlo fe, roedd e'n mesur ryw wyth modfedd o ran trwch a bron i ddwy droedfedd o ran lled. Doedd ganddo ddim syniad yn y byd pa mor bell i mewn i'r ddaear yr âi. Ceisiodd ei dynnu fe mas, ond roedd e'n gwrthod symud.

Ofnai taw'r unig ffordd o'i gyrraedd oedd trwy ddechrau ar yr wyneb unwaith eto a phalu i lawr. Doedd ganddyn nhw ddim amser i wneud hynny.

'Rwy'n mynd i drio palu twll o dano fe,' meddai. 'Wedyn efalle galla' i dynnu fe lawr a'i lithro fe mas.'

'Cer amdani,' meddai Zero.

Gwthiodd Stanley'r rhaw i mewn i ymyl isaf y twll, ac yn ofalus dechreuodd gloddio twnnel o dan y peth metel. Gobeithiai na fyddai'n dymchwel.

Bob hyn a hyn byddai'n rhoi'r gorau iddi, yn plygu, ac yn ceisio teimlo pen pellaf y blwch. Ond hyd yn oed pan oedd y twnnel mor hir â'i fraich, ni allai deimlo'r ochr draw o hyd.

Unwaith eto gwnaeth ei orau glas i'w dynnu fe'n rhydd, ond roedd e'n sownd yn y ddaear. Petai'n ei dynnu'n rhy galed, ofnai y byddai'n achosi cwymp. Gwyddai pan oedd e'n barod i'w dynnu fe mas, byddai'n rhaid iddo wneud hynny'n gyflym, cyn i'r ddaear uwch ei ben syrthio.

Wrth i'w dwnnel dyfu'n ddyfnach ac yn lletach ac yn fwy simsan, gallai Stanley deimlo cloeon ar un pen y blwch, ac yna dolen ledr. Nid bocs oedd e mewn gwirionedd. 'Rwy'n credu taw rhyw fath o gês metel yw e,' dywedodd wrth Zero.

'Wyt ti'n gallu 'i ryddhau e â'r rhaw?' awgrymodd Zero.

'Rwy'n becso y gwnaiff ochr y twll ddymchwel.'

'Man a man iti roi cynnig arni,' meddai Zero.

Yfodd Stanley lymaid o ddŵr. 'Man a man sbo,' meddai.

Gwthiodd Stanley ben blaen y rhaw rhwng y pridd a phen uchaf y cês metel a cheisio'i lacio'n rhydd. Roedd e'n dyheu am gael gweld beth roedd e'n ei wneud.

Symudodd ben y rhaw, yn ôl ac ymlaen, lan a lawr, nes iddo deimlo'r cês yn cwympo'n rhydd.Yna teimlodd y pridd yn pentyrru ar ei ben.

Ond doedd e ddim yn gwymp mawr. Wrth iddo benlinio yn y twll, gallai ddweud taw rhan fach yn unig o'r pridd oedd wedi cwympo.

Cloddiodd â'i ddwylo nes iddo ddod o hyd i'r ddolen ledr, ac yna cododd y cês a'i dynnu allan o'r pridd. 'Mae e 'da fi!' ebychodd.

Roedd e'n drwm. Estynnodd e lan i Zero.

'Fe lwyddest ti,' meddai Zero, gan ei gymryd oddi arno.

'Fe lwyddon ni'n *dau*,' meddai Stanley.

Gyda hynny o nerth ag oedd ganddo ar ôl, ceisiodd ei dynnu ei hun allan o'r twll. Yn sydyn, roedd golau llachar yn disgleirio yn ei wyneb.

'Diolch,' meddai'r Warden. 'Fechgyn, rydych chi wedi bod o gymorth mawr.'

45

Trodd pelydryn y fflachlamp oddi ar lygaid Stanley a glanio ar Zero, a oedd yn penlinio. Gorweddai'r cês ar ei arffed.

Mr Pendanski oedd yn dal y fflachlamp. Safai Mr Syr wrth ei ymyl â'i wn yn ei law a hwnnw'n pwyntio i'r un cyfeiriad. Roedd Mr Syr yn droednoeth ac yn fronnoeth, gan wisgo dim ond trowsus ei byjamas.

Symudodd y Warden tuag at Zero. Gwisgai hithau hefyd ei dillad nos, sef crys-T llaes iawn. Yn wahanol i Mr Syr, fodd bynnag, gwisgai ei hesgidiau.

Mr Pendanski oedd yr unig un â'i holl ddillad amdano. Efallai taw fe oedd wedi bod ar wyliadwriaeth.

Draw yn y pellter, gallai Stanley weld dwy fflachlamp arall yn dawnsio lan a lawr wrth nesáu tuag atyn nhw yn y tywyllwch. Teimlai'n dda i ddim yn y twll.

'Wel fechgyn, fe gyrhaeddoch chi jest mewn –' dechreuodd y Warden ddweud. Stopiodd siarad a stopiodd gerdded. Yna symudodd yn ei hôl yn araf bach.

Roedd madfall wedi cropian ar ben y cês. Disgleiriai'i llygaid mawr, coch yng ngolau'r fflachlamp. Roedd ei cheg ar agor, a gallai Stanley weld ei thafod gwyn yn symud mewn a mas rhwng ei dannedd du.

Eisteddai Zero fel delw.

Cropiodd ail fadfall dros ochr y cês a stopio lai na modfedd oddi wrth fys bach Zero.

Roedd gormod o ofn ar Stanley i edrych, ac roedd gormod o ofn arno i beidio. Meddyliodd tybed a ddylai geisio crafangu'i ffordd mas o'r twll cyn i'r madfallod droi arno yntau, ond doedd e ddim eisiau creu unrhyw stŵr.

Cropiodd yr ail fadfall dros fysedd Zero a hanner ffordd lan ei fraich.

Sylweddolodd Stanley fod y madfallod wedi bod ar y cês, yn ôl pob tebyg, wrth iddo'i estyn i Zero.

'Sbïwch, dyna un arall!' ebychodd Mr Pendanski. Anelodd olau'r fflachlamp at y bocs yn llawn creision ŷd melys, a orweddai ar ei ochr yn ymyl twll Stanley. Roedd madfall yn cropian mas ohono fe.

Goleuodd y pelydryn y twll lle roedd Stanley hefyd. Edrychodd i lawr a bu'n rhaid iddo'i orfodi ei hun i fygu sgrech. Safai mewn nyth madfallod. Teimlodd y sgrech yn ffrwydro y tu mewn iddo.

Gallai weld chwe madfall. Roedd tair ar y llawr, dwy ar ei goes chwith, ac un ar ei esgid dde.

Ceisiodd aros yn hollol lonydd. Roedd rhywbeth yn cropian ar hyd ei war.

Daeth tri swyddog arall i'r ardal. Clywodd Stanley un ohonyn nhw'n dweud, 'Beth sy–' cyn sibrwd, 'O Dduw mawr'.

'Be wnawn ni?' holodd Mr Pendanski.

'Arhoswn ni,' meddai'r Warden. 'Fydd hi ddim yn hir iawn.'

'O leia bydd gynnon ni gorff i'w roi i'r ddynas 'na,' meddai Mr Pendanski.

'Mae honno'n mynd i ofyn llawer o gwestiyne,' meddai Mr Syr. 'A'r tro yma bydd y T C gyda hi.'

'Gad iddi ofyn 'i chwestiyne,' meddai'r Warden. 'Cyhyd â 'mod i'n cael gafael ar y cês, sdim tamed o ots 'da fi beth sy'n digwydd. Wyt ti'n gwbod faint o amser . . .' Gwanhaodd ei llais cyn ailddechrau eto. 'Pan oeddwn i'n fach byddwn i'n gwylio fy rhieni'n palu tylle, bob penwythnos a gwylie. Pan dyfes i'n hŷn, roeddwn inne'n gorfod palu hefyd. Hyd yn oed adeg 'Dolig.'

Teimlodd Stanley grafangau bach mân yn cripad ar hyd ochr ei wyneb wrth i'r fadfall ei thynnu ei hun oddi ar ei wddwg a lan heibio'i ên.

'Fydd hi ddim yn hir nawr,' meddai'r Warden.

Gallai Stanley glywed ei galon yn curo. Dywedai pob curiad wrtho ei fod e'n dal yn fyw, am un eiliad arall o leiaf.

46

Bum can eiliad yn ddiweddarach, roedd ei galon yn dal i guro.

Sgrechiodd Mr Pendanski. Roedd y fadfall a oedd wedi bod yn y bocs grawnfwyd yn sboncio tuag ato.

Saethodd Mr Syr hi yn yr awyr.

Teimlodd Stanley'r ffrwydrad yn chwalu'r awyr o'i gwmpas e. Sgrialodd y madfallod yn wyllt dros ei gorff hynod lonydd. Ni symudodd yr un gewyn. Rhedodd madfall dros ei geg caeëdig.

Taflodd gipolwg ar Zero a chyfarfu llygaid y ddau. Rywsut, roedd y ddau ohonyn nhw'n fyw o hyd, am un eiliad arall o leiaf, un curiad arall o'r galon.

Cyneuodd Mr Syr sigarét.

'O'n i'n meddwl dy fod ti 'di rhoi'r gore iddi,' meddai un o'r swyddogion eraill.

'Ie, wel, ambell waith dyw hade blode haul jest ddim yn ddigon.'

Tynnodd yn hir ar ei sigarét. 'Rwy'n mynd i gael hunllefe am weddill fy oes.'

'Hwyrach dylien ni 'u saethu nhw a chael diwadd arni,' awgrymodd Mr Pendanski.

'Pwy?' holodd swyddog. 'Y madfallod neu'r bechgyn?'

Chwarddodd Mr Pendanski'n ddidrugaredd. 'Mae'r hogia'n mynd i farw p'run bynnag.' Chwarddodd e eto. 'O leia mae gynnon ni ddigon o feddau i'w dewis.'

'Mae digon o amser gyda ni,' meddai'r Warden. 'Dwi wedi aros cyn hired â hyn, fe alla i aros ambell . . .' Gwanhaodd ei llais.

Teimlodd Stanley fadfall yn cropian i mewn i'w boced a mas eto.

'Ni'n mynd i gadw'n stori'n syml,' meddai'r Warden. 'Bydd y fenyw 'na'n siŵr o ofyn llwyth o gwestiyne. Yn ôl pob tebyg bydd y T C yn cynnal ymchwiliad. Felly dyma ddigwyddodd: triodd Stanley redeg bant yn ystod y nos, cwmpodd e mewn twll, a chafodd ei ddal gan y madfallod. Dyna fe. Smo ni hyd yn oed yn mynd i roi corff Zero iddyn nhw. Hyd y gŵyr neb, dyw Zero ddim yn bodoli. Fel wedodd Mam, mae gyda ni ddigon o feddau i'w dewis.'

'Pam basa fo'n rhedeg i ffwrdd tasa fo'n gwbod 'i fod o'n cael ei ryddhau heddiw 'ma?' gofynnodd Mr Pendanski.

'Pwy a ŵyr? Mae e'n wallgo. Dyna pam ffaelon ni 'i ryddhau e ddoe. Roedd e'n drysu, ac roedden ni'n gorfod cadw llygad barcud arno fe fel na fydde fe'n rhoi loes iddo fe'i hun nac i neb arall.'

'Tydi hi ddim yn mynd i' licio fo,' meddai Mr Pendanski.

'Dyw hi ddim yn mynd i lico dim byd wedwn ni wrthi,' meddai'r Warden. Syllodd hi ar Zero ac ar y cês. 'Pam nag wyt ti wedi marw eto?' gofynnodd hi.

Prin hanner gwrando ar siarad y swyddogion a wnaeth Stanley. Ni wyddai pwy oedd 'y fenyw 'na' na beth roedd 'T C' yn ei feddwl. Doedd e ddim hyd yn oed yn sylweddoli taw llythrennau oedden nhw. Swniai fel un gair. 'Ti-ec.' Canolbwyntiai'i feddwl ar y crafangau bach mân a symudai lan a lawr ar hyd ei groen a thrwy'i wallt.

Ceisiodd feddwl am bethau eraill. Doedd e ddim eisiau marw â lluniau o'r Warden, Mr Syr a'r madfallod wedi'u hargraffu ar ei ymennydd. Yn hytrach, ceisiodd weld wyneb ei fam.

Aeth yn ôl yn ei gof i adeg pan oedd e'n fach iawn, ac yntau wedi'i lapio'n gynnes mewn siwt eira. Roedd e a'i fam yn cerdded law yn llaw, faneg ym maneg, pan lithron nhw ill dau ar ddarn o iâ a chwympo, gan rolio i lawr llethr a oedd dan eira. Diwedd eu codwm oedd gwaelod y rhiw. Cofiodd iddo grio bron, ond yn lle hynny fe chwarddodd. Chwarddodd ei fam hefyd.

Gallai deimlo'r un penysgafnder ag a deimlodd bryd hynny, ac yntau'n dioddef o'r bendro ar ôl rholio i lawr y rhiw. Teimlai oerni llym yr eira'n erbyn ei glust. Gwelai'r eira'n britho wyneb hwyliog a siriol ei fam.

Dyma'r lle roedd e eisiau bod ar ôl iddo farw.

'Hei, Caveman, ti'n gwbod beth?' meddai Mr Syr. 'Rwyt ti'n ddieuog wedi'r cwbwl. O'n i'n meddwl licset ti wbod hynny. Fe ddaeth dy gyfreithiwr i hôl ti ddoe. Trueni fod ti ddim yma.'

Doedd y geiriau'n golygu dim i Stanley, ac yntau'n dal i fod yng nghanol yr eira. Dringodd e a'i fam yn ôl i ben y bryn a rholio i lawr drachefn, yn fwriadol y tro hwn. Yn nes ymlaen, cawson nhw siocled poeth â llwyth o falows melys wedi'u toddi.

'Mae'n tynnu am 4.30,' meddai Mr Pendanski. 'Mi fyddan nhw'n deffro.'

Dywedodd y Warden wrth y swyddogion am fynd yn ôl i'r pebyll. Dywedodd hi wrthyn nhw am roi brecwast i'r gwersyllwyr ac am sicrhau nad oedden nhw'n siarad â neb. Cyhyd ag y bydden nhw'n gwrando, ni fyddai'n rhaid iddyn nhw balu rhagor o dyllau. Petaen nhw'n siarad, caen nhw eu cosbi'n llym.

'Sut dylsen ni ddweud y cân nhw 'u cosbi?' holodd un o'r swyddogion.

'Gad iddyn nhw ddefnyddio'u dychymyg,' meddai'r Warden.

Gwyliodd Stanley'r swyddogion yn dychwelyd i'r pebyll, gan adael dim ond y Warden a Mr Syr ar ôl. Gwyddai nad oedd gronyn o ots gan y

Warden a fyddai'r gwersyllwyr yn cloddio rhagor o dyllau ai peidio. Roedd hi wedi dod o hyd i'r hyn y bu'n chwilio amdano.

Taflodd gipolwg ar Zero. Eisteddai madfall ar ei ysgwydd.

Arhosai Zero'n hollol lonydd ac eithrio'i law dde, a oedd yn ymffurfio'n ddwrn yn araf bach. Yna cododd ei fawd, gan roi arwydd i Stanley.

Meddyliodd Stanley yn ôl i'r hyn roedd Mr Syr wedi'i ddweud wrtho'n gynharach, a'r darnau o sgwrs roedd e wedi digwydd eu clywed. Ceisiodd wneud synnwyr o'r cyfan. Roedd Mr Syr wedi dweud rhywbeth am ryw gyfreithiwr, ond gwyddai Stanley na allai'i rieni fforddio cyfreithiwr.

Roedd ei goesau'n brifo ar ôl sefyll yn syth am gymaint o amser. Roedd sefyll yn stond yn galetach na cherdded. O dipyn i beth gadawodd iddo'i hun bwyso yn erbyn ochr y twll.

Doedd y madfallod ddim fel petaen nhw'n poeni.

47

Roedd yr haul wedi codi, ac roedd calon Stanley'n dal i guro. Roedd wyth madfall yn y twll gydag e. Roedd gan bob un ohonyn nhw un ar ddeg o smotiau melyn.

Roedd gan y Warden gylchoedd tywyll dan ei llygaid oherwydd diffyg cwsg, a llinellau ar draws ei thalcen a'i hwyneb a oedd yn fwy amlwg yng ngoleuni pur y bore. Roedd golwg gochlyd ar ei chroen.

'Satan,' meddai Zero.

Edrychodd Stanley arno, heb fod yn hollol sicr a oedd Zero wedi yngan gair o gwbl neu ai fe oedd wedi'i ddychmygu.

'Pam 'set ti'n mynd i weld a elli di gymryd y cês oddi ar Zero,' awgrymodd y Warden.

'Sa i'n credu 'ny,' meddai Mr Syr.

'Mae'n amlwg nad oes eisie bwyd ar y madfallod,' meddai'r Warden.

'Felly cerwch chi i hôl y cês,' meddai Mr Syr.

Arhoson nhw.

'Sa-tan-li,' meddai Zero.

. . .

Rywbryd yn ddiweddarach gwelodd Stanley darantwla yn cropian ar draws y pridd, heb fod ymhell iawn o'r twll lle safai. Doedd e erioed wedi gweld tarantwla o'r blaen, ond doedd dim dwywaith nad dyna oedd e. Am eiliad cafodd ei gyfareddu ganddo, wrth i'w gorff mawr, blewog symud yn ei flaen yn araf ac yn ddiwyro.

'Shgwl, tarantwla,' meddai Mr Syr, ac yntau hefyd wedi'i gyfareddu.

'Dwi erioed wedi gweld un,' meddai'r Warden. 'Ac eithrio mewn –'

Yn sydyn teimlodd Stanley bigiad llym ar ochr ei wddwg.

Doedd y fadfall ddim wedi'i gnoi e, fodd bynnag. Y cyfan a wnaeth oedd ei gwthio'i hun oddi arno.

Llamodd oddi ar wddwg Stanley a glanio ar y tarantwla. Y peth olaf a welodd Stanley ohono fe oedd un goes flewog yn hwpo mas o geg y fadfall.

'Ddim eisie bwyd, ife?' meddai Mr Syr.

Ceisiodd Stanley fynd yn ôl at yr eira, ond roedd hi'n anoddach cyrraedd yno ar ôl iddi wawrio.

Wrth i'r haul godi, symudodd y madfallod yn is yn y twll, gan aros yn y cysgod yn bennaf. Doedden nhw ddim ar ei ben nac ar ei ysgwyddau mwyach, ond roedden nhw wedi symud i lawr at ei fola, ei goesau a'i draed.

Ni allai weld unrhyw fadfallod ar Zero, ond roedd e'n credu bod dwy rhwng ei bennau gliniau, y ddwy wedi'u cysgodi rhag yr haul gan y cês.

'Shwd wyt ti?' holodd Stanley'n dawel. Ni sibrydodd, ond roedd ei lais yn sych ac yn gryg.

'Sdim teimlad yn 'y nghoese,' meddai Zero.

'Rwy'n mynd i drio dringo mas o'r twll,' meddai Stanley.

Wrth iddo geisio'i dynnu ei hunan lan, gan ddefnyddio dim ond ei freichiau, teimlodd e grafanc yn pigo'i bigwrn. Yn araf bach dyma fe'n ymlithro yn ôl i'r un man ag o'r blaen.

'Ody dy gyfenw di yr un peth â dy enw cynta ond fel arall rownd?' gofynnodd Zero.

Syllodd Stanley arno fe'n syn. A oedd e wedi bod yn gweithio ar hynny drwy'r nos?

Clywodd e sŵn ceir yn agosáu.

Clywodd Mr Syr a'r Warden e hefyd.

'Ti'n meddwl taw nhw sydd yno?' gofynnodd y Warden.

'Wel, nid criw o'r Geidie wedi dod i werthu bisgedi ydyn nhw,' meddai Mr Syr.

Clywodd e'r ceir yn dod i stop, a'r drysau'n agor ac yn cau. Ychydig yn ddiweddarach gwelodd e Mr Pendanski a dau ddieithryn yn croesi'r llyn. Dyn tal yn gwisgo siwt a het gowboi oedd y naill. Menyw fer yn dal bag lledr oedd y llall. Roedd y fenyw'n gorfod cymryd tri cham am bob dau a gymerai'r dyn. 'Stanley Yelnats?' galwodd hi, gan symud yn ei blaen a gadael y lleill ar ôl.

'Rwy'n awgrymu bo' chi ddim yn dod gam yn nes,' meddai Mr Syr.

'Triwch chi f'atal i,' atebodd hi'n swta, yna edrychodd hi arno fe eilwaith, ac yntau'n gwisgo trowsus ei byjamas a dim byd arall. 'Fe gawn ni ti mas o fan 'na, Stanley,' meddai. 'Paid ti â becso.' Yn ôl ei golwg, roedd hi o dras Hisbaenaidd, a chanddi wallt du, syth a llygaid tywyll. Siaradai â mymryn o acen Fecsicanaidd, gan rolio'r llythyren 'r'.

'Beth yn y byd mawr?' ebychodd y dyn tal, wrth iddo gyrraedd y tu ôl iddi.

Trodd hi i'w wynebu. 'Rwy'n gweud wrthoch chi nawr, os caiff e unrhyw niwed, byddwn ni'n dwyn cyhuddiade nid yn unig yn erbyn Ms Walker a Gwersyll Glaslyn ond hefyd yn erbyn talaith Tecsas yn 'i chyfanrwydd. Cam-drin plentyn. Carcharu ar gam. Arteithio.'

Roedd y dyn ben a mwy yn dalach na hi, ac roedd e'n gallu edrych yn syth dros ei phen wrth iddo siarad â'r Warden.

'Ers faint maen nhw wedi bod i mewn yn fan 'na?'

'Drwy'r nos, fel y gellwch chi weld o'n dillad ni. Sleifion nhw i mewn i 'nghaban tra o'n i'n cysgu a dwyn 'y nghês. Rhedes i ar 'u hôl nhw, a rhedon nhw mas fan hyn a chwmpo i mewn i nyth y madfallod. Sa i'n gwbod beth oedd ar 'u penne nhw.'

'Dyw hynny ddim yn wir!' meddai Stanley.

'Stanley, fi yw dy gyfreithwraig di. Dwi'n dy gynghori i beidio â gweud dim,' meddai'r fenyw, 'nes i ti a fi gael cyfle i siarad yn breifat.'

Meddyliodd Stanley pam roedd y Warden wedi dweud celwydd am y cês. Meddyliodd i bwy y perthynai yn gyfreithlon. Dyna un o'r pethau roedd e am eu gofyn i'w gyfreithwraig, os taw ei gyfreithwraig oedd hi go iawn.

'Mae'n wyrth 'u bod nhw'n dal yn fyw,' meddai'r dyn tal.

'Ody mae,' cytunodd y Warden, â'r mymryn lleiaf o siom yn ei llais.

'Mae'n well iddyn nhw ddod drwy hyn i gyd yn fyw,' rhybuddiodd cyfreithwraig Stanley. 'Fydde hyn ddim wedi digwydd tasech chi wedi'i ryddhau e i fi ddoe.'

'Fydde fe ddim wedi digwydd tase fe ddim yn lleidr,' meddai'r Warden. 'Fe wedes i wrtho y bydde fe'n rhydd heddi, ac mae'n debyg iddo benderfynu trio mynd â rhai o 'mhethe gwerthfawr gyda fe. Mae e wedi bod yn ddryslyd ers wthnos.'

'Pam wnaethoch chi ddim 'i ryddhau e pan ddaeth hi atoch chi ddoe?' gofynnodd y dyn tal.

'Doedd gyda hi mo'r awdurdod cywir,' meddai'r Warden.

'Roedd gen i orchymyn llys!'

'Doedd e ddim yn ddilys,' meddai'r Warden.

'Ddim yn ddilys? Cafodd e 'i lofnodi gan y barnwr a'i ddedfrydodd e.'

'Roeddwn i angen i'r Twrnai Cyffredinol 'i ddilysu fe,' meddai'r Warden. 'Shwt dwi'n gwbod 'i fod e'n gyfreithlon? Mae'r bechgyn sy dan fy ngofal i wedi profi 'u bod nhw'n beryg i gymdeithas. Odw i fod i' rhyddhau nhw felna unrhyw bryd mae rhywun yn rhoi darn o bapur i fi?'

'Ydych,' meddai'r fenyw. 'Os taw gorchymyn llys yw e.'

'Mae Stanley wedi bod yn yr ysbyty yn ystod y dyddie diwetha,' eglurodd y Warden. 'Mae e wedi bod yn gweld pethe ac mae e wedi drysu'n lân. Yn gweiddi a brygowthan dros bob man. Doedd e ddim yn ddigon ffit i adael. Mae'r ffaith 'i fod e'n trio dwyn oddi arna i y diwrnod cyn iddo gael 'i ryddhau yn profi . . .'

Ceisiodd Stanley ddringo mas o'i dwll, gan ddefnyddio'i freichiau'n bennaf er mwyn peidio â tharfu gormod ar y madfallod. Wrth iddo'i dynnu ei hunan lan, symudodd y madfallod i lawr, gan gadw draw oddi wrth belydrau uniongyrchol yr haul. Taflodd ei goesau lan a throsodd, a neidiodd y fadfall olaf oddi arno.

'Diolch i Dduw!' ebychodd y Warden. Dechreuodd hi gerdded tuag ato, yna stopiodd yn ei hunfan.

Cropiodd madfall allan o'i boced ac i lawr ei goes.

Cafodd Stanley ei lethu gan bwl o'r bendro a bu bron iddo lewygu. Sadiodd ei hun, estyn i lawr, gafael ym mraich Zero a'i helpu i godi'n araf ar ei draed. Daliodd Zero ei afael yn y cês.

Dyma'r madfallod a oedd wedi bod yn cwato oddi tano'n sgrialu'n wyllt i mewn i'r twll.

Cerddodd Stanley a Zero oddi yno'n sigledig.

Rhuthrodd y Warden tuag atyn nhw. Cofleidiodd hi Zero. 'Diolch i Dduw dy fod ti'n fyw,' meddai, wrth iddi wneud ei gorau glas i gymryd y cês oddi arno.

Tynnodd e'n rhydd. 'Mae'n perthyn i Stanley,' meddai.

'Paid â chreu rhagor o drwbwl,' rhybuddiodd y Warden. 'Fe ddwgoch chi fe o 'nghaban, a chi 'di cael eich dala'n bert. Os ydw i'n dwyn cyhuddiade, mae'n bosib bydd Stanley yn gorfod mynd 'nôl i'r carchar. Nawr dwi'n fodlon, yn wyneb yr holl amgylchiade –'

'Mae 'i enw arno fe,' meddai Zero.

Gwthiodd cyfreithwraig Stanley heibio i'r dyn tal i gael cip.

'Chi'n gweld,' dangosodd Zero iddi. 'Stanley Yelnats.'

Edrychodd Stanley hefyd. Yno, mewn llythrennau mawr, du, roedd STANLEY YELNATS.

Edrychodd y dyn tal dros bennau'r lleill ar yr enw ar y cês. 'Chi'n dweud 'i fod e wedi'i ddwyn e o'ch caban?'

Syllodd y Warden ar y cês mewn anghrediniaeth. 'Mae'n am . . . amhos . . . Mae'n amhos . . .' Doedd hi ddim hyd yn oed yn gallu dweud y gair.

48

Cerddon nhw yn ôl yn araf i'r gwersyll. Twrnai Cyffredinol Tecsas, sef prif swyddog y gyfraith dros y dalaith, oedd y dyn tal. Enw cyfreithwraig Stanley oedd Ms Morengo.

Daliai Stanley'r cês. Roedd e mor flinedig fel na allai feddwl yn glir. Teimlai fel petai e'n cerdded mewn breuddwyd, heb fedru amgyffred yn llwyr yr hyn a oedd yn digwydd o'i gwmpas.

Stopion nhw o flaen swyddfa'r gwersyll. Aeth Mr Syr i mewn i gasglu eiddo Stanley. Dywedodd y Twrnai Cyffredinol wrth Mr Pendanski am fynd i hôl rhywbeth i'w yfed a'i fwyta i'r bechgyn.

Edrychai'r Warden fel pe bai mewn llesmair, fel Stanley yntau. 'Dwyt ti ddim hyd yn oed yn gallu darllen,' meddai wrth Zero.

Ddywedodd Zero ddim byd.

Dododd Ms Morengo law ar ysgwydd Stanley a dweud wrtho am beidio â digalonni. Mi fyddai'n gweld ei rieni cyn bo hir.

Roedd hi'n fyrrach na Stanley, ond rhywsut rhoddai'r argraff ei bod hi'n dal.

Daeth Mr Pendanski yn ôl gyda dau garton o sudd oren a bagel yr un i'r bechgyn. Yfodd Stanley'r sudd ond doedd dim chwant dim i'w fwyta arno fe.

'Arhoswch!' ebychodd y Warden. 'Wedes i ddim 'u bod nhw wedi dwgyd y cês. *Fe* biau'r cês, siŵr iawn, ond rhoiodd e 'mhethe i o 'nghaban i ynddo fe.'

'Nid dyna wedsoch chi gynne,' meddai Ms Morengo.

'Beth sy yn y cês?' gofynnodd y Warden i Stanley. 'Gwed wrthon ni beth sy ynddo fe, yna agorwn ni fe i gael gweld!'

Ni wyddai Stanley beth i'w wneud.

'Stanley, fel dy gyfreithwraig, dwi'n dy gynghori di i beidio agor dy gês,' meddai Ms Morengo.

'Mae'n rhaid iddo fe 'i agor!' meddai'r Warden. 'Mae gyda fi'r hawl i fynd trwy eiddo personol unrhyw un o'r carcharorion. Shwt dwi fod i wbod nad oes cyffurie neu arfe ynddo fe? Fe ddwgodd e gar hefyd! Mae 'da fi dystion!' Roedd hi bron â bod yn hysteraidd.

'Dyw e ddim dan eich gofal chi bellach,' meddai cyfreithwraig Stanley.

'Dyw e ddim wedi cael 'i ryddhau'n swyddogol eto,' meddai'r Warden. 'Agor y cês, Stanley!'

'Paid agor e!' meddai cyfreithwraig Stanley.

Ni wnaeth Stanley ddim byd.

Dychwelodd Mr Syr o'r swyddfa â sach gefn Stanley a'i ddillad.

Rhoddodd y Twrnai Cyffredinol ddarn o bapur i Ms Morengo. 'Rwyt ti'n rhydd i fynd,' meddai wrth Stanley. 'Rwy'n gwbod dy fod 'ti'n awyddus i fynd odd 'ma, felly cei di gadw'r siwt oren fel swfenîr. Neu 'i llosgi hi, fel y mynni di. Pob lwc, Stanley.'

Estynnodd ei law, ond cyn i Stanley fedru'i hysgwyd dyma Ms Morengo yn mynd â fe oddi yno ar frys. 'Dere, Stanley,' meddai. 'Mae gyda ni lawer i'w drafod.'

Stopiodd Stanley yn ei unfan a throi i edrych ar Zero. Ni allai ei adael e yno.

Cododd Zero ei fodiau.

'Alla i ddim gadael Hector,' meddai Stanley.

'Dwi'n awgrymu ein bod ni'n mynd,' meddai'i gyfreithwraig â thaerineb yn ei llais.

'Bydda i'n iawn,' meddai Zero. Gwibiodd ei lygaid tuag at Mr Pendanski ar y naill law iddo, yna at y Warden a Mr Syr ar y llall.

'Does 'na ddim oll fedra i wneud dros dy ffrind,' meddai Ms Morengo. 'Rwyt ti'n cael dy ryddhau yn unol â gorchymyn gan y barnwr.'

'Fe laddan nhw fe,' meddai Stanley.

'Dyw dy gyfaill ddim mewn peryg,' meddai'r Twrnai Cyffredinol. 'Mi fydd ymchwiliad i bopeth sydd wedi digwydd yma. Am y tro, dwi'n mynd i ofalu am y gwersyll.'

'Dere, Stanley,' meddai'i gyfreithwraig. 'Mae dy rieni'n disgwyl.'

Arhosodd Stanley yn y fan a'r lle.

Ochneidiodd ei gyfreithwraig. 'Ga i gip ar ffeil Hector?' gofynnodd hi.

'Cewch siŵr,' meddai'r Twrnai Cyffredinol. 'Ms Walker, cerwch i hôl ffeil Hector.'

Edrychodd hi'n wag arno.

'Wel?'

Trodd y Warden at Mr Pendanski. 'Cer i hôl ffeil Hector Zeroni i fi.'

Syllodd e arni.

'Cer i'w hôl hi!' gorchmynnodd hi.

Aeth Mr Pendanski i mewn i'r swyddfa. Dychwelodd rai munudau'n ddiweddarach a chyhoeddodd fod y ffeil, yn ôl pob golwg, ar goll.

Roedd y Twrnai Cyffredinol yn gandryll. 'Pa fath o wersyll yw hwn, Ms Walker?'

Ddywedodd y Warden ddim byd. Syllai hi ar y cês.

Sicrhaodd y Twrnai Cyffredinol y gyfreithwraig y câi hyd i'r cofnodion. 'Esgusodwch fi, tra 'mod i'n ffonio fy swyddfa.' Trodd i wynebu'r Warden drachefn. 'Rwy'n cymryd bod y ffôn yn gweithio.' Cerddodd e i mewn i swyddfa'r gwersyll, gan gau'r drws yn glep y tu ôl iddo. Ymhen ychydig ymddangosodd eto a dweud wrth y Warden ei fod e eisiau siarad â hi.

Rhegodd hi, yna aeth i mewn.

Cododd Stanley ei fodiau ar Zero.

'Caveman? Ti sy yno?'

Trodd Stanley a gweld Armpit a Squid yn dod mas o'r Ystafell Orffwyll. Gwaeddodd Squid yn ôl i mewn i'r Ystafell Orffwyll, 'Mae Caveman a Zero mas fan hyn!'

Cyn bo hir roedd pob bachgen o Grŵp D wedi ymgasglu o'i gwmpas e a Zero.

'Mae'n dda dy weld ti, achan,' meddai Armpit, gan siglo'i law. 'O'n ni'n meddwl bod y boncathod wedi dy hen fyta di.'

'Mae Stanley'n cael 'i ryddhau heddiw 'ma,' meddai Mr Pendanski.

'Gwych,' meddai Magnet, gan ei daro ar ei ysgwydd.

'Ac o't ti ddim hyd yn oed yn gorfod sefyll ar neidr ruglo,' meddai Squid.

Daeth hyd yn oed Zigzag i ysgwyd llaw â Stanley. 'Mae'n ddrwg 'da fi am . . . ti'n gwbod.'

'Mae'n iawn,' meddai Stanley.

'O'n ni'n gorfod codi'r tryc mas o'r twll,' meddai Zigzag wrtho. 'Cymerodd hi bawb yn Grŵp C, D ac E i wneud. Fe wnaethon ni 'i godi fe'n syth.'

'Mi oedd hi'n reit dda,' meddai Twitch.

X-Ray oedd yr unig un i beidio â dod draw. Gwelodd Stanley e'n dal yn ôl y tu ôl i'r lleill am funud, cyn dychwelyd i'r Ystafell Orffwyll.

'Ti'n gwbod beth?' meddai Magnet, gan daflu cipolwg ar Mr Pendanski. 'Mae Mam yn gweud fod dim rhaid inni balu rhagor o dylle.'

'Gwych,' meddai Stanley.

'Ti'n fodlon gwneud cymwynas â fi?' gofynnodd Squid.

'Odw, sbo,' cytunodd Stanley, braidd yn betrus.

'Rwy'n moyn iti –' Trodd at Ms Morengo. 'Hei, Miss, ga i fenthyg beiro a darn o bapur gyda chi?'

Rhoddodd hi nhw iddo fe, ac ysgrifennodd Squid rif ffôn a'i roi i Stanley. 'Ffona fy mam i fi, wnei di? Gwed wrthi . . . Gwed wrthi 'mod i'n gweud sori. Gwed wrthi fod *Alan* yn gweud 'i fod e'n flin iawn.'

Addawodd Stanley y gwnâi.

'Nawr bydd di'n garcus mas yn y byd go iawn,' meddai Armpit. 'Nage pawb sy mor neis â ni.'

Gwenodd Stanley.

Gadawodd y bechgyn pan ddaeth y Warden allan o'r swyddfa. Roedd y Twrnai Cyffredinol yn union y tu ôl iddi.

'Mae fy swyddfa'n cael rhyw gymaint o drafferth dod o hyd i gofnodion Hector Zeroni,' meddai'r Twrnai Cyffredinol.

'Felly 'dych chi ddim yn meddu awdurdod arno fe?' holodd Ms Morengo.

'Wnes i ddim dweud hynny. Mae e yn y cyfrifiadur. 'Dan ni'n methu cael mynediad i'w gofnodion. Mae fel petaen nhw wedi syrthio i dwll mawr, du.'

'Twll mawr, du,' meddai Ms Morengo drachefn. 'Dyna ddiddorol. Pryd mae e'n cael 'i ryddhau?'

'Wn i ddim.'

'Ers faint mae e wedi bod yma?'

'Fel y dywedais i, 'dan ni'n methu –'

'Felly beth y'ch chi'n bwriadu'i wneud ag e? 'I gadw fe'n gaeth am gyfnod amhenodol, heb gyfiawnhad, tra eich bod chi'n cropian trwy ryw dylle mawr, du?'

Syllodd y Twrnai Cyffredinol arni. 'Mae'n amlwg iddo gael 'i garcharu am reswm.'

'O? A pha reswm oedd hwnnw?'

Ddywedodd y Twrnai Cyffredinol ddim byd.

Cydiodd cyfreithwraig Stanley yn llaw Zero. 'Dere, Hector, rwyt ti'n dod gyda ni.'

49

Doedd dim madfallod melyn, brith yn arfer bod yn nhref Glaslyn. Ddaethon nhw ddim i'r ardal tan ar ôl i'r llyn sychu. Ond roedd trigolion y dref wedi clywed sôn am yr 'anghenfilod llygatgoch' a oedd yn byw ym mryniau'r anialwch.

Un prynhawn, roedd Sam, y gwerthwr winwns, a'i asyn, Mary Lou, yn dychwelyd i'w cwch, a oedd wedi'i angori ychydig bach o'r lan. Tua diwedd mis Tachwedd oedd hi ac roedd y coed eirin gwlanog wedi colli'r rhan fwyaf o'u dail.

'Sam!' galwodd rhywun.

Trodd i weld tri dyn yn rhedeg ar ei ôl, gan chwifio'u hetiau. Arhosodd. 'Prynhawn da, Walter, Bo, Jesse,' cyfarchodd, wrth iddyn nhw gerdded tuag ato, gan ddal eu gwynt.

'Rwy'n falch ein bod ni wedi dy ddala di,' meddai Bo. 'Ni'n mynd i hela nadredd rhuglo yn y bore.'

'Ni eisie cael peth o dy sudd madfall di,' meddai Walter.

'Sdim tamed o ofon nadredd rhuglo arna' i,' meddai Jesse. 'Ond sa i eisie dod wyneb yn wyneb ag un o'r anghenfilod llygatgoch 'na. Fe weles i un unwaith, ac roedd hynny'n ddigon. O'n i'n gwbod am y llygaid coch, wrth gwrs. O'n i heb glywed am y dannedd mawr, du.'

'Y tafode gwyn rwy'n 'u casáu,' meddai Bo.

Rhoddodd Sam ddwy botelaid yr un o sudd winwns pur i'r dynion. Dywedodd e wrthyn nhw am yfed cynnwys un botel cyn mynd i'r gwely y noson honno, yna hanner potelaid yn y bore, a hanner potelaid tuag amser cinio.

'Ti'n siŵr bod y stwff 'ma'n gweithio?' gofynnodd Walter.

'Fe weda' i wrthoch chi,' meddai Sam. 'Os na fydd e'n gweithio, dewch nôl wthnos nesa ac fe gewch chi'ch arian nôl.'

Edrychodd Walter o'i gwmpas yn ansicr, wrth i Bo a Jesse chwerthin. Yna chwarddodd Sam hefyd. Fe wnaeth hyd yn oed Mary Lou frefu rhyw hi-ho digon prin.

'Ond cofiwch,' meddai Sam wrth y dynion cyn iddyn nhw fynd. 'Mae'n bwysig iawn eich bod chi'n yfed potelaid heno. Mae'n rhaid ichi gael e yn llif eich gwaed. Smo'r madfallod yn hoff o waed winwns.'

Eisteddai Stanley a Zero yn sedd gefn BMW Ms Morengo. Gorweddai'r cês rhyngddyn nhw. Roedd

271

e ar glo, ac roedden nhw wedi penderfynu gadael i dad Stanley geisio'i agor e yn ei weithdy.

'Dwyt ti ddim yn gwbod beth sy ynddo fe, nag wyt?' gofynnodd hi.

'Nagw,' meddai Stanley.

'O'n i'n amau hynny.'

Roedd y system awyru ymlaen, ond roedd y ffenestri ar agor hefyd, achos, 'Peidiwch â gweld chwith, ond rydych chi fechgyn yn drewi'n ofnadwy'.

Eglurodd Ms Morengo taw cyfreithwraig patentau oedd hi. 'Dwi'n helpu dy dad gyda'r cynnyrch newydd mae e wedi'i ddyfeisio. Digwyddodd e sôn wrtha i am dy sefyllfa, felly dyma fi'n mynd ar drywydd ambell beth. Cafodd esgidie rhedeg Clyde Livingston 'u dwyn rywbryd cyn 3.15. Cwrddes i â dyn ifanc, Derrick Dunne, ac fe wedodd hwnnw dy fod ti yn y tŷ bach yn tynnu dy lyfr nodiade mas o'r toiled am 3.20. Roedd dwy ferch yn cofio dy weld ti'n gadael tŷ bach y bechgyn yn cario llyfr nodiade gwlyb.'

Teimlodd Stanley ei glustiau'n cochi. Hyd yn oed ar ôl popeth roedd e wedi bod drwyddo, roedd y cof yn dal i godi cywilydd arno.

'Felly doedd dim modd yn y byd i ti 'u dwyn nhw,' meddai Ms Morengo.

'Wnaeth e ddim. Fi wnaeth,' meddai Zero.

'Wnest ti beth?' holodd Ms Morengo.

'Fi ddwgodd y sgidie rhedeg.'

A hithau'n dal i yrru, trodd y gyfreithwraig yn

272

ei sedd ac edrych arno fe. 'Wnes i ddim clywed 'na,' meddai hi. 'A dwi'n dy gynghori di i wneud yn siŵr nad ydw i'n 'i glywed e 'to.'

'Beth ddyfeisiodd 'y nhad?' holodd Stanley. 'Gas e hyd i ffordd o ailgylchu treinyrs?'

'Naddo, mae e'n dal i weithio ar hynny,' esboniodd Ms Morengo. 'Ond dyfeisiodd e rywbeth sy'n cael gwared â gwynt cas ar draed pobl. Hwrwch, mae gyda fi sampl yn fy mag. Trueni nad oes mwy gyda fi. Gallech chi'ch dau gael bath ynddo fe.'

Agorodd hi ei bag lledr ag un llaw ac estyn potel fach i Stanley. Gwyntai'n ffres ac yn bersawrus. Rhoddodd hi i Zero.

'Pa enw sy arno fe?' gofynnodd Stanley.

''Dyn ni ddim wedi meddwl am enw eto,' meddai Ms Morengo.

'Mae gwynt cyfarwydd arno fe,' meddai Zero.

'Eirin gwlanog, ontefe?' gofynnodd Ms Morengo. ''Dyna mae pawb yn 'i weud.'

Ychydig yn ddiweddarach aeth y ddau fachgen i gysgu. Y tu ôl iddyn nhw roedd yr awyr wedi troi'n dywyll, ac am y tro cyntaf ers dros gan mlynedd, glaniodd diferyn o law ar y llyn gwag.

RHAN TRI

LLENWI'R TYLLAU

50

Mae mam Stanley'n mynnu na fu melltith erioed. Mae hi hyd yn oed yn amau a oedd hen hen dad-cu Stanley wedi dwyn mochyn erioed. Er hynny, efallai y bydd o ddiddordeb i'r darllenydd wybod bod tad Stanley wedi dyfeisio'i feddyginiaeth i wella problem traed drewllyd y diwrnod ar ôl i or-or-ŵyr Elya Yelnats gario gor-or-or-ŵyr Madame Zeroni lan y mynydd.

Caeodd y Twrnai Cyffredinol Wersyll Glaslyn. Am fod dirfawr angen arian arni, bu'n rhaid i Ms Walker werthu'r tir a oedd wedi bod yn ei theulu ers cenedlaethau. Cafodd ei brynu gan fudiad cenedlaethol â'i fryd ar hyrwyddo lles merched ifanc. Ymhen ychydig flynyddoedd, bydd Gwersyll Glaslyn yn cael ei ddatblygu'n wersyll ar gyfer Geidiau.

Dyma ddiwedd y stori i bob pwrpas. Yn ôl pob tebyg, bydd gan y darllenydd ambell gwestiwn o hyd, ond yn anffodus, o hyn ymlaen, mae'r atebion yn tueddu i fod yn hirwyntog ac yn ddiflas. Tra bydd Mrs Bell, cyn-athrawes mathemateg Stanley, eisiau gwybod o bosib y newid canrannol ym mhwysau Stanley, bydd gan y darllenydd fwy o ddiddordeb yn y newid yng nghymeriad a hunanhyder Stanley, siŵr o fod. Ond mae'r newidiadau hynny'n gynnil ac yn anodd eu mesur. Does 'na ddim ateb syml.

Fel y digwyddodd hi, roedd hyd yn oed cynnwys y cês braidd yn ddiflas. Llwyddodd tad Stanley i'w agor e yn ei weithdy, ac ar y dechrau ebychodd pawb wrth weld y tlysau disglair. Credai Stanley ei fod e a Hector wedi dod yn filiwnyddion. Ond roedd y gemau o ansawdd gwael, yn werth rhyw ugain mil o ddoleri a dim mwy.

Dan y tlysau roedd pentwr o bapurau a berthynai i'r Stanley Yelnats cyntaf ar un adeg. Yn eu plith roedd tystysgrifau stoc, dogfennau ymddiriedolaeth a nodiadau addewid. Roedden nhw'n anodd eu darllen a hyd yn oed yn fwy anodd eu deall. Treuliodd cwmni cyfreithiol Ms Morengo dros ddeufis yn mynd trwy'r holl bapurau.

Yn y diwedd roedden nhw gryn dipyn yn fwy gwerthfawr na'r gemau. Ar ôl talu ffioedd cyfreithiol a threthi, cafodd Stanley a Zero lai na miliwn o ddoleri yr un.

Ond nid llawer llai.

Roedd yn ddigon i Stanley fedru prynu tŷ

newydd i'w deulu, gyda labordy ar y llawr isaf, ac roedd yn ddigon i Hector fedru cyflogi tîm o ymchwilwyr preifat.

Ond anniddorol fyddai mynd trwy holl fanylion diflas yr holl newidiadau yn eu bywydau. Yn lle hynny, dyma un olygfa olaf i'r darllenydd, golygfa a ddigwyddodd bron i flwyddyn a hanner ar ôl i Stanley a Hector adael Gwersyll Glaslyn.

Ti dy hun fydd yn gorfod llenwi'r tyllau.

Cafodd parti bach ei gynnal yn nhŷ teulu'r Yelnats. Ac eithrio Stanley a Hector, oedolion oedd pawb arall a oedd yno. Cafodd pob math o fyrbrydau a diodydd eu gosod ar y ford, gan gynnwys cafiâr, siampaen a'r pethau sydd eu hangen i wneud hufen iâ a ffrwythau.

Roedd y Super Bowl ar y teledu, ond prin bod neb yn ei wylio.

'Dyle fe ddod nawr yn ystod y toriad nesa,' cyhoeddodd Ms Morengo.

Roedd un o'r timau pêl-droed wedi galw am *time-out*, a daeth hysbyseb ar y sgrin.

Dyma bawb yn rhoi'r gorau i siarad er mwyn gwylio.

Dangosai'r hysbyseb gêm bêl-fas. Yng nghanol cwmwl o lwch, llithrodd Clyde Livingston i'r bas cartref wrth i'r taflwr ddal y bêl a cheisio'i dagio fe mas.

'Saff!' gwaeddodd y dyfarnwr gan arwyddo â'i freichiau.

Cododd bloedd o gymeradwyaeth o ganol y bobl yn nhŷ Stanley, fel petai'r rhediad o bwys go iawn.

Cododd Clyde Livingston ar ei draed a sychu'r llwch oddi ar ei wisg. Wrth iddo gerdded yn ôl i'r man lle roedd gweddill ei dîm yn eistedd, siaradodd â'r camera. 'Hai, fi yw Clyde Livingston, ond mae pawb rownd ffor' hyn yn galw 'Sweet Feet' arna i.'

'Da iawn ti, Sweet Feet!' meddai chwaraewr pêl-fas arall, gan daro'i law.

Yn ogystal â bod ar y sgrin deledu, roedd Clyde Livingston hefyd yn eistedd ar y soffa wrth ochr Stanley.

'Ond dyw 'nhraed ddim wastad wedi gwynto'n bersawrus,' meddai'r Clyde Livingston oedd ar y teledu wrth iddo eistedd ar y fainc gyda'i dîm. 'Roedden nhw'n arfer gwynto mor ddrwg fel nad oedd neb yn fodlon eistedd ar 'y mhwys i ar y fainc.'

'O'n nhw wir yn drewi,' meddai'r fenyw a eisteddai ar y soffa yr ochr arall i Clyde. Daliai'i thrwyn ag un llaw, a ffanio'r awyr â'r llall.

Dywedodd Clyde wrthi am dewi.

'Yna soniodd rhywun ar y tîm wrtha i am Sblŵsh,' meddai Clyde y teledu. Tynnodd e gan o Sblŵsh oddi tan y fainc a'i ddal lan er mwyn i bawb gael gweld. 'Dwi'n chwistrelli ychydig ar y naill droed a'r llall bob bore, ac erbyn hyn does dim dwywaith nad oes gen i draed persawrus. Ac ar ben hynny, dwi'n hoffi'r goglais.'

'Sblŵsh,' meddai rhyw lais. 'Trêt i'r traed. Gan ddefnyddio dim ond cynhwysion naturiol, mae'n niwtraleiddio'r ffwng a'r bacteria sy'n achosi gwynt drwg. A byddwch chi'n siŵr o gael blas ar y goglais.'

Curodd pawb yn y parti eu dwylo.

'Doedd e ddim yn gweud celwydd,' meddai'r fenyw a eisteddai wrth ochr Clyde. 'O'n i ddim hyd yn oed yn gallu bod yn yr un stafell â'i sane fe.'

Chwarddodd y bobl eraill yn y parti.

Aeth y fenyw yn ei blaen. 'Sa' i'n jocan. Roedd e mor ddrwg –'

'Ti 'di gwneud dy bwynt,' meddai Clyde, gan roi'i law dros ei cheg. Edrychodd yn ôl ar Stanley. 'Ti'n fodlon gwneud cymwynas â fi, Stanley?'

Cododd Stanley ei ysgwydd chwith ac yna'i gostwng.

'Dwi'n mynd i nôl rhagor o gafiâr,' meddai Clyde. 'Dal dy law dros geg 'y ngwraig i.' Trawodd e Stanley'n ysgafn ar ei ysgwydd wrth iddo godi oddi ar y soffa.

Edrychodd Stanley'n ansicr ar ei law, yna ar wraig Clyde Livingston.

Winciodd hi arno fe.

Teimlodd ei wyneb yn cochi, a throdd i gyfeiriad Hector, a eisteddai ar y llawr o flaen cadair orlawn.

Roedd menyw a eisteddai yn y gadair y tu ôl i Hector yn ffluwchio'i wallt e â'i bysedd yn hamddenol. Doedd hi ddim yn hen iawn, ond roedd ôl tywydd ar ei chroen a oedd bron fel lledr. Roedd golwg flinedig ar ei llygaid, fel petai hi wedi gweld gormod o bethau yn ei bywyd nad oedd hi eisiau eu gweld. A phan wenai hi, roedd fel petai ei cheg yn rhy fawr i'w hwyneb.

Yn dawel iawn, hanner canodd, hanner mwmialodd gân roedd ei mam-gu'n arfer ei chanu iddi pan oedd hi'n ferch fach.

O na bai, o na bai, ond mae'r lleuad heb gri;
Gan adlewyrchu'r haul a phopeth a fu.
Bydd ddewr fy mlaidd, bydd hy.
Fy aderyn bach, hedfan fry,
Fy angel, f'anwylyd i.

Morris Gleitzman

Addasiad Elin Meek

Bachgen yn y Môr

Breuddwyd Jamal a Bibi yw cael arwain Awstralia i
fuddugoliaeth yng nghystadleuaeth Cwpan y Byd.
Ond cyn hynny, rhaid iddynt wynebu ffrwydron tir,
môr-ladron, stormydd a llofruddwyr.
A fydd Jamal a'i deulu'n llwyddo i oroesi
a chyrraedd Awstralia?
Weithiau, mae'n rhaid mentro er mwyn achub y bobl
rydych chi'n eu caru.
Dyma stori antur ryfeddol am bêl-droed
a gobeithio'r gorau.

ISBN 978 1 84323 841 4   £4.99

Mae'r byd yn medru bod yn lle digon rhyfedd ar y
gorau, ond mae'r byd y perthyn Asiani, Dwlani a
Sanswca iddo'n fwy rhyfedd na'r cyffredin.
Byd ysbrydion, cysgodion a grymoedd anghyffredin,
byd chwedlau a chredoau sy'n dylanwadu ar fywydau
holl drigolion yr ynys siâp deigryn ynghanol y môr,
ymhell bell o Gymru.
Wrth neidio ar gefn Cioma'r eliffant, mae tri phlentyn
yn mynd ar antur fwyaf eu bywydau. Tybed a fyddan
nhw'n llwyddo i ddatrys y dirgelwch ynglŷn â diflaniad
Tada Amin a dianc o grafangau'r erchyll Madam Neja?

ISBN 978 1 84323 692 4   £4.99

WHAP!

Gomer

ONGL ARALL

MARTYN GERAINT

'Y cyfan dw i'n wybod yw fod rhywbeth rhyfedd yn digwydd
i mi weithiau pan wy'n barod i saethu o flaen y gôl yma.
Mae fel tase rhywbeth yn gafael yn 'y nhroed i!'
'Ie, ie! 'Na'r esgus gorau 'to!'
Ond tybed oes yna reswm arall i egluro rhai o brofiadau
rhyfedd Michael Reed, y pêl-droediwr amryddawn, yn y parc?
Drwy lwc, mae Tom, ei gyfaill o reffarî, yn awyddus i ganfod
atebion. Wrth ddychwelyd i'r parc yn hwyr un noson, mae
hwnnw'n dechrau ar antur fwyaf cyffrous ei fywyd . . .

*Nofel gyntaf drawiadol a gafaelgar y cyflwynydd teledu a'r
diddanwr adnabyddus, Martyn Geraint.*

ISBN 978 1 84323 802 7   £4.99

Creadur go rhyfedd yw Huw Dafis.
Mae ganddo nifer o broblemau.
Mae gorfod byw mewn tref yn broblem iddo. Mae Lee
Wheelan, y bwli, yn broblem iddo. Mae e wedi gwneud
real ffŵl ohono'i hunan ym mhantomeim yr ysgol.
Hefyd, mae'n poeni cymaint fod yr awyr yn mynd i
gwympo ar ei ben yn ystod y nos nes ei fod yn cysgu
o dan ei wely heb ddim ond ei gath yn gwmni iddo!
Ond y broblem fwyaf sy'n ei wynebu yw pa mor aml
mae e'n gorfod siafo'r blew sy'n tyfu dros ei gorff i
gyd! A dyw trio cyrraedd adre ar ôl i'w ddillad gael eu
rhwygo'n rhacs ddim yn jôc chwaith . . .

ISBN 1 84323 247 2   £5.99